Familien Bande

(ÜberLeben2)

Regina Weber

Familien Bande

(ÜberLeben2)

Ein Schmunzelkrimi

- Chat Noir -

1

Leo erwacht. Sein Kopf, was ist mit seinem Kopf? Er spürt einen entsetzlichen Schmerz. Er friert, fühlt sich elend, benommen, unfähig einen klaren Gedanken zu formulieren. Langsam, ganz langsam kehren die Erinnerungen zurück. Erst nur bruchstückhaft, dann immer präziser, erwachen die vergangenen Geschehnisse zum Leben.

Er will sich aufrichten. Vergebens! An Händen und Füßen gefesselt, ein Ding der Unmöglichkeit. Gefesselt mit seinen eigenen Handschellen? Nein, die hat er im Auto zurück gelassen. Leo zerrt mit aller Gewalt. Der Eisenträger, an den seine Hände rücklings fixiert sind, unterbindet jegliche Chance sich zu befreien. Zu gerne hätte er seinen Kopf abgetastet. Wie stark hat ihn der Schlag auf den Hinterkopf wohl verletzt?

Und wo befindet er sich überhaupt? Seine Finger tasten über den Boden. Stroh. Der Versuch, sich umzuschauen, fällt ihm schwer und wird umgehend mit einem stechenden Schmerz bestraft. Die Finsternis um ihn herum erschwert die Orientierung zusätzlich. Nur durch einige Ritzen fällt fahles Mondlicht in den Raum. Ein alter Schubkarren, Gerätschaften wie Heugabeln und Besen und überall große Heuballen. Die alte Scheune neben ihrem ehemaligen Ferienhaus! Natürlich! Der perfekte Ort sie versteckt zu halten. Keine Menschenseele wird in der kalten Jahreszeit in diese gottverlassene Gegend kommen.

Plötzlich vernimmt Leo ein Geräusch, ein leichtes Rascheln. Ratten? Der Gedanke jagt ihm angesichts seiner Wehrlosigkeit einen Schauer von Ekel und Angst *über den Rücken. Angestrengt lauscht er. Stille. Aber dann hört er es ganz deutlich: ein leises Weinen, Wimmern und schließlich die Frage: „Papa, bist du das?" Leonie, seine Tochter Leonie!*

„Gott sein Dank, Kind, du lebst. Wie geht es dir? Hat man dich verletzt, dir weh getan?"

Zaghaft kommt eine Antwort: „Nein, aber seit sie dich hierher gebracht haben, bin ich ebenfalls gefesselt. Vorher konnte ich mich in dem Raum frei bewegen und Tante Viola hat mir auch immer was zum Essen und Trinken hingestellt und mich einmal am Tag zum Duschen ins Haus geführt."

Sie beginnt erneut zu weinen. „Ich hab immer gebetet, du kommst und holst mich hier raus und nun haben sie dich auch eingesperrt."

Aus ihren Worten spricht totale Hoffnungslosigkeit, aber auch so etwas wie Anklage. Und wie recht sie damit hat! Leo ist sich dessen vollkommen bewusst. Ja, Vorwürfe wegen seines unüberlegten Handelns hat er sich schon selbst genug gemacht. Zu gerne hätte er sie in den Arm genommen. Unmöglich. Er kann sie lediglich verbal trösten. „Hab keine Angst. Mama wird alle Hebel in Bewegung setzen, uns zu befreien."

Sie beruhigt sich allerdings nur schwer. „Papa, ich verstehe einfach nicht, was das alles soll? Warum nur halten die mich hier fest? Ich hab der Tante doch nie was Böses getan."

In knapper Form, allerdings das allzu Negative weglassend, schildert er die Geschehnisse der letzten Tage und bemüht sich in seine Stimme ein Höchstmaß an Zuversicht zu legen, obwohl er diese überhaupt nicht empfindet. „Auch wenn es dir schwerfällt, versuch jetzt erst einmal noch ein bisschen zu schlafen. Du wirst sehen, morgen sind wir wieder frei."

Liegt es an ihrer Müdigkeit oder an seinen beruhigenden Worten? Das Weinen verebbt jedenfalls und sie schläft erneut.

Leo versucht seine Gedanken zu ordnen. Wie viel Zeit bleibt wohl noch bis zum Ablauf des Ultimatums um 18 Uhr? Wie lange war er bewusstlos? Leonies Worte 'Warum halten die mich hier fest? Ich hab der Tante doch nie was Böses getan' gehen ihm nicht aus dem Sinn. Gut, er hat schlimme Dinge mit seiner Schwester erlebt. Aber derart schwere Verbrechen, nein, die hätte er ihr doch nun wirklich nicht zugetraut!

Seine Gedanken wandern und da ein Ende der Nacht noch fern liegt, hat er viel Zeit, die Vergangenheit mit all ihren Höhen und Tiefen revue passieren zu lassen. Lange hatte er erfolgreich die Existenz seiner Schwester verdrängt, bis sie sich vor nahezu exakt 16 Jahren erneut auf anfangs harmlose, später jedoch furchtbare Weise immer wieder in sein Leben drängen sollte. Alles begann mit einem simplen Zeitungsartikel.

2

„Hör dir das an: Traumhochzeit – Millionär heiratet Playmate. Gestern gaben sich der 83-jährige Millionär Viktor Glückmann und das Playmate Viola Stern (24) das Jawort. In einem mit tausenden roten Rosen geschmückten Festzelt auf dem 12 Millionen Euro teuren Anwesen des Eigentümers der gleichnamigen Privatbank wohnten rund 2 000 geladene Gäste der feierlichen Zeremonie bei. Die in der Medienwelt als

Busenwunder bezeichnete Braut trug ein transparentes weißes Kleid, fast ein Hauch von Nichts, was die Wirkung der wunderschönen Dessous noch verstärkte. Stolz zeigte sie der anwesenden Presse ihre Hochzeitsgabe, ein Brillantkollier im Wert von 1,5 Millionen, und erklärte: Viktor ist die große Liebe meines Lebens, mein Traummann, großherzig und lustig. Sein Reichtum, sein Alter sind mir vollkommen egal. Ich werde ihn immer lieben!"

Lisa schob ihrem Mann die Zeitung zu. „Was glaubst du, wie lange wird diese Traumehe halten?"

Da Leo sich statt irgendwelcher Spekulationen lieber seinem Frühstücksei widmete, gab sie die Antwort gleich selber: „Wenn der Mann sie als Alleinerbin eingesetzt hat, vielleicht bis zu seinem Tod. Da der Bräutigam nicht gerade der taufrischste ist, wird sie ihren Traummann die paar Jahre wohl ertragen. Vielleicht wird aber schon vorher eine Alptraum-Ehe daraus. Dieser Viktor ist höchstwahrscheinlich der großen Oberweite erlegen und hat einen jungen Körper statt einer Frau geheiratet. Funktioniert irgendwann sein Hirn wieder besser als seine Augen, wird er wiederum erkennen müssen, dass die Dame eine Ehe mit Geld statt mit Mann eingegangen ist und dann wird es bald Schluss sein mit großherzig und lustig. Ich glaube aus Glückmann wird sehr bald Pechmann werden."

Normalerweise interessierte sich Leo nicht für derartige Geschichten. Die Erwähnung der großen Oberweite ließ ihn jedoch einen Blick auf die Braut werfen, einen langen Blick, einen fassungslosen Blick.

Lisa, der dies nicht entgangen war, konnte sich einen ironischen Kommentar nicht verkneifen:

„Na, für eine gewisse Zeit würde dich dieses Busenwunder wohl auch glücklich machen, so fasziniert

8

wie du schaust!"

Leo, vertieft in den Artikel, schien ihr gar nicht zuzuhören. Ungläubig starrte er auf den Text. „Was sagt dieses Luder? 'Ich werde ihn immer lieben!' Zu Liebe ist das Miststück überhaupt nicht fähig!"

„Die Dame scheint dich ja mächtig zur erregen. Woher willst du denn wissen, dass solche Abgründe in ihr schlummern?"

„Wenn sie einer kennt, dann ich! Schließlich bin ich ihr Bruder und durfte leider viel zu oft in diese Abgründe schauen."

„Ihr was? Aber ich wusste gar nichts von der Existenz einer Schwester! Warum hast du sie mir denn all die Jahre über verschwiegen?"

„Du hast bedauerlicherweise richtig gehört. Ich hab auch stets versucht, diesen Teufel aus meinem Gedächtnis zu verbannen, weil sie mir meine Kindheit oft genug zur Hölle gemacht hatte. Das kannst du mir glauben."

Lisa besaß wenig Verständnis für so viel Abneigung. „Aber diese Frau ist deine Schwester, die kannst du doch nicht derart hassen!"

Leo starrte erneut auf das Foto in der Zeitung. Dies war eindeutig Viola, wenngleich sie mit dem Mädchen, das er vor über zehn Jahren das letzte Mal gesehen hatte, nicht mehr allzu viel Ähnlichkeit besaß. Sicher, sie war auch früher schon äußerst attraktiv gewesen, wobei der Ausdruck 'attraktiv' im Sinn von 'anziehend' angesichts des Nichts an Kleidung heute sicherlich fehl am Platz war. Er gab Lisa die Zeitung zurück. „Schau dir die Dame doch mal an. Welchen Eindruck macht sie auf dich?"

„Ehrlich gesagt, keinen allzu großen. Vielleicht, weil mir als Frau die Oberweite einer anderen ziemlich egal ist. Na, und ein Ausbund an Natürlichkeit scheint sie auch nicht zu sein, wobei ich die durchaus vorhandenen guten Gene in deiner Familie keineswegs bestreiten will. Aber in diesem Fall hat die Schönheits- und Beautybranche ziemlich nachgeholfen. Ein Echtheitszertifikat möchte ich weder für die Brust, noch für die blonde Haarmähne, Wimpern, Schmollmund und Nägel ausstellen. Ist das Hirn leer, bedarf's eben anderer Dinge, um der Männerwelt zu gefallen."

Lisa hielt sich erschrocken die Hand vor den Mund. „Entschuldige, das ist mir so rausgerutscht. Ich wollte deine Schwester nicht beleidigen. Schließlich kenne ich sie ja gar nicht."

„Du brauchst dich überhaupt nicht zu entschuldigen. Deine erste Einschätzung ist absolut richtig. Das Einzige, was an Viola echt ist, scheint tatsächlich ihr Vorname zu sein."

„Viola, das Veilchen. Wie schön."

„Ich hab dir doch mal erzählt, dass meine Eltern Schauspieler waren. Sie hatten beschlossen, ihre Kinder nach der jeweiligen Rolle zu benennen, die sie gerade spielten. Als meine Mutter mit ihrem zweiten Kind schwanger war, trat sie als Viola in William Shakespeares 'Was ihr wollt' auf. Ich hatte weniger Glück, da mein Vater in der entscheidenden Zeit den Leonid Andrejewitsch Lopachin in Anton Tschechows 'Kirschgarten' gab, Vornamen, die mir ein Leben lang viele Spötteleien eingebracht haben."

In Leo erwachten all die mühsam verdrängten Erinnerungen. „Ich könnte dir Geschichten über Viola erzählen, da wäre auch deine Toleranzgrenze schnell erreicht."

„Ja, dann mach's doch. Du weißt, ich hab immer ein Ohr für alles, was du zu berichten weißt. Heute sogar

10

zwei! Vielleicht tut es dir auch einfach gut, mal all das negativ Erlebte rauszulassen, statt es immer nur zu unterdrücken."

Er wand sich, wollte nicht reden. Verdrängung war stets das erste Mittel seiner Wahl. Und hatte es ihm nicht immer geholfen?! Sollte er seine Frau wirklich mit all dem Seelenmüll belasten? Allerdings hatte Leo schon zu viel preisgegeben, zu viel angedeutet. Nun zappelte er im Netz der ehefraulichen Neugier, musste erzählen.

„Jetzt fang' schon an. Ich weiß so wenig über deine Kindheit."

Er ahnte, Widerstand war zwecklos. Und so begann er zu berichten.

„Du musst wissen, Viola und ich waren nicht rur äußerlich, sondern vom ganzen Wesen her völlig unterschiedlich. Meine Schwester, drei Jahre jünger als ich, ähnelte total meinem Vater, feingliedrig, die gleichen strahlend blauen Augen und blonden, lockigen Haare. Sie war ein äußerst hübsches Kind, konnte mit ihrem Charme und Lächeln wirklich jeden um den Finger wickeln. Und sie liebte es, im Mittelpunkt zu stehen, wusste sich zu inszenieren, war everybody's darling, dazu eine genaue Beobachterin, die schnell die Vorlieben und Schwächen ihrer Mitmenschen entdeckte und sich dieses Wissen ziemlich rücksichtslos zunutze machte. Du kannst mir glauben, schon als Kleinkind war sie äußerst raffiniert und berechnend und nahm es mit der Wahrheit nicht allzu genau."

„Oh je, da kann man dich bloß bedauern!", unterbrach Lisa ihn. „Gegenüber solch einem Charmepaket hatte der kleine Leo natürlich keine Chance. Ich sehe dich in Gedanken vor mir: schüchtern und still, immer ganz unauffällig im Hintergrund, dabei freundlich, ehrlich und hilfsbereit, aber auch stur und dickköpfig. Nein, den Finessen der Schwester warst du wohl kaum gewachsen."

„Du bringst es genau auf den Punkt, wie immer!" Er strahlte seine Frau an. „Wenn irgendetwas nicht so lief, wie ich wollte, hab ich mich ohne Protest leise und schmollend in mein Zimmer zurückgezogen. Die anderen werden schon das große Unrecht, das man mir zugefügt hatte, von ganz alleine erkennen und mich reumütig um Entschuldigung bitten. Aber oft haben sie überhaupt nicht geahnt, was mich derart erschüttert hatte, und so ist auch niemand bei mir aufgetaucht. Statt sich, wie Viola dies stets tat, sofort lauthals zu beschweren, hab ich vergeblich auf die Einsicht meiner Mitmenschen gehofft, saß heulend in meinem Zimmer und mein Elend wuchs und wuchs. Aber ich hatte eine Trumpfkarte! Im Gegensatz zu Viola war ich nämlich ein ausgezeichneter Schüler!"

„Ja, ich weiß, dumm ist mein Leo nicht. Er macht nur zu wenig aus seiner Intelligenz."

„Immerhin habe ich sie genutzt, als ich dich geheiratet habe."

„Welch ein Kompliment!" Lisa stand auf und umarmte ihren Mann. „Die Tatsache, dass Viola dir schulisch nicht das Wasser reichen konnte, dürfte ihr wohl gar nicht gefallen haben."

„Genau, dies trieb sie stets zu ungeahnten Gemeinheiten. Ich darf gar nicht an die Zeit vor meinem Wechsel auf's Gymnasium denken!"

Ein auffordernder Blick seiner Frau zwang ihn zum Erzählen. „Nur ein Beispiel: Nachdem ich das Übertrittzeugnis mit ausgezeichneten Noten erhalten hatte, wollten meine Großeltern mit mir feiern und luden uns Kinder übers Wochenende zu sich ein. Viola spulte wie immer das volle 'Ihr müsst mich alle liebhaben!'-Programm ab. Umarmungen, Küsschen hier und Küsschen dort, während ich mich dezent im Hintergrund hielt. Mal setzte sie sich auf den Schoss der Oma, mal kuschelte sie sich an den Opa, stets begleitet von einem triumphierenden Blick in meine Richtung. Diesmal aber lief der Besuch nicht so ganz nach ihren Vorstellungen ab. Meine Großeltern studierten ausgiebig mein Zeugnis und verkündeten immer wieder, wie stolz sie auf mich waren, ja ermahnten Viola sogar, sie solle mich als Vorbild nehmen. Sie schaute mich wütend an und ich sah sogleich, wie es in ihr arbeitete, wie sie auf Rache sann. Momentan jedoch war mir das egal. Ich war einfach glücklich über so viel Lob, aber auch sehr, sehr naiv, was meinen schwesterlichen Racheengel anging. Und der wurde schon bald aktiv.

Während der Vorbereitungen für das Abendessen, mir zu Ehren, wie Opa betonte, sah ich sie lange mit Oma tuscheln, dachte mir jedoch, arglos wie ich war, nichts dabei. Höhepunkt des Menüs sollte für mich, den großen Süßschnabel, natürlich die Nachspeise sein. Und weißt du, was passierte? Alle bekamen eine große Portion Schokoladenpudding, alle außer mir! Oma tröstete mich mit den Worten: 'Du darfst ja leider nicht.' Ich war verblüfft, traurig, hab aber auch in meiner grenzenlosen Naivität nicht nachgefragt.

Abends spielten wir wie üblich 'Mensch ärger dich nicht'. Viola schummelte, lachte, hatte Spaß, wogegen ich immer nur traurig an den Schokopudding denken musste. Ich glaube, ich hab später im Bett sogar ein bisschen geheult. Und, was meinst du, tat dieses Miststück? Sie hat genüsslich mein Leid noch verstärkt, indem sie vor dem Einschlafen in ausführlicher Weise von dem leckeren Nachtisch schwärmte. Am nächsten

Tag fuhren wir zu einem Freizeitpark, wo es herrliche Eisbecher gab."

Lisa unterbrach ihn: „Lass mich raten. Du hast kein Eis bekommen, oder?"

Als Leo stumm nickte, fuhr sie fort: „Und wie ich dich kenne, hast du weder nach der Ursache gefragt noch auf irgendeine Weise protestiert, sondern dich schmollend allen weiteren Vergnügungen im Park verweigert und damit gleich doppelt bestraft."

„Genau. Ich war so dämlich und hab selbst dann nichts gesagt, als ich während unserer abendlichen Partie 'Mensch ärger dich nicht' keine Schokolade bekam. Statt dessen hab ich wütend und verständnislos das Spielbrett umgestoßen, bin heulend aus dem Zimmer gerannt und hab nur noch gehört, wie meine Oma irgendwas von klugem, aber schwierigem Kind murmelte. Ja, und als meine Eltern uns am nächsten Tag abgeholt haben, führte sie ein langes Gespräch mit meiner Mutter und die fragte mich dann auch prompt, kaum dass wir im Auto saßen, warum ich mich so schlecht und undankbar benommen hätte. Bevor ich etwas antworten konnte, kam schon die Antwort durch meine Schwester: 'Weil Leo böse ist!' Ich war total perplex und, was dich nicht groß wundern wird, hab mich auch nicht verteidigt, sondern voller Hass auf die ganze Welt mich in mein Zimmer verkrochen.

Erst Tage später kam die Wahrheit ans Licht. Viola hatte meiner Großmutter zugeflüstert, ich dürfte wegen großer Zahnschmerzen keine Süßigkeiten essen, was selbstverständlich überhaupt nicht zutraf."

„In diesem Fall hat die alte Lebensweisheit 'Reden ist Silber, Schweigen ist Gold' wohl keine Gültigkeit! Reden ist Gold, Schweigen einfach nur Dummheit! Allerdings zeigt die Geschichte deutlich, was für ein kleines Luder

14

deine Schwester war."

„Und davon hätte ich noch etliche auf Lager. Okay, ich weiß, Reden ist Gold und Neugier ist Lisa, also erzähle ich weiter. – Einmal, ich glaube, es war in der vierten Klasse, durfte ich in einem Theaterstück die Hauptrolle spielen, einen König. Meine Eltern, beide ja Schauspieler, waren total aus dem Häuschen und freuten sich gewaltig über den Sohn. Unermüdlich studierten sie den Text mit mir, probten die Rolle und besorgten aus dem Theaterfundus Krone und Zepter. Oma nähte mir sogar einen prächtigen, roten Königsmantel, auf den ich mächtig stolz war. Viola, nicht mehr Mittelpunkt des Universums, sann natürlich umgehend auf Rache. Und die war fürchterlich, denn justament am Tag der Uraufführung fehlte mein Kostüm. Wir haben die gesamte Wohnung während der Suche auf den Kopf gestellt, aber vergeblich, es blieb verschwunden. Du kannst dir vorstellen, wie verzweifelt ich war, wollte überhaupt nicht mehr auf die Bühne. Ein Herrscher des 17. Jahrhunderts in Jeans! Unmöglich! Und mein allerliebstes Schwesterlein hat sich den ganzen Tag wahrscheinlich köstlich amüsiert. Gott sei Dank hatte meine Mutter dann die rettende Idee. In Absprache mit der Lehrerin trug ich als Einziger normale Alltagskleidung und rief bei meinem ersten Auftritt aus: 'Wertes Publikum. Ich bin der König. Mein dummer Kammerdiener hat wohl eine Reise in eine ferne Zukunft gemacht, aus der er mir diese seltsamen Gewänder mitbrachte! Egal. Ich bleibe der König, wenn auch ein aus der Zeit gefallener, moderner König in Jeans, so nennt man diese Beinkleider wohl. Überhaupt, Kleider machen schließlich keine Leute!' Das Publikum lachte, applaudierte und die Aufführung wurde ein richtig großer Erfolg."

„Ich hoffe, Viola durfte zur Strafe bei deinem Triumph anwesend sein."

„Na klar. Die ist sicherlich fast zerplatzt vor Wut. Allerdings war sie nicht durch und durch böse, konnte sogar ganz lieb sein, auch zu mir. Ob aus Berechnung oder nicht, keine Ahnung, jedenfalls schenkte sie mir manchmal Schokoriegel oder selbst gepflückte Blumen, malte Bilder für ihren Bruder und tröstete mich, wenn das Leben wieder einmal hart und ungerecht zu mir war. Abends, wenn meine Eltern im Theater waren, wollte sie immer eine Gute-Nacht-Geschichte von mir hören und in diesen Momenten bekam ich dann sogar manchmal ein 'Ich habe dich ganz doll lieb' zugeflüstert."

Lisa jedoch durchschaute ihre Schwägerin. „Ich wette, so lieb war Viola aber bestimmt nur, solange ihr zu zweit ward. Vor anderen Menschen, vor ihrem Publikum, hat sie dich höchstwahrscheinlich schnell wieder als Konkurrenten empfunden, besonders sobald nicht sie, sondern du im Mittelpunkt des Geschehens standst. Nur gut, dass du dort nicht unbedingt sein wolltest, gut für sie, aber wohl auch für dich, sonst hättest du mit Sicherheit noch weit mehr Kriegszüge ertragen müssen."

„Korrekt analysiert, Frau Doktor. Am brutalsten wurden diese Kriegszüge allerdings immer dann, wenn unsere Prinzessin selber etwas ausgefressen hatte. Dann stilisierte sie sich stets als bedauernswertes Opfer und schob gnadenlos die Schuld anderen in die Schuhe. Ich erzähle dir noch eine letzte Episode. Dann möchte ich von Erinnerungen an dieses Weibsbild bis auf Weiteres verschont bleiben."

„Die Bitte sei dem armen Opfer gewährt."

Auch diese Geschichte ereignete sich einige Monate vor seinem Wechsel aufs Gymnasium. Leo war neun, Viola sechs. Naturgemäß drehte sich in dieser Zeit alles mehr um ihn, denn seine Eltern waren mächtig stolz auf ihren angehenden Gymnasiasten. Er erhielt neue Garderobe und Schulsachen. Der für sein fortgeschrittenes Alter entwürdigende Schulranzen wurde beispielsweise durch einen Rucksack ersetzt. Allerdings war seine Mutter immer bemüht, Missgunst zu vermeiden, und so bekam auch Viola einen bunten, allerdings kleineren Rucksack und Malstifte geschenkt. Dies alles konnte sie aber nicht trösten, denn auf den Bruder wartete als Belohnung für so viel Fleiß ein knallrotes Fahrrad. Am Tag der Einschulung kamen die Großeltern zu Besuch und Leo musste viel erzählen, wurde gelobt, stand endlich auch einmal im Mittelpunkt. Viola hat sich dies eine Weile angeschaut, um schließlich leise zu verschwinden.

Später behauptete sie, die nagelneuen Löcher in den Reifen seines neuen Fahrrades rührten von einer Messerattacke eines 'eifersüchtigen' Schulfreundes. Als sich dann herausstellte, dass der ein wasserfestes Alibi besaß, bat Viola nicht etwa kleinlaut um Entschuldigung. Nein! Ihr Hass auf die böse Familie, die das arme Mädchen derart missachtete, wuchs nur noch mehr.

„Ihr Unrechtsbewusstsein war anscheinend nicht sehr ausgeprägt. Gott, da kann man ihrem armen Ehemann wirklich nur viel Glück wünschen. Sie scheint wirklich ein kleines Luder gewesen zu sein."

„Kleines Luder. Du machst Witze!" Leo war entrüstet. „Die Geschichten, die ich dir bisher von ihr erzählt habe, waren ja eher harmloser Natur. Dieses Biest hat einmal fast mein gesamtes Leben zerstört."

Für heute war sein Bedarf an negativen Erinnerungen allerdings gedeckt. „Thema-Wechsel! Der Tag ist viel zu schön, als dass ich ihn mir durch all die bösen Erlebnisse versauen lasse."

Lisa verstand sofort und gab nach. „Diese ewigen Andeutungen sind zwar äußerst unbefriedigend für mich und ich hoffe, sehr bald des Rätsels Lösung für deinen abgrundtiefen Hass auf deine Schwester zu erfahren. Aber gut, ich erlöse dich hiermit von deiner Seelenpein. Du darfst jetzt den Frühstückstisch abräumen und den Müll rausbringen, damit du unser eheliches Glück so richtig zu genießen weißt."

Immer noch ist es stockdunkel um ihn herum. Wie spät? Vielleicht ein Uhr oder zwei? Wenn er doch nur einen Blick auf seine Armbanduhr werfen könnte! Leo versucht erneut, sich aus den Fesseln zu lösen. Er zerrt mit aller Gewalt. Vergeblich!

Das Stroh unter ihm kratzt entsetzlich. Wie viel schlimmer einem alles erscheint, wenn man sich nicht helfen kann! Plötzlich vernimmt er einen hohen, sirrenden Ton. Mücken haben ihn, das wehrlose Opfer, entdeckt. Er kann sie nicht vertreiben, selbst Jucken ist unmöglich. Und dazu noch dieses Kälte! Er versucht sich abzulenken, an etwas Schönes, sein Gemüt Erwärmendes zu denken: Lisa!

3

Oh ja, Leo zappelte im ehelichen Netz. Lange Zeit eine unzumutbare Vorstellung für ihn. Er, der Weiberheld, verheiratet? Niemals! Er, in trauter Zweisamkeit? Lachhaft!

Groß und gut aussehend, war er sich seiner Chancen

18

beim anderen Geschlecht durchaus bewusst gewesen und damit dies auch so blieb, wurde ein gehöriges Maß an Körperkultur getrieben. Viele Stunden in der Woche hatte Leo mit Krafttraining verbracht und besonders die warmen Monate im Jahr geliebt, wo er die Ergebnisse all der Qualen der staunenden Weiblichkeit leichter präsentieren konnte.

Diese Art von Körperkult, von Protzerei beeindruckte Lisa allerdings wenig. „Mensch Leo", hatte sie gleich zu Beginn ihrer Bekanntschaft gesagt, „trainiere weniger deinen Bizeps als deinen Intellekt. Mit einem tollem Bizeps habe ich noch nie ein gutes Gespräch führen können."

Er war verblüfft. Nach Gesprächen hatte bisher weder ihm noch seinen nächtlichen, stundenweisen Lebensabschnittsgefährtinnen der Sinn gestanden. Mann! kam schnell zur Sache und tschüs, das war's. Warum reden und über was? Dafür hatte er seine Kumpel. Ein paar Bierchen, Quatschen über Fußball und Weiber, alles total unkompliziert.

Er hatte seine Freiheit in vollen Zügen genossen, sich kräftig ausgetobt. Und keine dieser Frauen – eine am Ende glücklose Liebe mal ausgenommen – hatten irgendeinen Eindruck auf ihn hinterlassen. Sie waren ihm irgendwie zugeflogen und schnell wieder weg, was ihn aber nie bekümmert hatte. Vielleicht ganz unbewusst war Leo immer auf der Suche nach schnellen Abenteuern gewesen. Eine echte langfristige Beziehung hatte für ihn etwas Bedrohliches, Kompliziertes. Eine Verflossene, sogar Verweinte, mutmaßte einmal eine zu große Angst vor Bindung bei ihm. Hatte er zu lange von Viola auf andere Frauen geschlossen?

Dann jedoch traf er Lisa und sein Leben veränderte sich schlagartig. Da gab es also eine Frau, die nicht bereitwillig sein Bett beglückte, sich seinem Werben lange widersetzte, seinen männlichen Jagdinstinkt entfachte. Eine, die sogar reden wollte!

Vielleicht hatte er sich genügend ausgetobt, war erwachsen geworden, bereit Verantwortung zu übernehmen, auf jeden Fall erschien ihm plötzlich sein früheres Leben irgendwie sinnlos und leer. Wie wenig hatten ihm doch die oberflächlichen, kurzen Beziehungen mit irgendwelchen Weibern gegeben, wobei das Wort Beziehung dem Ganzen schon eine viel zu große Bedeutung beimaß.

Aber hier bei Lisa hatte er sofort gespürt, sie war etwas Besonderes, eben keine Schlampe für eine Nacht, sondern eine Frau eventuell für das ganze Leben. Er war bereit für eine echte Partnerschaft, sogar gesprächsbereit! Und so hatte er sich von Lisa unter ihre Fittiche nehmen lassen, die von nun an sogar versuchte, wenn auch mit unterschiedlichem Erfolg, sein Interesse für Literatur, Kunst und Politik zu wecken.

Natürlich, wenn Leo ehrlich war, gab es immer wieder mal Momente, in denen er sich die alte unkomplizierte Junggesellenzeit zurückwünschte. Und trotzdem, er bemühte sich nach Kräften, diese Beziehung nicht zu gefährden, viel zu verliebt war er in diese kluge, humorvolle und dazu noch wirklich hübsche Frau.

Gut, seine unheilvollen, mörderischen Erlebnisse wenige Jahre zuvor, sein Aufenthalt in der Psychiatrie (*Derjenige Leser, dem das große 'Glück' widerfahren ist, das erste Buch über Leo gelesen zu haben, weiß mehr!*) hatten sein Menschenbild, seine Sicht auf die enormen Probleme der Gesellschaft bereits verändert. Seit dieser Zeit taumelte er nicht mehr ganz so hirnlos von einer kurzfristigen Vergnügung in die nächste, zeigte größeres Mitgefühl, ja Verständnis für die Nöte seiner

Mitmenschen.

Aber viel, sehr viel verdankte er eben auch Lisa. Er musste staunend feststellen, es gab außer den Frauentypen Schlampe, Mutter oder boshafte Schwester auch noch den der Partnerin. Und es lag bestimmt nicht nur an seiner Verliebtheit, dass er plötzlich das traute Beisammensein mit ihr daheim den bierseligen Kneipen-Abenden mit seinen Freunden vorzog.

Früher diente sein Zuhause zudem ausschließlich Nutzzwecken, verfügte über keinerlei Wohlfühlcharakter. Hier stand sein Bett, in dem er seinen Rausch ausschlafen oder eine Frau beglücken konnte, hier war der zumeist leere Kühlschrank, aus dem er hastig irgendwelche Fast-Food-Gerichte verschlang, hier fand sich überraschenderweise inmitten der Berge an Schmutzwäsche doch oft noch ein Paar halbwegs frischer, wenn auch nicht immer identischer Socken. Seine Wohnung, eine Zwischenstation, der es schnell zu entfliehen galt.

Lisa war es gewesen, die ihn plötzlich an Nestbau denken ließ, wegen der er sich auf das Nach-Hause-Kommen freute. Wegen der er sogar einen gewissen Ordnungssinn entwickelte, nicht mehr sein Revier mit stinkenden Kleidungsstücken markierte, auf das ach so männliche, aber unhygienische Pinkeln im Stehen verzichtete und ganz brav den Toilettendeckel schloss. Und er war immer noch ein Mann, in Lisas Augen nun sogar ein besonders liebenswerter Mann!

Unterstützt durch eine kräftige Finanzspritze von Lisas Eltern, hatten sie ein modernes Reihenhaus bezogen. Viele Glasfronten, viel Licht, geräumige 150 Quadratmeter Wohnfläche, ein Garten. Anfangs konnte er nicht nachvollziehen, was man mit so viel Raum anfangen sollte.

„In der oberen Etage gibt es drei Räume und zwei Bäder. Wofür? Gut, ein Kraftraum für mich, aber die anderen Zimmer? Du willst doch wohl nicht getrennte Schlafzimmer, oder?"

„Hast du noch nie etwas von einer Existenzform namens Kind oder das Wort Kinderzimmer gehört?", fragte Lisa.

Leo erschrak. Kinder? Das waren für ihn immer laute, unnütze Wesen, die vor der Geburt ehemals hübsche Frauen in unförmige, monströse Gestalten verwandelten, bei denen er sich immer wunderte, wie sie, derart deformiert, ihr Gleichgewicht halten konnten und nicht nach vorne kippten. Kinder, fast so laut und bedrohlich wie Hunde, die er wegen eines äußerst unangenehmen Kindheitserlebnisses überaus fürchtete! Warum konnten die Menschen nicht gleich als Erwachsene auf die Welt kommen?

Kinder? Er lauschte in sich hinein. Fühlte er eine Gefahr, eine Bedrohung? Nein, stellte er verblüfft fest: Freude! Ein eigenes Kind mit Lisa, warum nicht? Er hoffte nur inständig, dass dieses Wesen von den Genen seiner Tante Viola verschont bleibe.

War er mittlerweile ein Spießer geworden? Seine Kumpel, besonders sein Arbeitskollege Pit, machten sich schon lustig über ihn.

„Trägst du denn auch immer schön brav deine Hausschuhe? Und, Leolein, vergiss nicht deinen Schal anzuziehen. Draußen weht ein Windlein, das nicht von dir stammt."

Egal. Wenn sie sein jetziges Leben als spießig ansahen, dann war er zumindest aber ein sehr glücklicher Spießer! Und vielleicht sprach auch nur der Neid aus ihnen. Leo war stolz auf sein Leben, auf seine Frau.

22

Oft hatte er Angst, aufzuwachen, um feststellen zu müssen, dies alles war nur ein Traum. Er konnte einfach auch nicht nachvollziehen, was eine Frau wie Lisa ausgerechnet an ihm fand, an ihm, dem finanziell gänzlich mittellosen Polizeiobermeister mit mäßigem Realschulabschluss. Sie selbst war beruflich äußerst erfolgreich, hatte Medizin studiert und arbeitete nun als Pathologin für die Polizei, ließ ihn aber nie ihre gehalts- und bildungsmäßige Überlegenheit spüren.

4

Schon bald jedoch sollte Leo seinen Beruf für drei Jahre an den berühmten Nagel hängen.

„Überraschung! Schließe deine Augen und öffne sie erst, wenn ich es dir sage! Nicht schummeln!"
Mit diesen Worten hatte Lisa ihn eines Abends in seinen Fitnessraum geführt. Als er seine Augen auf ihr Kommando hin wieder aufmachte, was musste er sehen? In der Mitte des Raumes prangte nicht mehr seine Drückbank mit den Hanteln, sondern – ein Kinderbett!
Seine Frau strahlte ihn mit fragendem Blick an, wartete neugierig und wohl auch etwas unsicher auf seine Reaktion. „Wenn du willst, kannst du dich in einigen Monaten von Babygeschrei statt von Eisen foltern lassen. Was sagst du zu dieser Alternative?"
Leo nahm Lisa in seine Arme. Er war fassungslos,

fassungslos und sehr glücklich. „Stell dir vor, an diese Art von Marterpfahl lasse ich mich gerne fesseln." Sie war erleichtert, hatte aber auch schon weitergedacht. „Da gibt es aber leider ein Problem, über das wir sprechen müssen."

Ein Problem? Leo erschrak. Vertrug sie die Schwangerschaft nicht, gab es irgendeine Missbildung bei dem kleinen Wesen in ihrem Bauch? Regelrecht erleichtert hörte er sie fragen: „Wer nämlich kümmert sich um das Baby? Meine Eltern wohnen zu weit entfernt und, was ich bisher rausbekommen habe, sind hier in unserer Gegend sowohl Krippenplatz als auch Tagesmütter nahezu unmöglich zu finden."

Er war entrüstet: „Du wirst doch wohl unseren kleinen Schatz nicht irgendeiner wildfremden Person anvertrauen wollen, oder? Das kommt überhaupt nicht in Frage! Wenn jemand weiß, was Vernachlässigung in frühen Jahren bedeutet, dann bin ich das! Dieses Schicksal soll unserem Kind nun wirklich erspart bleiben. Da geht eben einer von uns beiden in Elternzeit, ist doch wohl klar! Und da wir ja leider von meinem kleinen Gehalt allein nur schlecht leben können, werde ich wohl oder übel an den Marterpfahl kommen und zu Hause bleiben."

Nun war es Lisa, die ihren Mann dankbar umarmte. „Und du hältst die Folter volle drei Jahre durch?"

Leo nickte. Sein Kopf, da völlig ahnungslos über die Konsequenzen, sagte ja. Sein Bauch sowieso. Er war bereit für dieses neue Abenteuer, das Abenteuer Kind. Zumal er auch noch viele Monate Zeit hatte, sich darauf einzustellen. Zusammen mit seiner Frau arbeitete er sich gewissenhaft durch Unmengen an äußerst schlauen Ratgebern über Schwangerschaft und Geburt, besuchte geburtsvorbereitende Lehrgänge in der Klinik. Kurzum, er entwickelte sich zu einem vorbildlichen werdenden Vater, ja empfand sich selbst als schwanger. Bekam nicht sein Bauch rundlichere Formen? Wurde ihm nicht auch bisweilen morgens übel?

Bei einem Kurs in der Volkshochschule zu den Themen Kinderkrankheiten und Babymassage war Leo der einzige Mann unter lauter werdenden Müttern oder besser gesagt Bäuchen mit Frau. Er erntete viele neugierige und, wie er glaubte, auch zweifelnde, misstrauische Blicke. Babymassage. Ein Sittenstrolch? Ein Pädophiler? Schnell erwähnte er seinen Beruf, seine vielbeschäftigte Ehefrau und die besorgten Mienen hellten sich wieder etwas auf.

„Was hältst du von Windsbraut, Emilia-Extra, Adelrune oder Faustine?", wurde er eines Abends von Lisa begrüßt. Auf seinen fragenden Blick hin, ergänzte sie:„Oder wie wäre es mit Draculus, Godpower, Waterloo oder Tresor?"

Leo kapierte erst, was sie meinte, als er das Buch mit dem Titel 'Die schönsten und skurrilsten Kindernamen der Welt' in ihrer Hand entdeckte.

Lisa schüttete sich aus vor Lachen. „Du glaubst nicht, welche Namen erlaubt sind. Hör dir die mal an: Frohmut, Laser, Leonardo da Vinci Franz. Stell dir vor eine Mutter ruft ihren Nachwuchs: 'Adalbrand, Archilochos, Kasmiranda. Reinkommen! Das Essen ist fertig.' Die armen Kinder werden ungewollt zum Gespött, höchstwahrscheinlich ihre ganze Jugend lang von anderen verhöhnt oder sogar gemobbt."

Sie war wieder ernst geworden. „Wenn ich mir vorstelle, wie jemand leiden muss, bloß weil er als süßes, unschuldiges Baby Pumuckl oder Magic genannt worden war."

„Besonders als Erwachsener!", gab Leo ihr recht. „Die

Eltern glauben, ihr ach so einzigartiges Kind brauche auch einen ach so einzigartigen Namen und schaden ihm dadurch ein Leben lang. Ich verstehe aber nicht, dass so etwas überhaupt genehmigt wird. Sind dafür eigentlich bei uns die Standesämter zuständig?"

„Richtig. Und die haben darüber zu entscheiden, ob ein Vorname dem Wohlergehen eines Kindes schaden könne oder nicht. Dabei sind sie allerdings ziemlich großzügig oder werden von Gerichten überstimmt. Gott sei Dank aber erlauben sie vieles von dem nicht, was sich kranke Elternhirne so ausdenken. Da gab es wirklich welche, die ihren Nachwuchs Sputnik,

Crazy Horse, Woodstock oder, ganz fantasievoll, einfach Junge nennen wollten."

Leo, der inzwischen ebenfalls in dem Buch geblättert hatte, stellte lachend fest: „Das alles sagt aber auch viel über den Charakter der Namensgeber aus. Leute, die Vornamen wie Ikea, Apple oder, wie originell, Pepsi-Carola auswählen, sind wohl Shopaholics, wobei, dem Himmel sei Dank, die Standesämter Mitleid zeigten und Worte wie Waldmeister, Joghurt, Möhre oder Pfefferminza ebenso verbieten wie Bierstüberl und Nelkenheini. Junkies dürfen ihre Tochter aber Marijana nennen."

„Du hast recht. Ich glaube, Menschen, denen Vornamen wie Chaos – was erlaubt ist – einfallen oder wie Störenfried oder Satan – beides verboten – , scheinen sich wohl nicht übermäßig auf ihren Nachwuchs zu freuen, was man bei Eltern, die ihr Kind einfach Shukran, also das tunesische Wort für 'Danke', nennen, nicht behaupten kann."

„Wie gestört muss man aber sein, wenn man sich Vornamen wie Gastritis oder Steißbein ausdenkt!

26

Eigentlich muss ich sogar noch froh sein über die Wahl meiner Eltern. Aus Leonid Andrejewitsch kann man wenigstens Leo machen."

„Da fällt mir eine nette Geschichte aus meiner Kindheit ein", ergänzte Lisa. „Bei meiner Einschulung fragte mich die Lehrerin nach dem Namen meines Vaters und ich antwortete prompt zur großen Erheiterung aller: 'Sternchen', weil meine Mutter ihn ja stets so nannte. Du weißt, er ist ein wirklich lustiger Mensch, wurde aber Ernst getauft. Meine Mutter, die den Namen ebenfalls als unpassend empfand, drehte die Buchstaben und so wurde aus Ernst Stern, genannt Sternchen."

Sie überlegte. „Das mache ich bei Leo wohl besser nicht. Oel, mein Oelchen. Aber mal im Ernst. Hast du dir schon Gedanken über eventuelle Kindernamen gemacht? Ich finde Leonie schön, falls es ein Mädchen wird."

Leo stimmte sofort zu. „Klingt schön. Nur bitte keine Viola."

Der mögliche männliche Nachwuchs musste aber weiterhin namenlos im Fruchtwasser treiben. Sie hatten einfach noch keine Idee.

Seine Tochter. Werden sie Leonie am Leben lassen? Und wenn ja, wird sie jemals diese schrecklichen Erlebnisse verarbeiten können? Was für ein Idiot ist er doch gewesen! Warum hat er nicht andere in seine Rettungsaktion eingeweiht. Noch nicht einmal Lisa weiß, wohin er aufgebrochen ist, um Leonie zu retten. Wie kann man sich so übertölpeln lassen! Er, der Polizist, der Profi. Leo ist wütend auf sich, zweifelt an seiner Kompetenz. Ein derartiger Fehler ist ihm in all seinen

Berufsjahren niemals passiert. Er denkt an Fälle, die er erfolgreich bearbeitet hat, sucht Bestätigung, kein Versager zu sein, sucht sich von der bösen Realität abzulenken, indem er sich an all die teils skurrilen Ereignisse erinnert, von denen er allabendlich seiner Frau während ihrer Schwangerschaft berichtet hat.

5

Sein Beruf war Leo stets sehr wichtig gewesen, was wiederum nicht bedeutete, dass er voller Ehrgeiz die Karriereleiter zu erklimmen suchte. Nein, jegliches Streben nach Höherem, nach Veränderung waren ihm immer schon fremd. Bis heute genügte Leo sein berufliches Dasein als Polizeiobermeister. Seinem hilfsbereiten, freundlichen Wesen entsprechend fühlte er sich wohl in seiner Tätigkeit als Robin Hood, Beschützer der Armen und Schwachen, ausgenommen mit Sicherheit jene Momente, in denen er aggressiven, pöbelnden, meist stark alkoholisierten Menschen gegenüber stand. Er empfand seine Arbeit als interessant, da kein Tag wie der andere verlief, kein monotoner Schreibtischjob, obwohl auch Leo sich nicht immer vor dem Schreiben der Protokolle drücken konnte.

Natürlich drehten sich seine Gedanken in diesen letzten Monaten seiner Schwangerschaft hauptsächlich um die werdende Mutter und sein werdendes Kind. Trotzdem sollte der Beruf nicht zu kurz kommen. Und es ereignete sich wirklich viel, manches, was ihm Freude machte, anderes, was ihm den zeitweiligen Abschied aus dem Polizeidienst erleichtern sollte.

In erstere Rubrik fällt zweifellos der folgende Fall. „Überfall auf Sparkassenfiliale Seestraße – Täter flüchtig", wurde gemeldet und Leo und sein Kollege Pit sollten den Tathergang aufnehmen.

Polizeimeister Pit Schmidt, genannt Pitbull, ein junger, sportlicher, vor Kraft und Testosteron nur so strotzender Mann, wurde Leo in den meisten Fällen zugeteilt. Was dieser an Muskeln zu viel besaß, fehlte ihm leider an Intelligenz. Als ein langsamer Denker, aber impulsiv Handelnder musste er oft vor sich selbst geschützt werden, erwies sich ansonsten aber als ein freundlicher und hilfsbereiter Kollege.

Leo und Pit befragten vor Ort Bankangestellte und Kunden zu den Geschehnissen und konnten Folgendes protokollieren:

Zeuge Nummer 1, ein Passant, der von der gegenüberliegenden Straßenseite zufällig den Beginn des Überfalls beobachtet hatte: „Ein dunkelfarbiges Auto, schwarz, vielleicht auch blau oder braun – Marke oder Nummernschild konnte ich nicht erkennen – fuhr auf den Parkplatz vor der Bank. Eine Person blieb sitzen schaltete den Motor aber nicht aus. Zwei weitere rannten zum Eingang, wobei sie sich etwas Schwarzes über den Kopf stülpten. Einer trug irgendeine Tüte in der Hand. Da ich mein Handy nicht dabei hatte und außer mir gerade niemand unterwegs war, konnte ich erst von zu Hause aus die Polizei benachrichtigen."

Zeuge Nummer 2, ein Bankkunde: „Ich wollte noch etwas Geld von meinem Konto abheben, als plötzlich zwei Männer mit vorgehaltenen Waffen hereinstürmten. Es war mir nicht möglich, die Gesichter zu erkennen, da sie Schwarzenegger- beziehungsweise Merkelmasken trugen. Der eine schrie mich und die noch anwesende Frau an: 'Hinlegen und keine Bewegung!', während der andere den vor dem Kassenschalter stehenden alten Mann bedrohte. Wie die Täter aussahen? Der mit der Schwarzenegger-Maske war um die 1,80 Meter groß und sehr kräftig gebaut, bekleidet mit schwarzer Jeans und einem dunklen Anorak. Dagegen war der mit Merkel-Maske viel kleiner und schmächtiger, vielleicht sogar eine Frau. Er trug graue Jeans und eine dunkle Windjacke mit einer Aufschrift drauf, an die ich mich aber nicht mehr erinnern kann. Beide hatten dunkle Sportschuhe an."

Zeugin Nummer 3, eine Bankkundin: „Ich musste mich flach auf den Boden legen. Aus dieser Position erschienen mir die Täter sehr groß, beide mindestens 1,85 Meter und ziemlich kräftig. Es waren ganz bestimmt zwei Männer. Der mit der Alditüte trug hellblaue Jeans, einen dunkelblauen Sweater und blau-weiße Sportschuhe. Der andere war mit einer ziemlich kaputten schwarzen Jeans, schwarzem Sweatshirt mit irgendeiner Aufschrift sowie dunklen Laufschuhen, Marke unbekannt, bekleidet. Gesichter sah ich wegen der Masken nicht. Die eine Maske sah aus wie Helmut Kohl, die andere wie die von der SPD, die Merkel. Beschwören kann ich dies alles aber nicht. Es ging einfach zu schnell und außerdem hatte ich panische Angst."

Zeuge Nummer 4, ein älterer Bankkunde: „Ich wollte mir gerade meine Rente ausbezahlen lassen, da schrie jemand hinter mir: 'Tüte mit Geld füllen, aber pronto, sonst muss der da dran glauben!' Gleichzeitig spürte ich, wie mir eine Waffe an den Kopf gehalten wurde. Keine Ahnung, wie die Täter aussahen, denn sie standen ja hinter mir und ich habe es wirklich nicht gewagt mich umzudrehen."

Zeuge Nummer 5, eine Bankangestellte: „Ich sah zwei Männer durch die Eingangstür stürmen, der eine mit einer Merkel-Maske vor dem Gesicht, der andere mit einer, die, wie ich glaube, Boris Becker darstellen sollte. Aussehen und Kleidung kann ich nicht beschreiben, weil der ältere Kunde mir die Sicht versperrte und ich mich dann nur voll Panik auf das Füllen der Tüte mit Geld konzentrierte. Als die beiden wegliefen, habe ich sofort den Alarmknopf gedrückt."

Zeuge Nummer 6, Filialleiter: „Ich war zu der betreffenden Zeit hinten in meinem Büro und habe von dem Überfall überhaupt nichts mitbekommen. Wie viel genau gestohlen wurde, kann ich leider noch nicht mit Bestimmtheit sagen."

Leo resümierte: „Also zwei Personen haben die Filiale der Sparkasse kurz vor deren Schließung überfallen, einer wartete draußen. Bei dem Fluchtwagen handelt es sich um ein Auto, irgendwie dunkelfarbig. Zwei der Täter waren wohl bekleidet, aber je nach Zeuge unterschiedlich. Der eine war Helmut Kohl oder Arnold Schwarzenegger, vielleicht auch Boris Becker, jedoch mit Sicherheit ein Mann, der andere entweder Mann oder Frau, mit Sicherheit aber Angela Merkel. Gestohlen wurde eine unbestimmte Summe, höchstwahrscheinlich aber Geld. Meine Damen und Herren, die Täter sind durch Ihre Aussagen so gut wie gefasst."

Ziemlich verzweifelt blickte er auf seine Zeugen. Da erbarmte sich die während des Überfalls auf dem Boden liegende Frau seiner: „Fast hätte ich's vergessen. Als der eine Mann seine Waffe zog, um sie dem Kunden an den Kopf zu halten, fiel ihm ein Zettel aus der Jackentasche."

Sie deutete auf ein Stück Papier vor dem Kassenschalter. Während Leo das Beweisstück studierte, erkannte er sogleich den Wert dieser

Beobachtung. Es handelte sich um einen Merkzettel, ausgestellt von einem hiesigen Zahnarzt, mit genauer Terminangabe für den nächsten Praxisbesuch. Nun war es ein Leichtes, einen der Bankräuber und über ihn schließlich auch dessen Komplizen festzunehmen.

„Dem Trio wurden also nicht genaue Täterbeschreibungen zum Verhängnis, sondern allein ein kariöser Zahn!", schloss Leo den allabendlichen Bericht über seine beruflichen Erlebnisse. Lisa, die ihm stets interessiert zuhörte, fiel bei diesem Thema sogleich ein Artikel der heutigen Zeitung ein: „Manchen Einbrechern kommt man nicht mit Hilfe von Karies auf die Spur, sondern durch ihr Ohr!"

Er sah sie verständnislos an. „Habe ich richtig gehört?"

„Ein Täter in Lyon", klärte sie ihn lachend auf, „hat vor seinen Einbrüchen stets an der Tür seiner potentiellen Opfer gelauscht und dabei wunderschöne Ohrabdrücke hinterlassen, wodurch die französische Polizei ihm 80 Taten nachweisen konnten. Sie sucht seither nicht nur nach DNA-Spuren und Fingerabdrücken, sondern eben auch nach verräterischen Ohrabdrücken. Da fällt mir ein", fuhr sie fort, „bist du eigentlich auch mit der Suche nach dem Wäschedieb beschäftigt, der seit Monaten einer Frau ihre sündhaft teuren BHs von der Wäscheleine in ihrem Garten klaut? Angeblich schon um die zwanzig Stück."

Leo nickte. „Das interessiert natürlich meine Lisa, die ein riesiges Faible für Unterwäsche hat. Vielleicht bist du ja sogar die Täterin. Wollen wir doch gleich mal schauen, ob nicht dieser wunderschöne BH unter deiner Bluse Teil der Beute ist." Und so schritt er sofort zur Überprüfung seines kriminalistischen Instinktes ...

6

Am folgenden Tag erschien eine gepflegte, ältere Dame auf dem Revier und fragte Leo in kaum hörbaren Ton: „Ist es möglich hier bei Ihnen eine Anzeige zu machen, obwohl ich eigentlich im Nachbarort wohne? Sie müssen verstehen, ich bin Frau Schneider, die Sekretärin des dortigen Bürgermeisters und möchte vermeiden, dass die ganze Angelegenheit bei uns publik wird."

Leo zögerte, gab aber schließlich dem flehenden Blick der Dame nach. „Obwohl dies eigentlich ziemlich ungewöhnlich ist, fangen Sie mal an zu erzählen. Worum geht es?"

„Ich möchte eine Anzeige erstatten und zwar gegen Scheich Omar bin Abdul al-Kuwait."

Es war gerade Karnevalszeit und Leo dachte natürlich augenblicklich an einen nach Art der Araber kostümierten Mann, der sich im wilden Trubel der Dame vielleicht ungebührlich genähert hatte. „Wie heißt denn der Herr in Wirklichkeit?"

Sie schaute ihn entsetzt an. „Woher wissen Sie, dass dies nicht sein echter Name ist? Ist die ganze Geschichte etwa schon an die Öffentlichkeit gelangt? Das ist ja furchtbar, der Ruf unserer Stadt ist ruiniert!"

Um den einsetzenden Tränenfluss der Frau zu stoppen, beteuerte Leo sogleich, dass das Image der Nachbargemeinde bisher keinesfalls zu Schaden gekommen sei und bat sie, in aller Ruhe ihre Anzeige vorzubringen.

„Also, zunächst möchte ich Sie um totale

Verschwiegenheit ersuchen." Frau Schneider begann erneut ihre Stimme zu senken und schaute Leo bittend an. „Die ganze Angelegenheit ist mir nämlich äußerst peinlich. Also, vor ungefähr einem Jahr hab ich zu meiner Überraschung einen Anruf vom kuwaitischen Amt für Wirtschaft und Zusammenarbeit erhalten. Man wolle, so hat jemand in gebrochenem Deutsch erklärt, hier in diese Region investieren, wobei es sich um sehr große Geldbeträge und Pläne handele. Falls die Infrastruktur stimme und preislich günstige Baugebiete vorhanden seien, könne man ins Geschäft kommen. Scheich Omar bin Abdul al-Kuwait, der Leiter des Projekts komme in drei Monaten nach Deutschland, um entsprechende Angebote der verschiedenen Gemeinden zu überprüfen."

„Na, das wäre ja fantastisch für Ihre nicht gerade reiche Stadt. Bei eurer hohen Arbeitslosigkeit könnt ihr wahrhaftig jeden Investor gut gebrauchen."

„Exakt. Genau dies haben wir auch gedacht. Anders als Sie hier, konnten wir nie genug Gewerbebetriebe und Industrie anlocken. Und dann kam dieser Anruf! Mein Gott, welche Perspektiven! Wir sahen schon Vollbeschäftigung, keine abwandernden, unzufriedenen jungen Leute mehr, einen prall gefüllten Gemeindesäckel, den die wenigen Eingeweihten in Gedanken bereits für große städtische Vorhaben verteilten. Die ganze Gemeinde erwachte aus ihrer Lethargie, blickte plötzlich optimistisch in die Zukunft. Ausschüsse wurden berufen, eine Besprechung jagte die andere. Ja, und für den hohen Besuch wurden keine Kosten und Mühen gespart. Die teuerste Hotel-Suite wurde reserviert, eine komplette Etage für die Begleiter bereit gestellt, alle für die Gäste vorgesehenen Räume mit Früchtekörben samt Datteln, ja sogar mit Dattelchampagner, selbstverständlich alkoholfrei, ausgestattet. Ebenso sorgten wir für Korane und Gebetsteppiche mit eingebautem Kompass zur Orientierung gen Mekka. Wir versuchten, wirklich an alles zu denken, was unseren Besuchern den Aufenthalt angenehm machen könnte, haben natürlich auch die dickste Limousine gemietet, um die personifizierte letzte Chance unserer Stadt vom Bahnhof abzuholen."

Leo stutze. „Habe ich richtig gehört: vom Bahnhof? Der Scheich reiste mit der Regionalbahn, womöglich noch zweiter Klasse? Kam Ihnen das denn nicht seltsam vor?"

Frau Schneider errötete, fuhr aber tapfer in ihrem Bericht fort. „Nein, hätten Sie ihn aus dem Zug steigen sehen, wären Ihre Zweifel auch sofort verflogen. Er entsprach in Kleidung und Aussehen exakt der Vorstellung, die man so von einem Scheich hat. Ein großer, schlanker Mann mit dunklem Teint und schwarzem Bart, bekleidet mit Thawb und Guthra."

Auf Grund von Leos fragendem Blick, huschte das erste Mal eine Art Lächeln über ihr Gesicht. „Ja, wir hatten uns gut vorbereitet und wochenlang mit der fremden Kultur beschäftigt. Als Thawb bezeichnet man das knöchellange, weiße Gewand und eine Guthra ist das Tuch, das durch den Agal, einen schwarzen Strick, auf dem Kopf gehalten wird. Übrigens wunderten wir uns auch nicht, dass der Scheich allein anreiste. Eventuelle Zweifel zerstreute er auch später mit der Bemerkung, er wolle sich ein Urteil über den Standort bilden, unbeeinflusst durch seine Mitarbeiter. Egal, wir legten uns mächtig ins Zeug. Die Blaskapelle spielte. Der Bürgermeister und die wichtigsten Persönlichkeiten empfingen den Scheich auf dem eigens ausgelegten roten Teppich mit „Salam alaykum. Sabah al-khayr", also Guten Tag, und sprachen ihn mit 'Your Highness' an."

„Beherrschte der Mann denn überhaupt die arabische Sprache?"

„Keine Ahnung, das konnten wir nicht feststellen, wollten wir auch gar nicht. Wir waren alle nur heilfroh, als der Scheich mit uns deutsch sprach, wenn auch gebrochen, aber er hatte, wie er sagte, einige Jahre in München studiert. Eine Woche lang war er unser Gast und wir versuchten, ihm den Aufenthalt bei uns so angenehm wie möglich zu machen. Champagner-Empfänge, Festessen, Rundfahrten in der Luxuslimousine, Eintragung ins goldene Buch der Stadt. Er besuchte mit den Vertretern unserer Gemeinde ein Gymnasium, die berühmte Uhrenfabrik, einen Bio-Bauern, die örtliche Kläranlage und begutachtete das für seine Investitionen vorgesehene, äußerst günstige Bauland sowie die Infrastruktur unserer Gemeinde. Überall erhielt der Mann wertvolle Gastgeschenke. Ich weiß nicht, ob die Ursache in Letzterem lag, auf jeden Fall erntete unser Bürgermeister viele anerkennende Blicke, wodurch unsere Hoffnung wuchs und damit auch unser Eifer, den hohen Gast glücklich zu machen."

Leo konnte sich ein Grinsen nicht verkneifen.

„Oh, bitte lachen Sie nicht über uns. Im Nachhinein ist bekanntlich jeder der Klügere. Egal, zum Abschluss seines Besuches veranstalteten wir schließlich ein Gala-Dinner, an dessen Ende der Scheich eine begeisternde, fachkundige Rede hielt, in der er die hier vorgefundenen wirtschaftlichen Möglichkeiten positiv würdigte. Er werde sich in den kommenden Wochen jedoch noch einige konkurrierende Gemeinden anschauen, müsse sich schließlich auch mit der Herrscherfamilie beraten, was einige Zeit in Anspruch nehmen werde, und sich dann wieder bei uns melden. Er sei äußerst angetan von dieser Region und den so überaus gastfreundlichen Menschen."

„Das kann ich verstehen. Ich werde Ihnen demnächst auch mal einen Besuch abstatten als Leo, Prince of Kirgisistan."

Frau Schneider strafte ihn mit einem bitterbösen Blick, fuhr aber in ihrem Bericht fort. „Von da an hofften und bangten wir bei jedem Telefonanruf, jeder neu eingehenden E-Mail, jedem bedeutungsschwangeren Brief. Die Monate vergingen, nichts."

„Darf ich raten? Es blieb dann wohl auch bei dem Nichts, oder?"

Sie nickte traurig. „Bei sämtlichen Städte- oder Gemeindetagen hörte unser Bürgermeister immer wieder von ähnlichen Besuchen des Scheichs, jedoch konnte er seinen Kollegen keinerlei Details entrücken. Überall war die Angelegenheit top-secret."

„Ich nehme mal an, Sie hatten wohl auch keine Adressen oder Telefonnummern von dem Scheich, um die ganze Sache zu überprüfen."

„Genau. Niemand hatte es gewagt, seine Highness danach zu fragen. Jedenfalls wuchs unser Misstrauen und nach etwa einem Jahr erkundigte sich der Bürgermeister in der Botschaft von Kuwait nach Scheich Omar bin Abdul al-Kuwait sowie dem Stand der Verhandlungen."

„Und siehe da", ergänzte Leo, „weder Scheich noch irgendwelche Investitionsvorhaben in hiesige Regionen waren bekannt."

„Leider ja. Und ich schäme mich so für unser Verhalten, möchte aber offiziell Anzeige erstatten gegen den Kerl. Der soll mit seiner Masche nicht noch andere Gemeinden reinlegen."

Er versuchte sie zu trösten: „Glauben Sie mir, Menschen überall auf der Welt wären in Ihrer miesen wirtschaftlichen Situation auf solch einen Betrüger reingefallen. Niemand will eine so große Hoffnung und Chance einfach begraben."

Sie nickte. „Je größer die Hoffnungslosigkeit, desto geringer ist das Misstrauen. Man klammert sich an den letzten Strohhalm und", fügte sie zaghaft lächelnd hinzu, „schließlich glauben wir ja auch, dass ausgerechnet ein Säugetier wie der Hase uns Ostereier bringt."

Der Betrüger konnte einige Zeit später festgenommen werden. Leider – Leo bedauerte die sympathische Frau Schneider – bekam die Presse Wind von der ganzen Angelegenheit und so ergoss sich ein Schwall von Häme mit Titeln wie „Märchen aus dem Morgenland" über die betroffenen Gemeinden, die alle den vermeintlichen Scheich hofiert hatten.

7

Manche Opfer machten es den Betrügern allerdings auch allzu einfach, wobei Leo die Naivität, ja Dummheit vieler Menschen immer wieder in Erstaunen versetzte.

So erschien eine ältere, elegant gekleidete Dame auf dem Revier, verzweifelt, wütend, jedoch wohl mehr auf sich selbst als auf die Personen, die sie anzeigen wollte. „Sie sehen vor sich die Inkarnation der Blödheit!", begann sie sogleich mit schonungsloser Offenheit. „Ich muss gestehen, ich habe lange gezögert, diesen Fall öffentlich zu machen. Schließlich ist die ganze

Angelegenheit für mich äußerst peinlich und ich kann im Nachhinein mein Verhalten überhaupt nicht nachvollziehen. Aber ich bin mir sicher, dass die zwei Frauen mit der Masche auch andere reingelegt haben und es weiterhin tun werden. Darum möchte ich jetzt hier eine Anzeige machen."

Leo blickte sie aufmunternd an.

„Sie müssen wissen, vor etwa einem halben Jahr verstarb völlig unerwartet mein Mann. Er hinterließ mir neben einem schönen Haus auch viel Geld und Schmuck, jedoch vor allem eine große Leere. Alles hatten wir gemeinsam gemacht und nun war ich urplötzlich allein und sehr, sehr unglücklich. In dieser Situation las ich eines Tages in der Zeitung eine Anzeige, wie speziell für mich geschrieben. 'Reich, aber unglücklich? Wir beenden diesen Fluch! Bitte melden unter ...'"

„Ich nehme mal an", hakte Leo nach, „jetzt sind Sie den Fluch 'reich und unglücklich' los und dafür arm und unglücklich."

In ihrem Gesicht zeigte sich ein Hauch von Schamröte, aber sie fuhr in ihrem Bericht entschlossen fort. „Zum vereinbarten Termin erschienen zwei Frauen bei mir, beide so um die fünfzig, dunkler Teint, lange, gelockte Haare. Ihre schwarzen, wallenden Gewänder und der viele Goldschmuck unterstrichen irgendwie noch den Eindruck von Wahrsagerinnen. Ich war zunächst skeptisch und hätte sie ohne die Anwesenheit einer guten Freundin auch nicht hereingelassen. Außerdem machten die beiden einen durchaus freundlichen, ja sympathischen Eindruck. Genauestens haben sie mich betrachtet, versucht, wie sie vorgaben, meine Aura zu spüren. Bei diesem Ausdruck wurde ich schon einmal etwas misstrauisch. Dann verkündeten sie, auf mir läge ein Fluch, von dem sie mich allerdings befreien könnten, und zwar, das haben sie ausdrücklich betont, kostenlos, nur aus reiner Nächstenliebe. Nun war mein Misstrauen völlig erwacht." „Sie haben die beiden Schwindlerinnen hoffentlich sofort rausgeschmissen, oder?", fragte Leo nach. „Hätten wir das doch getan. Nö, meine Freundin und ich wollten uns einen Spaß machen. Natürlich haben wir nicht an einen Fluch oder so was geglaubt, aber wir waren neugierig auf das, was kommen würde, und hatten irgendwie auch die Hoffnung, die beiden überführen und ihre eventuellen Betrügereien beenden zu können. Endlich ein Ende der Langeweile! Also haben wir uns auf das Spiel eingelassen. Und die Frauen haben uns nicht enttäuscht, sondern ein mächtiges Spektakel aufgeführt. Das Wohnzimmer wurde abgedunkelt, auf dem Tisch eine große, dunkelblau leuchtende Kugel aufgebaut, Räucherstäbchen angezündet. Dann haben sie ein riesiges Hokuspokus veranstaltet, um schließlich zu verkünden, nicht auf mir, sondern allein auf meinem Geld läge ein Fluch, der sich aber negativ auf mich auswirke. Sie aber besäßen die Kraft, mich davon zu befreien. Ich sollte all mein Geld und zur Sicherheit auch noch meinen Schmuck in ein spezielles Zaubertuch wickeln."

„Und das haben Sie gemacht?" Leo starrte sie fassungslos an.

„Ja", erfolgte eine kleinlaute Antwort. „Aber wir waren uns so sicher, passten höllisch auf, waren auf jeden Trick vorbereitet. Ich hab auch nur einen kleinen Teil meines Geldes und einige Schmuckstücke von geringerem Wert in das Tuch gewickelt, war ja sooooooo clever! Die beiden begannen dann im Flüsterton, bedeutungsvolle Formeln und Beschwörungen zu murmeln und abwechselnd mit dem verfluchten Schatz um uns herum zu tanzen, um schließlich das Ende des Fluches zu verkünden. Damit dies so bleibe, müsste ich eine Nacht auf dem kostbaren, aber nun unschuldigen, reinen Bündel schlafen, dürfte es aber keinesfalls vorher öffnen. Mit diesen Worten verschwanden sie. 'Klug' wie wir waren, hatten meine Freundin und ich vor, sofort das Tuch aufzumachen, um die Sachlage zu prüfen und, im Falle eines Betruges, sogleich die Verfolgung der Frauen aufzunehmen. Als wir jedoch endlich all die Knoten geöffnet hatten, konnten wir nur noch feststellen, dass die beiden sich in Luft aufgelöst hatten. Wir sind in alle Richtungen gerannt. Keine Spur!"

„Lassen Sie mich raten, in dem Bündel war zwar kein Fluch mehr, aber auch kein Geld, oder?"

„Exakt, statt Schmuck und Geld fanden wir auf Geldgröße geschnittene Zeitungen sowie einige wertlose Ketten und Ringe. Dabei haben wir das Paket nie aus den Augen gelassen. Die müssen es wohl während der geheimnisvollen Tanzerei ausgetauscht haben. Ehrlich gesagt, ich hab für meinen Leichtsinn eine Strafe verdient. Außerdem muss ich in Zukunft auch nicht in Armut darben. Ich will einfach nur, dass die zwei Betrügerinnen gefasst werden, denn ich kann mir gut vorstellen, wie viele verzweifelte, naive Seelen durch die Frauen ihre ganzen Ersparnisse verlieren und sich dann aus Scham womöglich noch nicht einmal bei der Polizei melden."

Leo zog gedanklich seinen Hut vor der Dame – auch wenn er in der Realität die Notwendigkeit eines derartigen Kopfschmucks bezweifelte – und konnte ihr nur beipflichten. Er schrieb umgehend die selbsternannten Retterinnen zur Fahndung aus.

„Unfassbar, dass tatsächlich Menschen auf diesen Humbug reinfallen!" Lisa, seine stets rational denkende, allem Esoterischen skeptisch gegenüber stehende Lisa, wollte die Geschichte kaum glauben.

„Oh, ich bin mir absolut sicher, die beiden haben bereits nicht wenige Opfer gefunden. Wenn die Leute richtig verzweifelt sind, greifen sie nach jedem Strohhalm und schalten ihr Hirn aus. Werden im Internet oder in Zeitungsinseraten exorbitante Verdienstmöglichkeiten für leichte Jobs ohne Vorbildung angeboten, bewerben sie sich und landen später meist ahnungslos wegen Geldwäsche oder Beihilfe zum Betrug vor Gericht. Und sie sind es, die dann bestraft werden, während die Hintermänner meist anonym bleiben. Erst letzte Woche hatte ich einen derartigen Fall zu bearbeiten."

Lisa lächelte: „Du kennst jemanden, der darüber sehr gerne mehr erfahren würde!"

Leo nickte: „Wenn dieser Jemand momentan aus zwei Personen besteht, sollen beide über die böse, böse Welt aufgeklärt werden. Also, ich wurde zu einem Autohändler gerufen, der einen völlig verängstigten, älteren Mann des Autodiebstahls bezichtigte. Es handelte sich um einen neuen BMW mit satten 340 PS und einem Verkaufspreis von 64 900 Euro. Der vermeintliche Betrüger hatte in der Zeitung eine Stellenanzeige entdeckt, wie für ihn gemacht. Er konnte mit seinen 56 Jahren seinen Beruf als Fliesenleger wegen eines Bandscheibenvorfalls nicht mehr ausüben und hatte bisher vergeblich nach einer neuen Arbeit gesucht. Und hier bot jemand für die Überführung eines Wagens innerhalb Deutschlands 1 000 Euro für einen Job, der zwei Stunden in Anspruch nehmen sollte. Der Auftraggeber, der, und das ist wichtig, genau wie er Meier hieß, hatte dafür keine Zeit."

„1 000 Euro für zwei Stunden! Da wäre ich doch misstrauisch geworden." Lisa war fassungslos.

„Das war Herr Meier durchaus auch, aber da er kein Geld auslegen musste, nahm er die Arbeit überglücklich an. Er wunderte sich auch nur kurz, als er seinen Personalausweis und Führerschein im Autohaus hinterlegen musste und der Händler sich nach der Dauer der Fahrt erkundigte. Während der Überführung erhielt er einen Anruf, das Ziel hätte sich geändert. 'Haben Sie Zeit', so wurde er gefragt, 'den Wagen nach Ungarn zu überführen?' Es warteten 1 000 Euro extra sowie ein Bahnticket für die Rückreise."

„Und der arme Mann hat das Angebot dankend akzeptiert, oder?"

„Und ob er es akzeptiert hat! Die finanzielle Not ließ ihn alle Zweifel vergessen und so brachte er das Auto wie befohlen auf einen ziemlich einsamen Parkplatz kurz vor einer kleinen ungarischen Grenzstadt. Zwei Männer nahmen ihm den BMW ab und brachten ihn äußerst hilfsbereit zum Bahnhof, wo Herr Meier, während der Zug sich schon in Bewegung setzte, ein dickes Kuvert überreicht bekam."

„Ich nehme mal an, seine Überraschung war ebenso dick, als er es öffnete." Lisa ahnte natürlich schon den Ausgang der Geschichte.

„Genau. Er fand einen Packen Zeitungspapier und einen Zettel mit den Worten: Danke für Ihre Hilfsbereitschaft."

„Was für höfliche Gauner!"

„Immerhin war aber das Zugticket echt. Herr Meier fuhr natürlich schnurstracks zum Autohaus, um wegen einer Anzeige die Anschrift des Namensvetters zu erfragen."

„Und wurde mit Sicherheit vom Autohändler begeistert

empfangen."

„Exakt. Der Mann klärte ihn auf, dass es für ihn nur einen Herrn Meier gebe, dessen Adresse diesem ja wohl bekannt sein müsste. Und der stünde vor ihm und müsse sich wegen Diebstahls eines Autos während einer Probefahrt! vor Polizei und Gericht verantworten."

„Der arme Mann! Statt 2 000 einfach verdienten Euros wartet jetzt womöglich der Knast auf ihn. Und in Ungarn freut sich irgendjemand über einen kostenlosen, neuen BMW."

8

„Ich hatte einen furchtbaren Traum und es ging um dich." Lisa weckte Leo etwas unsanft.

„Oh je, ich hab immer geglaubt, Albträume können ausschließlich von Viola verursacht werden. Was habe ich dir denn angetan? Hab ich dich mit meiner Liebe vergiftet, dich mit meinen lüsternen Blicken durchlöchert oder mit meinem Liebesgeflüster gefoltert? Ich bekenne mich schuldig, gelobe aber Besserung."

Sie lachte schon wieder: „Oh, bitte nicht! – Nein, im Ernst. Ich hab von einem Polizeieinsatz geträumt, der für dich schrecklich endete. Musst du heute wirklich auf's Revier?"

Er nahm sie in den Arm. „Natürlich. Einer muss doch die Welt vor allem Bösen bewahren!"

Und dafür war er heute schon ziemlich spät dran, hatte wohl das Klingeln des Weckers überhört und musste sich beeilen, um noch pünktlich zur Weltrettung zu erscheinen.

Und sein Einsatz war wirklich gefordert, hatten Pit und Leo es doch mit dem berüchtigten Herrn Schmied aus einer ebenso berüchtigten Wohnhaussiedlung zu tun, zum wiederholten Mal zu tun. Herr Schmied war ein extrem muskelbepackter, extrem furchteinflößender Riese, furchteinflößend aber nicht nur äußerlich, sondern auch von seinem Wesen her.

Das Mietshaus gehörte zu der Art von Gegend, die Polizisten nur ungern aufsuchten, ein Ort der Trost- und Hoffnungslosigkeit. Menschen durch jahrelange Arbeitslosigkeit, durch Alkohol oder Drogen an den Rand der Gesellschaft getrieben, apathisch und perspektivlos vor der Glotze dahin vegetierend, manche aber auch voll von Wut, Hass und Aggressivität auf alles Staatliche, besonders aber auf Polizisten. Wie oft hatte Leo schon Gewalttätigkeiten in diesen Häusern beendet, nur um dann von den Opfern hasserfüllt mit Komplimenten wie 'Bullenschwein, verpiss dich!' beschimpft zu werden.

Herr Schmied war ein besonders treuer Problemkandidat, dessen kriminelle Energie in seinem 48-jährigen Leben stetig zugenommen hatte. Die allererste Bekanntschaft hatte Leo mit ihm gemacht, als der Mann völlig betrunken die Etage verwechselt hatte und mit Gewalt und großem Lärm in ein falsches Appartement eindringen wollte.

Nach einer im Gefängnis endenden Phase, in der er sein Hartz IV durch Drogenhandel aufzubessern gesucht hatte, kehrte er an die Stätte seines Wirkens zurück. Herr Schmied eroberte das Herz oder besser gesagt den Leib einer Frau, den er 'ganz selbstlos' in einer von ihm gemieteten Wohnung gegen Geld anderen Männern zur Verfügung stellte. Seine Überredungskünste, dies zu tun, waren des öfteren eher gewalttätiger Natur, sodass die

Polizisten immer wieder, von Nachbarn gerufen, einschreiten mussten.

Die Besuche bei der Frau liefen stets nach dem gleichen Muster ab. Leo und Pit wurden widerwillig in die Wohnung gelassen, ein Appartement in rot, in dem es plüschte und samtete, aber auch unerträglich miefte und dreckte. Obwohl sich die Dame ihrem Heim anzugleichen suchte, hatte Leo doch immer wieder Mitleid mit ihr, angesichts eines blutunterlaufenen Auges und des durch Tränen aufgequollenen Gesichts, mit Sicherheit nicht nur durch Tränen aufgequollen! Stets stritt sie aber Misshandlungen durch ihren 'Beschützer' ab und ließ sich nicht helfen, schon gar nicht von der Polizei. Leo kannte inzwischen schon die übliche Ausrede für ihre Wunden, was ihr allerdings nicht bewusst war. Als er einmal grinsend bemerkte: „Sie sind wohl erneut gegen die berühmte Türkante gefallen?", antwortete sie, die Ironie in seinen Worten verkennend, total verblüfft: „He Bulle, woher weißt du das denn?"

Eines Tages zog 'Madame' aus und Leo hoffte inständig, von weiteren Treffen mit Herrn Schmied verschont zu bleiben. Aber er hatte sich zu früh gefreut. Zu seiner großen Überraschung waren diesmal jedoch nicht irgendwelche Nachbarn in einer Notsituation, nein, der Mann höchstpersönlich rief im Revier an, um um Hilfe zu bitten oder besser gesagt, diese energisch zu fordern:

„Schmied hier. Ich verlange Personenschutz. Der Bruder meiner Ex hat mir gedroht, er mache mich kalt, weil ich angeblich erneut seine Schwester misshandelt hätte. Dabei habe ich die alte Schlampe seit Wochen nicht mehr gesehen. Wenn mir was passiert, seid ihr Bullen schuld."

Noch während Leo und Pit sich auf den Weg zum Tatort machten, erfolgte ein weiterer Hilferuf, nun durch die Nachbarn aus dem Mietshaus. Die Lage war eskaliert. Der Bruder der Frau hatte zwei Freunde als Verstärkung geholt, um Herrn Schmied zu verprügeln. Dieser war allerdings inzwischen auch nicht mehr allein, sondern in Gesellschaft einer stattlichen, 40-fach bestückten Beretta. 41 gegen drei war unfair, also flüchteten die Unterlegenen und hinterließen einen vor Wut schnaubenden, zu allem bereiten Mann, was wiederum die Nachbarn beunruhigte. Sie, die Bullen gegenüber meist nur Verachtung empfanden, waren an diesem Tag sehr froh über deren Existenz und forderten sofort von den beiden Polizisten: „Entwaffnen Sie den Mann. Der ist total besoffen und zu allem fähig."

Leo war wütend: „Entwaffnen Sie ihn! Als ob das so einfach wäre! Wir klingeln, bitten ihn höflich um die Herausgabe der Waffe und er überreicht sie uns dann bestimmt ganz lieb."

Leo und Pit arbeiteten Schlachtpläne aus. „Du verwickelst den Kerl im Flur in ein Gespräch und ich schaue drinnen nach der Beretta."

„Aber soweit ich weiß, besteht das Apartment nur aus einem Raum."

„Gut, dann lockst du ihn unter einem Vorwand ins Bad, während ich mich auf die Suche mache."

„Oder wir überrumpeln ihn im Sturmangriff."

Leo schaute seinen Kollegen an, der inzwischen käsebleich geworden war und seinen soeben geäußerten Vorschlag wohl schon zutiefst bereute. Er spürte, wie sich die Angst seiner bemächtigte, hörte sein Herz laut und rasend schnell pochen. 'Warum nur bin ich Polizist geworden? Warum nicht Finanzbeamter, Orchideen-Züchter oder Privatier?'

Und dann fiel ihm Lisas Traum ein. Hatte sie ihn nicht vom Dienstantritt heute abhalten wollen? Hätte er doch nur auf ihre Warnung gehört! Die Gedanken jagten durch seinen Kopf. Was ist, wenn der Mann uns für den Bruder seiner Ex hält und durch die wahrhaftig nicht dicke Tür schießt?

Die beiden Polizisten positionierten sich mit vorgehaltenen Waffen links und rechts neben der Eingangstür und Leo klingelte, auf das Allerschlimmste gefasst. Schritte waren zu hören. Und dann riss Herr Schmied die Tür auf mit vor Wut verzerrtem Gesicht, die Beretta im Anschlag, wohl in Erwartung des Bruders samt Komplizen.

'Das war's dann wohl', dachte Leo, formulierte dennoch tapfer ihr Anliegen: „Herr Schmied, wir müssen diese Waffe beschlagnahmen."

Und dann geschah das große Wunder. Die hasserfüllten Gesichtszüge des Mannes entspannten sich, als er statt mehrerer gewaltbereiter Kerle zwei Polizisten vor sich sah, und er antwortete ganz friedlich: „Ach die Beretta. Die gehört mir gar nicht. Die hab' ich mir bloß ausgeliehen. Ich besitze ja noch nicht mal einen Waffenschein."

Mit diesen Worten überreichte er Leo widerstandslos die Waffe. Hatte er Angst um seine Bewährung? Oder besaß dieser so furchteinflößende Mann vielleicht doch noch irgendwelche menschlichen Regungen? Auf jeden Fall wirkte er geradezu erleichtert, vor einer blutigen Tat bewahrt worden zu sein. Zumal, wie sich später herausstellen sollte, er dieses Mal sogar fälschlich verdächtigt worden war. Seine Ex-Freundin hatte er wirklich seit mehreren Wochen nicht mehr belästigt und für die vermeintliche Misshandlung, die der erzürnte Bruder rächen wollte, war dieses Mal tatsächlich zwar nicht die berühmte Tür-, aber eine böse Tischkante, unterstützt vom Komplizen Alkohol, verantwortlich gewesen.

Dieser Tag sollte aber noch eine weitere Überraschung für Leo bereit halten, eine Überraschung der unangenehmen Art.

Das Tageslicht beginnt die Scheune zu durchdringen. „Papa, wie lange müssen wir hier noch bleiben? Wann kommt endlich Mama?" Seine Tochter ist aufgewacht. Was nur soll er ihr antworten? Keinesfalls darf er sie mit seiner eigenen Hoffnungslosigkeit anstecken. Noch während Leo nach den richtigen Worten sucht, kommt ihre nächste Frage: „War Tante Viola eigentlich immer schon so böse?"
Dieses Thema hat ihn ein Leben lang beschäftigt. „Ich glaube nicht. Weißt du, wir mussten in der Jugend einige furchtbare Schicksalsschläge einstecken. Ich vermute mal, die haben sie negativ geprägt." Natürlich ist nun Leonies Neugier erwacht. Sie will Genaueres erfahren.
„Na ja, den plötzlichen Tod des Vaters steckt wohl niemand so leicht weg. Unser Leben geriet dadurch komplett aus den Fugen. Und ich war damals erst neun, Viola sechs Jahre alt."
Leo bemüht sich, die Erinnerungen zu verdrängen. Vergeblich! Die Bilder aus jener Zeit kriechen übermächtig in ihm hoch. Da ist sie wieder, diese schreckliche Phase seines Lebens. Er sieht seine Mutter vor sich, eine schöne Frau mit langen, glänzend schwarzen Haaren, dunklen, ausdrucksstarken Augen, groß und schlank, ein sonst immer ruhiger, glücklicher Mensch, der sich zunehmend veränderte. Auch sein Vater war anders geworden. Sonst jemand, der das

Leben leicht nahm, ein unverbesserlicher Optimist, immer zu Scherzen aufgelegt. Ein sehr gut aussehender Mann, der mit seiner offenen Art, seinem Charme und Lächeln jedermann verzauberte. Und dieses Lächeln wirkte nun oft wie ausgelöscht.

Früher hatten sie viel zusammen unternommen, Ausflüge gemacht, waren eine richtig glückliche Familie. Selbst der alljährliche Urlaub während der Theater-freien Zeit in ihrem bayerischen Feriendomizil entfiel in diesem Jahr. Viola heulte, Leo war enttäuscht, aber vor allem zutiefst verunsichert. Er ahnte, dass irgendetwas ihren häuslichen Frieden bedrohte. Manchmal hörte er seine Eltern leise debattieren. Kaum aber betrat er das Zimmer, verstummte ihr Gespräch, die ernsten Mienen erhellten sich zwanghaft, sie übernahmen erneut ihre Rollen als zutiefst glückliche Eltern. Obwohl sie Profis waren, Leo durchschaute ihr Spiel, spürte ihre Ängste, ihre Sorgen. Fragte er jedoch nach, so erhielt er stets die Antwort, alles sei in bester Ordnung. Diese Ungewissheit aber ließ ihn verzweifeln. Schließlich fuhren sie in den Sommerferien ohne ihren Vater zu den Großeltern.

Und dann kam der schreckliche Abend. Seine Mutter erschien, kreideweiß im Gesicht, nahm ihn in den Arm und erklärte, – er wird es nie vergessen – 'Jetzt musst du ganz tapfer sein. Dein Vater ist von uns gegangen.' 'Aber doch nur heute, oder?', hatte Leo noch hoffnungsvoll gefragt. Sie schüttelte den Kopf und fing an, hemmungslos zu weinen. Auf seine Fragen nach dem Warum erhielt er nie eine Antwort. Es blieb ein Geheimnis. Auch durften weder Viola noch er an der Beerdigung teilnehmen.

Leonie hakt sofort nach: „Ja, hast du denn später nie nachgefragt, was mit deinem Vater passiert war?"

„Nein. Damals passierten so viele negative Dinge.

Unser Leben veränderte sich schlagartig. Wir alle konnten den plötzlichen Tod nicht verwinden. Meine Mutter wurde damit überhaupt nicht fertig. Sie begann zu trinken, hat sich um nichts mehr gekümmert, lag nur noch apathisch auf ihrem Bett, hat schließlich sogar ihre Arbeit am Theater verloren. Wir sind dann auch bald in eine andere Stadt gezogen, wo meine Großeltern uns unterstützen konnten. Es war eine furchtbare Zeit! Meine Mutter lebte in ihrer eigenen Welt, nahm am wirklichen Leben nicht mehr teil. Irgendwie war ihr alles egal, vom regelmäßigen Nachschub an Alkohol mal abgesehen. Sogar die Tatsache, dass Viola endgültig zu den Großeltern übersiedelte, schien sie nicht weiter zu belasten.“

„Aber das ist ja ganz schrecklich.“ Seine Tochter ist fassungslos. „Wie kann sich eine Mutter denn so verhalten? Und du, wo bist du hingekommen?“

„Ich selbst bin noch bis zu ihrem Tod bei ihr geblieben, musste miterleben, wie sie immer tiefer und tiefer sank. Bitte Leonie, lass uns über was anderes reden. Ich möchte an diese Zeit gar nicht mehr erinnert werden.“

Leo versucht an etwas anderes zu denken, jedoch holen ihn die düsteren Bilder der Vergangenheit erneut ein. Die Wohnung, die zunehmend verdreckte, der Gestank, die vielen Schnapsflaschen, die seine Mutter anfangs noch vor ihm zu verstecken suchte, schließlich einfach irgendwo stehenließ. Er tat, was er konnte, räumte auf, lüftete, ging einkaufen, falls mal wieder etwas Geld vorhanden war, kümmerte sich aufopfernd um seine kleine Familie. In der Schule ließen seine Leistungen natürlich erschreckend nach. Keine Zeit für Hausaufgaben. Oft musste er den Unterricht schwänzen, wenn die Mutter, von Trauer und Alkohol überwältigt, völlig hilflos war, ja sogar mit Selbstmord drohte.

Ja, und dann gab es da immer wieder diese Männer, die sie in ihren lichten Momenten aufgabelte, zum Teil schreckliche Typen,denen Leo am liebsten aus dem Weg ging, aber auch einige sehr nette 'Onkel'. Auf jeden Fall haben die sie vor dem finanziellen Ruin bewahrt. Klar, manche kümmerten sich sogar richtig lieb um sie beide, schickten die Mutter auch auf Entziehungskuren. Wie groß war dann immer seine Hoffnung, alles möge wieder gut werden, wenn sie danach zurückkehrte. In diesen Zeiten war sie fast wie früher: aufmerksam, liebevoll, voller Pläne. Aber leider kamen stets die Rückfälle, der verdammte Alkohol. Gut, Viola hat davon nichts mitbekommen, aber den Verlust der Eltern in so jungen Jahren steckt wohl niemand so leicht weg. Vielleicht erklärt dies ihr jetziges Verhalten.

Leo schüttelt den Kopf, grübelt: 'Nein, ihre unglaubliche Gefühlskälte ist damit nicht zu rechtfertigen. Was hätte dann erst aus mir selbst werden müssen, wo ich doch so viel Schlimmeres erlebt hatte! Sie blieb nämlich von dem Kerl verschont, den Mutter einmal anschleppte. Dieses widerliche Scheusal, das, kaum dass sie im Krankenhaus war, nachts in mein Zimmer kam und …. Schluss! Ich will nicht daran denken, habe es stets äußerst erfolgreich verdrängt. Ich hoffe nur, das Schwein schmort inzwischen in der heißesten Hölle!'

Seine Überlegungen sind wohl etwas zu lang geraten. Jedenfalls ist Leonie erneut eingeschlafen. 'Die müssen ihr irgendein Beruhigungsmittel eingeflößt haben. Kein Mensch kann in einer solchen Situation dermaßen viel schlafen!', geht es ihm durch den Kopf.

9

„Überraschung! Rate mal, wer im Wohnzimmer sitzt und sehnsuchtsvoll auf dich wartet?", wurde er an jenem Abend von seiner Frau empfangen.

„Wenn der Gast Ruhe heißt, ist er willkommen, denn die habe ich jetzt bitter nötig." Dieser Gast war jedoch das komplette Gegenteil von Ruhe. Als erstes roch er die Gefahr. Schwerer Parfumgeruch gepaart mit Zigarettenqualm. Und schließlich sah er sie. Da saß mitten in seinem Wohnzimmer die Person, deren Erinnerung er stets zu verdrängen suchte. Eine Personifikation des Zuviel: zu blond, zu grell geschminkt, zu stark parfümiert, zu viele Ringe und Ketten, aber vor allem zu falsch und laut, als dass sich der Ruhebedürftige freuen konnte. Dieses schrille Luxusweib war niemand anderes als seine Schwester Viola. Wäre da nicht das Foto in der Zeitung gewesen, Leo hätte sie nicht wiedererkannt.

„Leo!" So als hätte es niemals irgendwelche Turbulenzen zwischen ihnen gegeben, rannte sie auf ihren Bruder zu und umarmte ihn, der dies jedoch nicht erwiderte. In der ihr eigenen aufgeregten, lauten Art sprudelte es aus ihr heraus:„Leo, acht Jahre seit unserer letzten Begegnung!" Kurzer Blick auf ihn. „Du schaust ziemlich alt und kaputt aus. Sieh mich an, das blühende Leben. Oh Bruderherz, mir geht's fantastisch. Ich bin mir sicher, du hast schon von meinem ehelichen Beutezug gelesen? Der Alte ist reich, unermesslich reich und erfüllt mir jeden Wunsch. Ich komme gerade von unserem Chalet in der Schweiz. Wir haben auch noch Häuser in Südfrankreich und auf Mallorca, eine Yacht vor Nizza, sowie Penthäuser in New York und London, alles mit den tollsten Designer-Möbeln ausgestattet." Verächtlicher Blick auf die Umgebung. „Also, wenn ich ehrlich sein darf, du lebst schon ziemlich primitiv und spießig hier. Könnte ich nicht, ich brauche den Luxus. Ist dir nicht der rote Porsche vor eurer Tür aufgefallen. Der gehört mir!" Triumph! Unbekümmert schnatterte sie weiter, was Leo sogleich an eine Ente denken ließ. „Weil ich schon mal in der Nähe war, dachte ich mir, ich könnte doch mal mein Leolein überraschen. Kann aber nicht lange bleiben. Freust du dich denn nicht?"

„Über Letzteres schon!", durfte Leo kurz antworten, was Ente allerdings zu überhören schien.

„Nun sag doch auch mal was! Du bist also verheiratet und deine wirklich ganz entzückende Frau" – nach Sympathie heischender Blick in Richtung Lisa – „hat mir berichtet, du bist Polizist geworden. Oh Leo, wie peinlich! Ich war immer so neidisch auf deine Intelligenz und schulische Erfolge und du hast überhaupt nichts draus gemacht. Schande über dich! Und nun auch noch ein Kind!"

Letzteren Vorwurf brachte sie nur flüsternd vor, damit Lisa, die in der Küche für Getränke sorgte, nichts mitbekam. Leo hakte nach: „Und du, hast du schon Nachwuchs von deinem jungen, dynamischen Ehemann?"

Sie warf einen verächtlichen Blick in Richtung Küche. „Um Gottes willen, nein, ich möchte keinesfalls so aussehen mit diesem riesigen Bauch da. Mit solch einem schreienden Balg ist doch die Freiheit dahin. Vielleicht mal später, aber jetzt brauche ich erst mal eine Menge Spaß."

„Na, den hast du gerade ja wohl reichlich. Ich sehe

dich schon mit deinem jugendlichen Ehemann Nacht für Nacht durch die Clubs und angesagten Locations ziehen. Sicher seid ihr beide auch jedes Jahr in Wacken! Du hast doch früher die Heavy-Metal-Szene so geliebt. Ihr zwei head-bangend. Besonders bei den fünf verbliebenen Haaren deines Göttergatten eine super Vorstellung!"

Die Sticheleien prallten an Viola ab. „Alles kein Problem. Für den nötigen Spaß hab ich meinen Stiefsohn." Sie kicherte. „Stell dir vor, Robbie, mein Stiefsohn, ist acht Jahre älter als ich, aber ein ganz Süßer, der jeden Blödsinn mitmacht. Ganz anders als unser Leolein hier. Oh Schwägerin, wenn du wüsstest, was der für ein Schisser war. Und immer so vernünftig! Eine richtige Spaßbremse. Erinnerst du dich noch an die Geschichte mit dem Baum? Wie alt waren wir damals? Vielleicht vier und sieben Jahre, oder?"

Viola wandte sich Lisa zu: „Dein lieber Mann hat mir oft abends vor dem Einschlafen Geschichten erzählt, einmal über Elstern, die prächtige, blinkende Gegenstände in ihrem Nest zusammentrugen. Als wir dann solch ein Nest oben in einem Baum entdeckten, musste ich natürlich hinauf, um den Schatz zu heben."

„Genau. Sie stieg höher und höher und ich hab gemahnt, gestikuliert, geschrien, sie möge runterkommen, aber sie hat mich nur ausgelacht."

„Na klar, dein Geschrei hat mich nur noch mehr angespornt. Weißt du, Leo war immer der Vernünftige, aber auch ein schrecklicher Angsthase", betonte sie erneut, „während ich keiner Mutprobe, keinem Abenteuer aus dem Weg gegangen bin."

„Darf ich dich daran erinnern, dass dir dieses Verhalten nicht nur einmal zum Verhängnis geworden ist. Ich hab noch heute das schreckliche Geräusch im

Ohr, als der Ast, auf dem du in schwindelerregender Höhe herumkrochst, plötzlich brach und mit dir nach unten krachte. Du hättest damals sterben können."

„Ach Leolein, so ein schlichtes Gemüt wie ich hat stets einen treuen Schutzengel."

„Genau. Darunterliegende Äste federten deinen Sturz ab. Aber was hast du gemacht! Obwohl du, wie durch ein Wunder, nur ein paar Schürfwunden und eine leichte Gehirnerschütterung davongetragen hattest, bliebst du regungslos liegen. Du hast dich tot gestellt und ich rannte in Panik nach Hause, erzählte alles den Eltern, die natürlich in Tränen ausbrachen und mich fürchterlich schimpften."

Viola lachte, wechselte dann jedoch schnell das Thema. Sollte sie doch so etwas wie Scham oder Reue empfinden?

„Tja, ich hab dich wirklich immer auf Trab gehalten. Aber wie langweilig wäre dein Leben ohne mich verlaufen!" Sie zwinkerte ihm zu.

War diese Bemerkung ironisch gemeint oder dachte sie allen Ernstes so? Leo war sich nicht sicher. „Auf diese Art von Vergnügen hätte ich allerdings liebend gerne verzichtet. Darf ich dich beispielsweise an die Sache mit dem Krokodil erinnern?"

Lisa glaubte, sich verhört zu haben: „Was, ein Krokodil? Das klingt ja ganz schlimm. Ich wusste gar nicht, dass ihr mal in Afrika ward."

Viola streichelte ihr beruhigend über den Arm. „Alles halb so wild. Meine Eltern besaßen ein primitives Haus, obwohl eher eine Hütte, an einem See in Bayern, wo wir oft Urlaub machten."

„Oh ja genau", unterbrach Lisa. „Es ist ja allgemein bekannt, dass es in bayerischen Seen nur so vor Krokodilen wimmelt. Wollt ihr mich auf den Arm nehmen?"

„Natürlich nicht. Vor diesem Krokodil brauchte sich auch niemand fürchten, denn es handelte sich um so ein aufblasbares für Kinder, du weißt schon. Ich hatte es zu Ostern zur Belohnung bekommen, weil ich mit knapp fünf Jahren schon Schwimmen gelernt hatte, was dein tapferer Held Leo mit acht immer noch nicht beherrschte. Dieser Feigling!"

Er errötete und fuhr schnell fort: „Auf jeden Fall war das Wasser zu dieser Zeit, ich glaube, es muss April gewesen sein, auch so kalt, dass da ohnehin kein vernünftiger Mensch" – angriffslustiger Blick auf Viola – „reingegangen wäre und unsere Eltern glaubten, uns für ein paar Einkäufe unbesorgt kurz alleine lassen zu können. Für eine Weile ging ja auch alles gut, bis Viola plötzlich auf die hirnrissige Idee kam, die Wassertauglichkeit ihres Krokodils testen zu wollen. Und nicht nur das. Sie legte sich voll angezogen auf das Vieh und trieb im See."

„Und Leolein tobte und schrie, ich solle zurückkommen, was mich natürlich nur noch mehr antrieb, weiter hinaus zu paddeln. Ich hatte aber auch keine Ahnung, wie wacklig es werden konnte. Außerdem war mir das Gefühl von Angst immer schon fremd."

Leo unterbrach seine Schwester. „Sie winkte fortwährend und rief höhnisch provozierend 'Hol mich doch, du Schisser!'. Ja, und dann kam eine riesige Welle von einem Schiff, sodass Tier und Besatzung kenterten. Angesichts der Kälte vom Wasser war's schnell aus mit lustig. Sie klammerte sich verzweifelt an ihr Krokodil und schrie um Hilfe. Gott sei Dank hörte ein Mann die Rufe, stürzte sich in das Wasser und holte sie ans Ufer."

Er blickte seine Schwester an: „Und was hast du als erstes gemacht? Statt 'Danke für die Rettung' zu sagen, hast du den armen Kerl noch beschimpft, weil er dein Krokodil nicht auch noch ans Ufer befördert hatte. Allerdings bekamst du eine fette Lungenentzündung, eine gerechte Strafe!"

„Ja, und dir haben die Eltern drei Monate das Taschengeld gesperrt, weil du nicht richtig auf mich aufgepasst hattest."

Grinsend wandte sich Viola an Lisa: „Tja, so ist es, wenn man Kinder hat. Für Aufregung wird stets gesorgt. Aber ich will dir keine Angst machen. Im Gegenteil! Ich freue mich ja so sehr für euch. Hoffentlich hast du keine zu schlimme Geburt. Das soll ja immer mit entsetzlichen Schmerzen verbunden sein. Ich werde euch ganz bestimmt bald wieder besuchen, habe meinen geliebten Bruder in der vergangenen Zeit doch sehr vermisst. Es war so schön, euch zu sehen."

Mit diesen Worten und etlichen Umarmungen und Bussis für beide entschwand Viola. Leo war darüber froh und erleichtert, fühlte sich aber auch sehr, sehr erschöpft nach diesem ereignisreichen Tag. Jedoch sollte er nicht so schnell zur Ruhe kommen.

Kurz vor dem Einschlafen, es war ihm gerade halbwegs gelungen, die Existenz seiner Schwester zu verdrängen, Lisa hatte sich an ihn gekuschelt und Frieden lag über ihrem Schlafzimmer, in diesem Moment bat seine sonst stets so einfühlsame und verständnisvolle Frau um eine weitere Episode aus seiner Kindheit.

„Ich glaube, es tut dir gut, all die bösen Geschichten mal los zu werden. Du kannst mir gerne noch mehr erzählen und an Einschlafen ist nach dem Abend sowieso nicht zu denken."

„Lisa bitte nicht heute. Ich bin todmüde. Morgen okay?" Und schon hörte sie ihn friedlich schlummern.

„Ein echtes Phänomen!", murmelte sie fassungslos und versuchte vergeblich Schlaf zu finden. „Wie machen die Männer das nur?"

10

Am nächsten Abend geschah das, womit Lisa am allerwenigsten gerechnet hatte: Leo fing ganz von sich alleine aus an, in weiteren Erinnerungen zu kramen. „Obwohl ich nicht glaube, dass du auf Violas Charme-Attacke so ohne Weiteres hereingefallen bist, erzähle ich dir trotzdem zur Vorbeugung noch eine andere Episode aus meiner Kindheit."

Sie blickte ihn überrascht an, was er nicht zu bemerken schien.

„Ich weiß nicht mehr so genau, aber ich glaube, es war in Violas letztem Kindergartenjahr. Jedenfalls gab meine Mutter ihr ein verschlossenes Kuvert mit 15 Mark für einen Gruppenausflug mit. Als zwei Tage später die Kindergärtnerin erneut das Geld einforderte, wurde Viola über den Verbleib befragt. Sie berichtete den beiden Frauen unter Tränen, ein fremder Mann hätte ihr auf der Kindergarten-Toilette das Kuvert entrissen. Die Polizei wurde gerufen und meine Schwester gab den Beamten eine ziemlich genaue Täterbeschreibung. Du kannst dir sicherlich die Aufregung und Ängste unter den Eltern vorstellen. Die Kita wurde nach Eintreffen aller Kinder nun stets abgeschlossen. Zwei Mütter hielten vor und sowie nach den Öffnungszeiten Aufsicht und scannten die vorbeilaufenden Männer."

„Und, tauchte der Täter noch mal auf?"

Leo nickte. „Ein Mann, der täglich in der Nähe herumschlich, wurde eines Tages festgenommen und von Viola als der Mann auf der Toilette identifiziert. Später stellte sich heraus, dass es sich um den Polizisten handelte, der mit ihr das Phantombild angefertigt hatte und der die Kita observieren sollte."

„So ein fieser Kerl!" Lisa war empört.

„Eben nicht! Der Mann war unschuldig und hatte Riesenglück, da er nachgewiesenermaßen am Tag der Tat in Spanien Urlaub gemacht hatte. Ich glaube auch nicht, dass Violas 15 Mark diesen Aufenthalt ermöglichen konnten."

„Und, wurde der Täter denn schließlich gefunden?"

„Oh ja, aber zunächst eskalierte die Situation noch. Meine Mutter entdeckte nämlich im Kinderzimmer ihrer Tochter zwei Barbiepuppen, Puppen, die meinen Eltern stets verhasst und damit meiner Schwester verwehrt worden waren. Viola erzählte, sie hätte sie von dem bösen Mann geschenkt bekommen, eine Art Schweigegeld. Bei diesem Ausdruck drehten meine Eltern schier durch. Schweigegeld für was? Sie vermuteten das Schlimmste, überschütteten meine Schwester mit Fragen Was hatte der Mann ihr angetan? Sie aber hat kein Wort gesagt. Eine wirklich qualvolle Zeit für meine Eltern und natürlich auch helle Aufruhr in der Kita! Die Wachen wurden verstärkt. Während eines Elternabends schließlich erkundigte sich ein Ehepaar bei meiner Mutter nach der Kleidung der Puppen und es stellte sich heraus, dass genau solche Barbiepuppen der eigenen Tochter seit ungefähr zwei Wochen fehlten, dafür aber in ihrem Geldbeutel sich ..."

„... exakt 15 Mark zu viel befanden", ergänzte Lisa.

„Was für ein kleines Luder, deine Schwester!"

Leo konnte nur zustimmend nicken. „Für mich hatte diese ganze Geschichte aber auch einen positiven Effekt. Meine Eltern fielen danach nicht mehr ganz so leicht auf Violas Lügen rein."

Leo streichelte zärtlich über den inzwischen doch beachtlichen Bauch seiner Frau, die diese Geste gerne aufnahm, um zu einem wichtigen Thema überzuleiten. „Dir ist hoffentlich schon bewusst, dass dieser arme, bedauernswerte Inhalt, falls männlich, immer noch namenlos ist, oder? Und das kurz vor der Geburt!"

„Oh ja, aber mir fällt einfach nichts Passendes ein. Ich hoffe nur inständig, dass dieses kleine Wesen mal glücklich wird und von einer solch bösen Schwester verschont bleibt."

Lisa überlegte kurz. „Na, da haben wir doch schon eine ganz wunderbare Anregung. Glücklich! Wie wäre es, wenn wir den männlichen Nachwuchs Felix nennen?"

Leo war sofort einverstanden und heilfroh, das wirklich schwierige Thema Namensgebung abschließen zu können. „Glaube mir, ich habe mir wahrhaftig in den letzten Monaten den Kopf zerbrochen, um einen ganz besonderen Namen zu finden. Allerdings tut man dem Kind damit nicht unbedingt einen Gefallen, wie wir schon einmal festgestellt haben."

Lisa lachte. „Genau. Weißt du, wie einige Prominente ihren Nachwuchs nennen?"

Sie schlug eine Zeitung auf und zitierte. „Til Schweiger nennt sein Kind beispielsweise Cheyenne Blue, Heidi Klums Sohn heißt Henry Günter Ademola Dashtu und die Tochter Lou Sulola. Der bedauernswerte Sohn von Jason Lee hört auf den wunderschönen Namen Pilot Inspektor und die vier Mädchen von Bob Geldorf dürfen sich über Fifi Trixibelle, Pixie Frou Frou,

Peaches Honeyblossom und Heavenly Hirani Tiger Lilly freuen. Frank Zappa kam auf die skurrilen Namen Diva Thin Muffin Pigeon, Dweezil und Moon Unit. Arme, arme Kinder!"

„Unser Küken kann also, sicher vor solch elterlichen Grausamkeiten, beruhigt schlüpfen: Leonie oder Felix, das klingt gut. Und zur Belohnung erzähle ich dir noch, was Pit und ich heute erlebt haben."

11

An jenem Vormittag erschien eine junge Frau auf dem Präsidium, der es sichtlich schwerfiel, gerade und aufrecht zu laufen. Trotz einer gewaltigen Alkoholfahne und größter Mühe sich auszudrücken, weckte sie sofort die allergrößte Hilfsbereitschaft bei Pit, war sie doch nicht nur sehr hilflos, sondern eben auch sehr hübsch, sehr sexy und von sehr großer Offenheit, nicht nur ihre Bluse betreffend. Sie begann sofort, zumindest ihren hochprozentigen Zustand, beträchtlich lallend, zu erklären:

„Hallo, Jungs. Komme soeben von einer megageilen Party, Junggesellinnen-Abschied. Mensch hatten wir Spaß! Ohne euch Scheißkerle ist die Welt doch gleich viel entspannter! Und da wirft sich ausgerechnet meine beste Freundin so einem Scheißtypen an den Hals, opfert diesem Spießer ihre Freiheit!"

Hätte sie bemerkt, welch negative Wirkung ihr Wortschwall bei Pit erzeugte, sie wäre mit Sicherheit in der Auswahl ihrer Worte vorsichtiger gewesen. Ehe sie mit ihren Beleidigungen der Männerwelt fortfahren konnte, wurde die Frau jedoch von Leo unterbrochen. „Es reicht. Kommen wir doch jetzt mal zum Zweck ihres Besuches. Warum sind Sie hier zu uns gekommen? Und wie lautet überhaupt Ihr Name?"

Sie plusterte sich wutentbrannt auf: „Wenn ihr Bullen mich mal ausreden lassen würdet, hätte ich euch schon längst alles erzählt. Also ich heiße Rosa Schlüfer und finde mein Auto nicht mehr."

„Ist es gestohlen worden?", mutmaßte Pit sofort.

„Nö, glaub ich nicht. Ich hab's gestern vor der Fete irgendwo hingestellt, weil alle Parkplätze in der nahen Umgebung voll waren und weiß einfach nicht mehr wo. Hab schon überall gesucht. Es ist weg."

Rosas wütende Angriffslust löste sich in Tränen auf, welche wiederum die Herzen der beiden Beamten erweichten. Sie fuhren geduldig Straße für Straße ab, so lange bis sie den Wagen, einen dunkelblauen Audi, erspähte, und brachten sie samt Fahrzeug nach Hause, dies, obwohl sie lautstark protestierend ihre eigene Fahrtüchtigkeit betonte.

Auf der Rückfahrt zum Präsidium prustete Pit plötzlich laut los. „Stell dir vor, die Frau hätte noch den Buchstaben 'p' in ihrem Nachnamen, dann hieße sie Rosa Schlüpfer!"

Leo lachte. Bei der Namenssuche für ihren Nachwuchs hatte er mit Lisa ähnliche Wortspiele gemacht. „Das wäre schrecklich, ebenso wie Rainer Zufall, Gitta Rensolo, Jim Panse oder wie Sue Perman oder Martha Pfahl."

Dies sollte jedoch nicht ihre letzte Begegnung mit Rosa Schlüfer sein. Nur zwei Tage später wurde telefonisch gemeldet, ein dunkelblauer Audi würde, wahrscheinlich wegen eines platten Reifens, in Schlangenlinien fahren und andere Verkehrsteilnehmer gefährden.

Noch bevor die Polizisten das Auto stoppen konnten, meldete sich ein Mann via Handy und berichtete aufgebracht: „Mir ist gerade jemand beim Abbiegen mit voller Wucht seitlich in meinen Wagen gefahren. Dabei stand deren Ampel auf rot. Ich hatte sogar noch großes Glück, dass sie in Höhe der Rücksitze mein Auto traf, sonst wäre ich vermutlich tot."

Leo forderte den Mann auf, nichts am Tatort zu verändern und bis zu ihrem Eintreffen schon mal die Personalien der Unfall-Verursacherin und eventueller Zeugen aufzunehmen.

„Wenn das so leicht wäre!", schnaubte der Fahrer. „Die Frau ist weg. Sie ist nach dem Unfall ausgestiegen, hat mich kurz gemustert, um dann mit der Bemerkung 'Na, Ihnen ist ja nichts passiert' lachend davonzufahren. Aber weit dürfte die nicht kommen, weil ihr Auto vorn komplett demoliert ist."

Der Mann hatte recht, denn am Unfallort entdeckte Leo unter anderem ein für weitere Ermittlungen äußerst nützliches Fahrzeug-Kennzeichen, zweifellos vom flüchtenden Audi.

Jetzt erschien die Lösung des Falles ein Leichtes. Der Fahrzeughalter erwies sich jedoch als ein unverheirateter Mann, der zudem kategorisch betonte, es könne sich unmöglich um sein Auto handeln.

„Ich hüte seit einer Woche wegen einer üblen Grippe das Bett und hab den Wagen in der ganzen Zeit überhaupt nicht angerührt. Und außer mir besitzt niemand einen Schlüssel dafür. Der Audi steht mit Sicherheit ohne eine einzige Schramme wohlbehalten in meiner Garage. Schauen Sie doch nach."

Pit fand den Wagen dort, jedoch in einem erbärmlichen Zustand. Ein Zustand, den der Fahrzeughalter nun selbst einnehmen sollte. Er sank bleich auf sein Sofa, verstand die Welt nicht mehr. „Niemand, wirklich niemand hatte Zugang zu meinem Wagenschlüssel. In der vergangenen Woche hat mich lediglich meine Freundin zweimal besucht. Aber die hat ja noch nicht mal einen Führerschein!"

In diesem Moment öffnete sich die Schlafzimmertür und eine wütende Rosa Schlüfer schrie: „Ruhe hier! Kein Mensch kann bei solch einem Lärm schlafen!"

Den Schlaf hätten ihr die Polizisten erlaubt, aber nicht Fahrerflucht und Autofahren ohne Führerschein mit einem Alkoholpegel von 2,9 Promille.

„Es gibt schon seltsame Menschen!", kommentierte Lisa seine heutigen Erlebnisse. Da sie sich seit kurzem im Schwangerschaftsurlaub befand, waren ihr die täglichen Berichte Leos aus der bösen Welt da draußen sehr wichtig, zumal sie ihren Beruf bereits schwer vermisste. „Was ist denn noch so alles passiert? Keine Schwerverbrecher gefangen? Gab's denn nicht wenigstens einen klitzekleinen Mord?"

„Damit kann ich leider nicht dienen. Heute war Seniorentag. Wir mussten einen 72-Jährigen ergreifen. Der Mann hatte solche Angst vor einer Operation, dass er, lediglich mit dem OP-Hemd bekleidet, aus dem Krankenhaus abhaute und für seine Flucht auch noch ein Fahrrad klaute. Dagegen fuhr eine 85-Jährige zwar mit ihrem eigenen Fahrrad, dies jedoch auf der Autobahn! Außerdem hatten wir einen 80-Jährigen festzunehmen, der täglich mit einem Auto unterwegs war."

„Sag bloß, der hat es gestohlen?", unterbrach ihn seine Frau.

„Nein, fast noch schlimmer! Der Mann besaß überhaupt keinen Führerschein. Er hatte ihn schon vor Jahren abgeben müssen, da er, und jetzt kommt's, fast komplett erblindet war und seine Umwelt nur noch schemenhaft wahrnahm! – Ja, und dann gab es da noch den Anruf einer 70-Jährigen, die allerdings diesmal die Leidtragende war. Sie meldete sich mit 'In meinem Garten steht ein Panzer. Kommen Sie schnell!'"

Lisa lachte. „Das war ja wohl ein übler Scherz! Oder hatte sie lediglich ihre Brille nicht auf?"

„So etwas haben wir natürlich auch gedacht, sind allerdings trotzdem hingefahren. Und ob du's glaubst oder nicht, da stand tatsächlich ein riesengroßer Panzer direkt neben ihrem Kirschbaum und daneben ein immer kleiner werdender Major, der von der resoluten Dame mit einer deftigen Standpauke bedacht wurde. Die Bundeswehr hatte in dem angrenzenden Gebiet eine Übung abgehalten, wobei ein Spähtrupp die Orientierung verloren und ein Panzer den Zaun durchbrochen haben musste. Letzterer war allerdings auch hinter den Ziersträuchern kaum sichtbar."

„Vielleicht hat die alte Dame die anrückende Armee auch Kirschkern-spuckend attackiert und der arme Soldat wusste sich nicht anders zu wehren!", meinte Lisa lachend.

Leo hört draußen Viola mit irgendjemandem lautstark streiten. Wahrscheinlich mit ihrem Stiefsohn. Die Gedanken jagen durch seinen Kopf, foltern ihn. Was ist passiert? Kann Lisa die Forderungen nicht erfüllen? Was um Himmels willen geschieht dann mit uns? Ob sie wohl inzwischen entgegen der Abmachung Kollegen oder gar die Polizeiführung eingeweiht hat? Automatisch muss er an seine letzte Begegnung mit der Obrigkeit denken.

12

„Was ist denn heute los? Wirst du zum Polizeipräsidenten ernannt, so wie du dich rausgeputzt hast?" Lisa schaute ihren Mann verwundert an, ihn, der an diesem Morgen außergewöhnlich viel Zeit im Bad verbracht hatte.

„Leider nicht, aber die Richtung deiner Vermutung stimmt. Polizeipräsident Schneider hat einige Vertreter unserer Zunft auf den Friedhof einbestellt und wird höchstpersönlich anwesend sein."

„Tot oder lebendig?"

„Ich hoffe mal für ihn, lebendig."

„Und warum findet das Treffen auf dem Friedhof statt? – Natürlich! Es handelt sich um ein Geheimtreffen! Tote schweigen ja wie ein Grab und können auch nichts hören. Oder müsst ihr Vampire jagen?"

„Nein, heute geht's ausnahmsweise friedlich zu. Ich brauch noch nicht mal eine Waffe mitnehmen. Keine Gefahr für Leib und Seele. Von solchen Arbeitseinsätzen hätte ich zu gerne mehr."

„Aber was bitte schön machst du denn dort? Doch wohl kaum die Ruhe der Toten bewachen, oder?"

Leo grinste. „Nein, einer der Verblichenen wird heute sogar mächtig gestört. Eine Historikerin hat nämlich herausgefunden, dass der Großvater unseres werten Polizeipräsidenten nicht, wie bisher angenommen, im Kampf für Hitler starb. Im Gegenteil, der gute Mann war Mitglied einer Widerstandsgruppe gewesen oder hatte sie zumindest unterstützt, weshalb man ihn 1944 hinrichtete. Aus diesem Grund soll nun heute eine

Gedenktafel an seinem Grab angebracht und seiner gedacht werden."

„Und wer außer dir muss noch denken?"

„Keine Ahnung, aber ich nehme an, weil es sich um einen Vorfahren unseres Obersten handelt, müssen wohl viele denken."

Und Leo hatte recht. Es sollte eine große Feier werden. Als er auf dem Friedhof eintraf, erblickte er eine beachtliche Menschenmenge: weitere Vertreter der verschiedenen Polizeiinspektionen, Menschen in Zivil, wohl allesamt Familienangehörige, zahlreiche Vertreter der Presse und in vorderster Reihe stand sogar der Bürgermeister mit anderen Honoratioren. Seitlich hatte das Polizei-Orchester Aufstellung genommen.

'Wenn ich bei meinen bisweilen wirklich gefährlichen Einsätzen doch auch soviel Unterstützung bekäme wie dieser Tote hier', dachte Leo. 'Gut die musikalische Untermalung durch die Kapelle wäre nicht zwingend erforderlich.' Alle geladenen Gäste waren anwesend. Nur Herr Schneider fehlte.

„Ist vielleicht in eine Polizeikontrolle geraten", witzelte ein Kollege.

Man wartete und wartete und wartete. Vergebens. Leo und wohl auch dem toten, künftigen Ehrenbürger war dies egal. Die Sonne schien, keine pöbelnden Alkoholiker, keine Verbrecher in Sicht. Die Wetterlage aber veränderte sich schnell. Der Wind nahm an Intensität zu und trieb dicke, schwarze Regenwolken in Richtung Friedhof und große Sorgenfalten auf die Gesichter. Urplötzlich öffnete der Himmel seine Schleusen und gewaltige Regenmassen ergossen sich über die Wartenden. Die wenigen glücklichen Regenschirm-Besitzer kämpften gegen den aufkommenden Sturm, der auch, anders als gedacht, die nun nicht mehr ganz so feierliche Enthüllung der Gedenktafel übernahm, indem er das darüber ausgebreitete Tuch wenig würdevoll mit sich fort riss. Die Musiker suchten meist vergeblich ihre Instrumente unter den Uniform-Jacken zu schützen. Im Nu waren bis auf den Toten alle durchnässt.

Der Bürgermeister ergriff einen der durchweichten Kränze und eröffnete hastig die Feierlichkeiten, aber niemand wollte so recht gedenken. Jeder dachte nur: 'Warum zum Teufel muss ich hier stehen?'

Auch Leo begann zu frieren und fluchte innerlich. Er beneidete den Polizeipräsidenten, der immer noch durch Abwesenheit glänzte. Da sah er einen der Honoratioren zu seinem Handy greifen, um anschließend dem Bürgermeister etwas zuzuflüstern. Dieser verstummte, wurde noch bleicher und wandte sich schließlich an die Gedenkenden.

„Meine Damen und Herren, es tut mir äußerst leid, aber ich muss Sie bitten, sich umgehend zum evangelischen Friedhof zu begeben. Wie mir soeben mitgeteilt worden ist, befinden wir uns am falschen Grab. Es gibt nämlich zwei Familiengräber und mehrere Verstorbene tragen den Namen Friedrich Schneider. Dies hier ist, ich muss es Ihnen leider gestehen, der falsche. Der Herr Polizeipräsident erwartet uns schon ungeduldig auf dem anderen Friedhof.“

Wenigstens der Wettergott kannte Erbarmen und sorgte erneut für blauen Himmel und der Leiter des Polizeiorchesters bewies durchaus Humor, indem er seine Leute 'So ein Tag, so wunderschön wie heute, so ein Tag, der dürfte nie vergeh'n' spielen ließ.

13

„Was schaust du so sorgenvoll auf meinen Bauch?"
Lisa blickte ihren Mann fragend an.
„Ich habe gerade nachgedacht, wie es wohl unserem Nachwuchs einmal gehen wird. Aber bei *der* Mutter kann ich mir sicher sein, dass er anders geartet sein wird als der Knabe, mit dem wir es heute wieder einmal zu tun bekamen. Der verfolgt uns jetzt schon seit Jahren oder besser gesagt, wir ihn."

„Nun schieß schon los", forderte ihn seine Frau auf und Leo zückte lachend eine imaginäre Pistole.

„Bereits im zarten Vorschulalter hatte sich dieser Maximilian hemmungslos in sämtlichen Läden seiner Umgebung an Süßigkeiten bedient – allerdings ohne zu zahlen. Und regelmäßig hatten die Geschäftseigentümer den Schaden von den Eltern ersetzt bekommen und der Junge wiederum zu Hause eine satte Portion Schläge. Als 6-Jähriger wurde er von einem Kaufhausdetektiv beim Diebstahl von zehn Packungen mit Kondomen ertappt."

„Im Alter von sex Jahren wohl die richtige Zeit an Verhütung zu denken."

Leo grinste. „Weißt du, was das ahnungslose Unschuldslamm auf die Frage, warum er Kondome gestohlen hatte, antwortete? 'Mein älterer Bruder brauchte die Luftballons für seine Geburtstagsfete.' Nur ein Jahr später sind wir erneut wegen Maximilian in einen Supermarkt gerufen worden. Eine Verkäuferin war misstrauisch geworden, weil unser holder Knabe mehrmals täglich an ihrer Kasse vorbeikam. Ab und zu hatte er irgendetwas Süßes gekauft und auch bezahlt, hielt aber immer eine leere Flasche in der Hand, für die er anschließend am Automaten Pfand kassierte."

„Ich kann mir schon denken, was vorher stets geschah. Mäxchen hat den Inhalt zuvor im Laden getrunken. Wurde denn in all den Jahren nie das Jugendamt eingeschaltet? Die Eltern waren doch anscheinend völlig überfordert mit dem Jungen."

„Doch. Sie gelobten unter Tränen zwar immer wieder, künftig besser auf ihn aufzupassen, aber kurze Zeit später ist der Knabe erneut aufgefallen, weil er mit selbst hergestellten 30-Euro Scheinen zahlen wollte. Und so ist er schließlich zu seinen Großeltern gekommen. Eine Weile herrschte dann auch tatsächlich Ruhe. Bis heute. Ich bin mit Pit Streife gefahren und da ist uns beim Überholen von einem Wagen der seltsam kleine Fahrer aufgefallen. Der konnte kaum über das Lenkrad schauen."

„Handelte es sich etwa wieder um unseren Maximilian? Der kann doch unmöglich schon einen Führerschein besitzen."

„Aber genau der war es! Zarte zehn Jahre alt! Und er war nicht allein im Auto. Neben ihm saß, äußerst vergnügt, seine 5-jährige Schwester, die er manchmal vom Kindergarten abholen musste. Allerdings zu Fuß! Was der Junge dann später zu Protokoll gegeben hat, ist wirklich unglaublich. Er sei viel zu spät vom Fußballspielen nach Hause gekommen und, als er den Autoschlüssel auf dem Esstisch liegen sah, habe er eben Omas Wagen genommen, damit seine Schwester nicht warten musste. Und bisher sei es doch auch immer gutgegangen!'"

„Sag bloß, das war nicht sein erster Fahrversuch?"

„Richtig. Ich empfehle, künftig stets unsere

Autoschlüssel vor unserem Kind zu verstecken."

„Meinst du, es fährt vielleicht ohne mich zur Entbindung?"

Sie freuten sich über diesen Gedanken, bis Lisa ihm mit den Worten 'Neuigkeiten über deine Schwester' die heutige Zeitung über den Esstisch schob. Äußerst widerwillig begann Leo zu lesen. Unter einem Foto, das Viola samt Ehemann und Stiefsohn zeigte, stand folgender Text:

Bankier verschwunden – Seit nunmehr drei Monaten fehlt von dem bekannten Bankeigentümer Viktor Glückmann (84) jede Spur. Wie die Ehefrau des Millionärs unter Tränen berichtete, ist ihr Gatte wie vom Erdboden verschluckt. Weder Polizei noch von ihr beauftragte Detektive hätten eine Ahnung über dessen Verbleib. Obwohl sich noch niemand bei ihr gemeldet hatte, geht Viola Glückmann (25) von einem Verbrechen aus und bat in einem herzzerreißenden Appell die Entführer, sich zu melden. Sie sei bereit jede Summe zu zahlen, wenn sie doch nur ihren innig geliebten und bewunderten Ehemann wieder zurück bekäme. Außerdem versprach sie 100 000 Euro für zweckdienliche Hinweise.

„Wenn du mich fragst, dem blieb bei dieser Nervensäge auch nichts anderes übrig als zu türmen. Oder hat sie vielleicht beim Verschwinden vom Erdboden etwas nachgeholfen? Ihre Tränen sind allerdings mit Sicherheit nicht echt. Die konnte schon als Kind wunderbar auf Bestellung heulen und die Herzen aller damit erweichen."

Lisa erwiderte entrüstet: „Okay, nach alldem, was du mir über eure Kindheit erzählt hast und nach ihrem spektakulären Auftritt hier bei uns, konnte ich auch nicht viel Sympathie für deine Schwester entwickeln. Aber einen Mord traue ich ihr nun wirklich nicht zu."

„Dann wollen wir mal für sie hoffen, dass sie so weit nicht gegangen ist. Mein! Leben hätte sie allerdings einmal komplett ruiniert."

„Warum? Erzähl schon!", drängte ihn seine Frau.

„Also gut. Als ich 19 war, glaubte ich, jung und naiv, die große und einzige Liebe meines Lebens gefunden zu haben. Mein Gott, wie war ich verliebt! Genau mein Traumtyp: blond, zierlich, humorvoll!"

Leo hielt erschrocken inne, versuchte zu beschwichtigen: „Ich hatte damals ja nicht die blasseste Ahnung, dass es etwas viel Besseres auf Erden gab, denn schließlich wusste ich damals nichts von deiner Existenz!"

„Oh Gott, Leo. Du brauchst dich wirklich nicht zu rechtfertigen. Solche Schwärmereien passieren doch wohl jedem in dem Alter."

„Du hast wie immer recht. Egal, zu der Zeit war ich jedenfalls fest davon überzeugt, Sabine oder keine!"

„Und Viola missgönnte dir dein Glück, oder?"

„Genau. Ich machte den großen Fehler, ihr ausführlichst von meiner großen Liebe zu erzählen, ihr ständig von deren Tugenden vorzuschwärmen. Und das war zu viel für sie. Keine andere durfte schöner, begehrenswerter sein als Viola."

„Spieglein, Spieglein an der Wand, wer ist die ..."

„Richtig. Zumal meine Schwester damals gerade eine Beziehung zu einem Kerl beendet hatte und ich keinesfalls glücklicher sein durfte als sie selbst. Ich hab zu der Zeit aus Kostengründen noch bei meinen Großeltern gewohnt, obwohl schon in der Polizeiausbildung. Anfangs hat Viola auf ganz subtile Weise versucht unsere Zweisamkeit zu stören, indem sie ganz zufällig immer dann, wenn Sabine mich besuchte, ins Zimmer marschierte. Wenn ich wohlweislich meine Tür abgeschlossen hatte, holte sie mich unter einem dringenden Vorwand raus. Oder sie richtete die Anrufe meiner Angebeteten einfach nicht aus. So hat es einige Male Streit gegeben, weil meine Freundin für ein Treffen, von dem ich absolut nichts wusste, irgendwo vergeblich auf mich gewartet hat.

Nur ein Beispiel: Einmal war es mir gelungen, zwei Tickets für ein Metal-Konzert zu besorgen, auf das wir uns schon lange gefreut hatten. Gerade als ich das Haus verlassen wollte, um meinen Schatz zu treffen, stürmte meine Schwester mir hinterher und verkündete grinsend: 'Sorry Bruder, aber deine Angebetete hat soeben abgesagt. Die Dame hat keine Lust! Jetzt wirst du wohl oder übel mich mitnehmen müssen.' Natürlich war ich maßlos enttäuscht. Und weißt du, wem ich dann plötzlich während einer Konzertpause zufällig gegenüber stand? Sabine! Jeder fühlte sich vom anderen hintergangen und wir zofften uns gewaltig vor einer grinsenden Viola."

„Und, hat sie euch schließlich auseinandergebracht?"

„Anfangs nicht. Wir haben herausgefunden, dass dieses Luder uns beide angelogen hatte, uns schnell wieder versöhnt und sogar verlobt. Ich schwebte auf Wolke 7, was meine Schwester nicht zur Ruhe kommen ließ. Und da hat sie einen furchtbaren Plan geschmiedet, der mich fast ruiniert hätte. Stell dir vor, eines Tages hat sie Sabine abgefangen und ihr einen angeblichen Brief von mir gezeigt. Der Inhalt: 'Liebste Schwester, mache dir bitte keine Sorgen. Du wirst immer im Mittelpunkt meines Lebens stehen. Du weißt, ich liebe nur dich!!! Nie könnte ich unsere vielen glücklichen und, besonders nachts!, aufregenden Stunden voller Zärtlichkeit vergessen. In Liebe, Leo.'"

Lisa war empört. „Sabine hat ja wohl sofort gemerkt, dass dieser Brief unmöglich von dir stammen konnte, oder?"

Er seufzte. „Vielleicht hatte sie Zweifel, ich weiß es nicht. Ich konnte es auch nicht herausfinden, denn sie hat sämtliche meiner Kontaktversuche unterbunden und ich hatte noch dazu überhaupt keine Ahnung, warum. Erst Monate später hab ich sie zufällig getroffen und da hat sie mir schließlich von dem Brief erzählt. Unsere Beziehung aber war nicht mehr zu retten. Bei alldem hatte ich sogar noch Riesendusel, denn meine Verlobte war nicht, wie anfangs in der ersten Enttäuschung geplant, zur Polizei gegangen, um mich anzuzeigen. Beischlaf mit der eigenen Schwester! Das wäre das sichere Ende meiner Polizeilaufbahn gewesen."

„Und wie hast du dich Viola gegenüber verhalten?"

„Ich hab sie natürlich furchtbar angeschrien und versucht, ihr die Konsequenzen von dem gefälschten Brief aufzuzeigen. Sie hat bloß blöd gegrinst. Da hab ich ihre Sachen in einen Koffer gepackt und beide, mit etwas Geld versehen, vor die Tür gesetzt, verbunden mit der Drohung, sie anzuzeigen, wenn sie erneut auftauche. Und das, obwohl sie damals erst 16 war! Aber ich konnte ihren Anblick einfach nicht mehr ertragen. Irgendwie muss sie wohl begriffen haben, wie ernst ich dies meinte. Auf jeden Fall hab ich sie bis zu dem Besuch bei uns nie mehr gesehen. Sie ist abgereist, ich glaube nach Berlin."

„So ein Miststück! Obwohl", Lisa sprach mit dem Inhalt ihres Bauches, „du musst deiner Tante Viola im Grunde dankbar sein, dass sie so überaus erfolgreich die erste Liebe deines Papas beendet hat.

14

Für Leo war damit das Thema Viola beendet, nicht aber für seine Frau. Lisa litt gegen Ende ihrer Schwangerschaft mehr und mehr unter Schlafstörungen und so hatte sie nachts viel Zeit zum Grübeln.

„Hast du eigentlich eine Ahnung", so fragte sie am nächsten Morgen, „was deine Schwester in Berlin oder sonst wo nach ihrem Fortgang gemacht hat oder was sie jetzt ohne Mann und Ernährer tun wird?"

Leo zuckte die Achseln. „Nein, und ehrlich gesagt, ist mir dies auch komplett egal. Ich wünsche nur eines: sie möge uns jetzt und in alle Ewigkeit vor weiteren Besuchen verschonen."

„Gut, das hoffe ich auch. Die Millionen ihres Glückmannes werden sie wohl vor dem Verhungern bewahren, zumindest für ein paar Jahre. Aber dann, was wird dann?"

„Um Gottes willen, Lisa. Um Viola brauchst du dir wirklich keine Sorgen machen. Sie ist der Typ Mensch, der immer wieder auf die Füße fällt. Da draußen laufen so viele reiche Idioten 'rum, die exakt ihrem Beuteschema entsprechen und nur darauf warten, von ihr erlegt zu werden."

Und genau mit solch einem Dummkopf bekam es Leo an jenem Tag zu tun oder, besser gesagt, mit einer Dummköpfin. Da stand sie auf dem Polizeirevier: eine gepflegte, gut gekleidete und trotz ihrer 66 Jahre immer noch sehr attraktive Dame, die sichtlich Mühe hatte, über ihren Fall zu berichten.

„Mir ist etwas wirklich Furchtbares passiert, weshalb

ich eine Anzeige machen möchte."

Auf die ermunternden Blicke Leos hin fuhr sie fort. „Vor gut einem Jahr lernte ich auf einer Studienreise einen Mann kennen, Dr. Harald Müller. Klug, gebildet, gut aussehend, charmant und noch dazu Witwer, wie er sagte. Ich hatte vier Jahre zuvor ebenfalls meinen Lebenspartner verloren. Kurz gesagt, wir waren uns sofort sympathisch, trafen uns immer häufiger, bis er schließlich auf meine Einladung hin ganz in mein Haus zog. Aus anfänglicher Sympathie war die große Liebe geworden."

Pit, der zum Leidwesen der Frau hinzugekommen war, ergänzte in seiner grenzenlos Empathie-freien Art: „Eine Liebe, die wahrscheinlich ausschließlich von Ihnen finanziert wurde, oder?"

Die Dame wurde rot und konnte nur durch Leos beschwichtigende Worte am Gehen gehindert werden. „Was denken Sie? Ganz im Gegenteil! Harald hat sich äußerst großzügig gezeigt und versucht, mir jeden Wunsch zu erfüllen. Nicht nur Rosen und teure Einladungen zum Essen oder in die Oper. Nein, einmal lagen zwei Tickets für eine Kreuzfahrt in der Karibik auf meinem Kopfkissen, dann wieder ein Schmuckstück, mal eine Kette, mal ein Ring. Er ließ sich immer irgendetwas Besonders einfallen. Geld spielte für ihn keine Rolle, da er eine hohe Pension bekam und mehrere teure Immobilien im In-und Ausland besaß."

„Na, dann ist ja alles gut." Pit ließ nicht locker: „Weshalb sind Sie denn überhaupt hier? Wollen Sie den Mann anzeigen, weil er zu reich ist oder sie zu sehr verwöhnt hat?"

Die Dame versuchte ihn zu ignorieren. „Nach etwa einem halben Jahr konnten wir nur noch die Wochenenden miteinander verbringen, weil Harald seine

Villa in der Heimatstadt zu verkaufen suchte, um seinen Hausstand dort aufzulösen. Seine Zukunft sah er bei mir, da war er sich sicher. Mit dem Erlös von knapp einer Million Euro gedachte er, für uns ein wunderschönes, 1,4 Millionen Euro teures Domizil auf Mallorca zu finanzieren, für die kalten Monate des Jahres. Alles lief perfekt. Er bestand sogar darauf, mir die Käuferin seines Elternhauses zu präsentieren, die den Notariatstermin eine Woche später bei einem Besuch bestätigte."

„Moment mal. Auch wenn Ihr Harald für seine Hütte eine Million bekommt, so fehlen aber immer noch satte 400 000." Pit hatte mitgedacht.

„Selbstverständlich wollte ich zu unserem Glück etwas beisteuern. Schließlich sind wir beide als Eigentümer der Immobilie eingetragen worden, sogar zu gleichen Teilen. Da war Harald wieder sehr generös."

„Na, dann gratuliere ich Ihnen zu Ihrem Glück. Auf Wiedersehen." Pit hatte die Nase voll. Zur großen Erleichterung der Dame wandte sich der Kollege einem anderen Fall zu.

„Gut, dass der weg ist. Was nun kommt ist mir nämlich äußerst peinlich." Sie senkte ihre Stimme. „Einen Tag nach dem Kauf des Hauses auf Mallorca erschien Harald kreidebleich und beichtete, dass der Notariatstermin in seiner Heimatstadt geplatzt sei. Die Dame verfüge überhaupt nicht über so viel Geld. Ein anderer Käufer war nicht in Sicht, die 1,4 Millionen allerdings in knapp vier Wochen fällig. Er war ziemlich verzweifelt, da er seine übrigen Immobilien langfristig vermietet hatte und auf die Schnelle wohl keinen Käufer finden werde. Lediglich ein momentaner Engpass, wie er betonte. In Panik machte ich mein gesamtes Privatvermögen flüssig, verkaufte meine Eigentumswohnungen wahrscheinlich weit unter Wert und musste zudem noch einen Kredit aufnehmen. Harald weigerte sich anfangs, meine Geldmittel anzunehmen. Aber, was blieb uns anderes übrig? Der Kaufvertrag für unseren Traum auf Mallorca war ja bereits unterzeichnet."

„Ich vermute mal, Sie haben weder Geld noch Harald wiedergesehen, oder?", hakte Leo nach, woraufhin sie kleinlaut nickte.

„Er war vorausgefahren, um alles zu erledigen, allerdings nicht nach Mallorca. Dort erklärte mir der Notar, dass das Haus, dessen Bilder Harald mir präsentiert hatte, überhaupt nicht zum Verkauf stünde und das Konto, auf das mein Geld geflossen war, nicht identisch sei mit seinem eigenen Notaranderkonto. Ich habe die große Befürchtung, der Name des Mannes ist höchstwahrscheinlich ebenso wenig echt wie seine hehren Gefühle mir gegenüber. Aber vielleicht können Sie ja mal nachschauen."

Sie nannte Namen und Heimatadresse. Allerdings suchte Leo vergeblich. Immerhin besaß die Dame aber ein Foto von dem Mann, das sie ohne sein Wissen einmal gemacht hatte – 'Harald hasste es, fotografiert zu werden!' – und das bei der kommenden Fahndung nach dem Betrüger natürlich äußerst hilfreich sein könnte. Mit der Versicherung, alles Erdenkliche zu tun, um den Kerl und ihr Geld dingfest zu machen, wollte er sie entlassen. Aber die Frau hatte noch mehr zu berichten.

„Vielleicht wäre es gut, wenn Sie auch die Kollegen aus Haralds angeblicher Heimatstadt mit einbeziehen. Die suchen nämlich ebenfalls nach ihm. Ich habe Ihnen doch von der angeblichen Käuferin seines Elternhauses erzählt sowie von dem Notariatstermin dafür, den sie mir bestätigt hatte. Ich habe sie letzte Woche besucht. Und was hat sich herausgestellt? Stellen Sie sich vor, die

Dame meinte stets den Notariatstermin auf Mallorca und nicht den für sein Elternhaus, das höchstwahrscheinlich auch gar nicht existiert. Wir haben schlicht und ergreifend aneinander vorbeigeredet und uns komischerweise auch nicht gewundert, dass Harald uns beide duzte. Auch diese Frau ist auf den Kerl reingefallen. So wie ich seine große Liebe am Wochenende, war sie es während der anderen Tage. Auch mit ihr wollte er den Rest seines Lebens in eben jener Villa auf Mallorca verbringen, wahrscheinlich, wie gehabt, die Wochenenden mit mir und die restlichen Tage mit ihr. Und für die Verwirklichung dieses Traums hatte sie ihm ebenfalls kurzfristig mit ihrem Privatvermögen ausgeholfen."

„Welche Naivität!", kommentierte Lisa seinen Bericht am Abend. „Vielleicht aber sind noch andere ahnungslose Opfer auf den Kerl reingefallen und die teilen sich jetzt die imaginäre Villa und den ebenso imaginären Prinzen. Hier macht die Bezeichnung 'Traumhaus' wirklich Sinn!"

Sie dachte kurz nach. „Meinst du, deine Schwester ist zu solch einem Verhalten auch fähig?"

„Oh ja, aber bestimmt nicht in der Rolle des Opfers. Und nun tu mir bitte einen großen Gefallen: erwähne sie in Zukunft nicht mehr. Ich gebe mir nämlich alle Mühe, sie aus meinen Erinnerungen zu verdrängen und hoffe inständig, von der Dame nie mehr etwas hören."

15

Es sollte drei Jahre dauern bis Leo erneut von seiner Schwester heimgesucht wurde. Drei aufregende Jahre, aufregend im positiven Sinn. Ein bedeutsamer Lebensabschnitt, an den er sich immer gerne erinnern wird, der ihm auch keinerlei Zeit für Gedanken an Viola ließ: die ersten Jahre mit seinem Kind.

Schon während Lisas Schwangerschaft hatte Leo sie in Watte packen, ihr jegliche Anstrengung untersagen wollen, allerdings ohne großen Erfolg.

„Begreife doch, ich kann nicht platzen wie ein Luftballon, eine Schwangerschaft bedeutet nicht das Lebensende, höchstens das Ende deiner Freiheit!", betonte sie gebetsmühlenartig wieder und wieder.

In den sechs Wochen Mutterschutz aber stieß auch sie angesichts ihres Bauchumfanges an ihre Grenzen und nahm notgedrungen, aber dankbar die Hilfe ihres Mannes an. Und zwar nicht nur beim Anziehen von Strümpfen und Schuhen, nein, Leo stellte sich wohl oder übel den Pflichten im Haushalt.

„Möchtest du bei der Geburt dabei sein?", hatte Lisa ihn einmal gefragt. Er war empört. Natürlich wollte er! Welche Frage?! Nicht umsonst hatte er sich durch die zahlreichen Bücher gelesen, kannte sich bestens aus mit invasiven Techniken, mit Akupunktur und hilfreichen Medikamenten, wusste genau, wie er gegen seine Schmerzen während der Presswehen mit speziellen Atem-und Entspannungstechniken ankämpfen musste, beherrschte spezielle geburtserleichternde Massagen und Haltungen. Kurzum, die Wehen, die Schmerzen konnten kommen. *Er* war bestens vorbereitet! Tja, und dann verlief doch alles anders als geplant. Leo war mit seinem Kollegen Karl in eine nahe Postfiliale gerufen worden. Ein verdächtiges Päckchen. Vor Ort wurde ihnen ein Paket präsentiert aus dem laut und vernehmlich ein Ticken zu vernehmen war. Eine Zeitbombe? Um Schlimmes zu verhüten, traten die beiden Polizisten sofort in Aktion, riefen augenblicklich Sprengstoffspezialisten zu Hilfe, ließen das Gebäude räumen und warteten auf weitere Beamte, um es weiträumig abzusperren.

Justament zu Beginn ihres Einsatzes erhielt Leo den langersehnten Anruf, er solle umgehend ins Krankenhaus kommen. Die Wehen hätten bei seiner Frau bereits eingesetzt. Und ausgerechnet in diesem Moment konnte er nicht weg. Er fluchte und schimpfte, kam ins Schwitzen, jedoch weniger wegen der vermeintlichen Bombe. Seine Gedanken galten Lisa. Wie sollte seine Frau ohne ihn das Kind zur Welt bringen?

Aber dies war möglich! Zunächst jedoch gebar das Paket ein Spielzeug-Krokodil, dessen Zeitsteuerung sich versehentlich eingeschaltet hatte, und später dann Lisa einen gesunden Knaben, ihren Felix.

16

Anfangs war Leo zutiefst enttäuscht, dass sein Sohn einfach so, ganz ohne väterliche Unterstützung auf die Welt gekommen war und Hebamme sowie Arzt noch vor seinem eigentlichen Erzeuger erblickt hatte. Bald jedoch überwogen die Glücksgefühle.

Oh, wie viel Stolz empfand er! In seinen Augen konnte natürlich kein anderes Neugeborenes Felix auch nur annähernd das Wasser reichen. Kein Baby war so hübsch. Keines besaß derart blaue Augen und volle schwarze Haare. Und dazu noch dieser einzigartige, wissbegierige, intelligente Gesichtsausdruck! Deutliche Kennzeichen eines kommenden Universalgenies! Leo konnte die Augen nicht von seinem Sprössling lassen.

Er überhäufte seine Frau mit roten Rosen und Liebesbezeugungen und seine bald ziemlich genervten Kollegen durch schier endlose Berichte von der Einmaligkeit seines Nachwuchses sowie mit Unmengen an Fotos, die dies belegen sollten. Betrat er die Polizeiinspektion, so umgab ihn nicht mehr wie früher der männliche Duft von Rasierwasser. Nein, eine Wolke aus Babypuder, Babycreme und Milchpulver umhüllte ihn.

Seine Kollegen konnten auch absolut nicht nachvollziehen, dass Leo sich wegen des Kindes für drei Jahre beurlauben lassen wollte und er musste sich so manche Spöttelei gefallen lassen. Allerdings war er überzeugt das Richtige zu tun. Ja, er freute sich auf die Zeit allein mit seinem Sohn. Obwohl er äußerst gewissenhaft jeden Tag zum Dienst erschien und seiner Arbeit nachkam, weilte er in Gedanken zunehmend bei seiner Familie zu Hause.

Nichtsahnend stürzte er sich gemeinsam mit Lisa während ihres achtwöchigen Mutterschutzes in das Abenteuer Kind. Nach der Lektüre zahlreicher Ratgeber hatte er sich gut vorbereitet gewähnt. Was für ein Trugschluss! Felix schien diese Bücher nicht gelesen zu haben, stellte er doch all die schönen Theorien auf den Kopf.

Babys schlafen viel, so wird es werdenden Eltern vorgegaukelt. Nicht so sein Sohn! Der war viel zu sehr damit beschäftigt, seine Stimme zu trainieren und dies auf eine penetrante, äußerst lautstarke, scheinbar nie ermüdende Art und Weise, manchmal stundenlang.

Felix schrie. Eine volle Windel? Die besorgten Eltern überzeugten sich vom Gegenteil. Kein Kleidungsstück zwickte, auch nicht der Bauch, flach und von keinerlei Blähungen geplagt. Aber das Kind schrie weiter. Wurde es etwa von Hunger heimgesucht? Die frisch hergestellte Milchflasche erhielt lediglich einen abweisenden Blick und schien den Sohn zu ermuntern, noch lauter zu brüllen.

„Lasst das Kind schreien. Es darf euch nicht seinen Willen aufzwingen, euch zum Hampelmann beziehungsweise zu Hampeleltern machen. Irgendwann hört es schon auf mit dem Gebrüll." So lauteten die gut gemeinten Ratschläge Außenstehender.

Aber das Kind hörte nicht auf zu schreien und Leo machte sich völlig entnervt zum Hampelmann. Er wusste, wenn er Felix auf dem Arm hielt und kräftig hüpfend das Wohnzimmer durchquerte, verstummte sein Sohn und strahlte. Kaum blieb er stehen oder sprang nicht hoch genug, protestierte der Nachwuchs lauthals. So entwickelte sich allabendlich ein Ritual. Spuren im Teppich bezeugten bald den immer gleichen Weg: eine Acht rund um Esstisch und Sitzgarnitur.

Ein weiterer Trick, Felix zur Ruhe, ja zum Schlafen zu bewegen, bestand aus stundenlangen Autofahrten. Dies schien ihn zu besänftigen. Allerdings sahen sich beide Eltern außerstande, ihr Leben gänzlich in ihrem Wagen zu verbringen.

Von Nachtruhe hatte sein Sohn wohl auch noch nie etwas gehört. Jedenfalls erschien ihm gerade die Nacht ideal, um die Welt aktiv zu erkunden, waren zu dieser Zeit doch beide, Vater und Mutter, anwesend, die es zu unterhalten galt. Schlafen würde er schließlich im Alter noch genug können. Und so wartete er geduldig, bis Leo und Lisa total erschöpft eingeschlummert waren, um sie justament in diesem Moment lautstark an seine Existenz zu erinnern

Verzweifelt suchten die Eltern einen Kinderarzt auf, der sie mit der Diagnose 'Dies ist ein typischer Fall von Schreikind.' nicht wirklich überraschen konnte. „Mit drei, vier Monaten ist der Spuk meist vorbei und das Schreien wird weniger", versuchte er die Geplagten aufzuheitern. Aber drei bis vier Monate sind ungefähr 13 bis 17 Wochen, 91 bis 122 Tage und vor allem Nächte oder 2 184 bis 10 128 Stunden, also eine lange Leidenszeit mit einem Kaffeekonsum, der ins Unermessliche stieg.

Eine Freundin riet zur Bachblütentherapie, ein Wünschelrutengänger zur Umstellung des Bettes. Felix würdigte beide Vorschläge mit Gebrüll.

Jedoch sollte Leo auch diese anstrengende Zeit überstehen. Schließlich gab es ja noch die vielen stillen, schönen Stunden, in denen er voller Stolz die rasante Entwicklung seines Kindes verfolgen konnte. Andächtig lauschte er dem Gebrabbel des Sohnes, inständig hoffend, dessen erstes Wort möge Papa sein. Natürlich kam Felix seinem Wunsch nicht nach und verkündete laut und deutlich 'Mama'. Obwohl, Lisas Bruder war der felsenfesten Überzeugung, eine Woche zuvor ganz klar 'Ägypten' aus dem Mund des Kleinen vernommen zu haben.

Im Laufe der kommenden Monate vergrößerte sich dessen Wortschatz rasant, wobei meist nur Vater oder

Mutter den Sinn des Gesagten erahnen konnten. Wer außer ihnen sollte auch begreifen, dass mit 'arme Meise' eine Ameise, 'Amela' die Amsel und 'Bumela' die Blume gemeint waren? Liebend gerne aß Felix 'Lotte' (Karotte), 'Apfelone' (Melone) und gesüßte 'Tante Mume' (Pampelmuse).

Als sein sprachlicher Favorit entpuppte sich jedoch anfangs der Begriff 'Wau Wau', worunter er allerdings nicht nur Hund verstand. Nein! Regenwurm, Schmetterling und Raupe, aber auch Elefant sowie Nachbars Katze, sie alle waren 'Wau Wau'. Erst später lernte er zu präzisieren und verkündete aufgeregt, als ein Spatz auf einem Fenstersims des Hauses landete: „Huhn, Huhn!" Logischerweise waren Palmkätzchen für Felix 'Mizi'.

Zum dritten Hochzeitstag planten Lisa und Leo einen Kurztrip nach Venedig, ermöglicht, weil Lisas Eltern sich bereit erklärt hatten, den Enkel während dieser Zeit in ihre Obhut zu nehmen. Auf dem Tisch lag ein Italienführer, aufgeschlagen eine Abbildung von Tizians Gemälde 'Maria Himmelfahrt'. Felix deutete auf Maria und verkündete triumphierend 'Wau Wau'.

17

Die Venedig-Reise sollte ihrer Ehe gut tun. Urlaub in dieser romantischen Kulisse! Sie hatten ein kleines Hotel in unmittelbarer Nähe des Markusplatzes bezogen und genossen in vollen Zügen die einzigartige Atmosphäre der Stadt, das wundervolle Essen in kleinen Lokalen, insbesondere wenn an den Spätnachmittagen und Abenden die Touristenmassen weiter gezogen waren. Kein nüchternes Abarbeiten der Sehenswürdigkeiten.

Sie ließen sich einfach treiben, vergaßen für wenige Tage den Alltag, selbst den geliebten Sohn daheim, waren wieder ausschließlich Mann und Frau und nicht Vater und Mutter. Immer wenn der Alltag zu grau werden wollte, erinnerten sie sich künftig an jene Tage und die Welt erschien ihnen wieder rosig.

Leo bedurfte dieser Erinnerung allerdings bald häufiger als seine Frau, deren Alltag sich ja nicht ganz so radikal geändert hatte. Anders als er, der stets gerne von seinen Erlebnissen im Polizeidienst erzählt hatte, berichtete Lisa, mit Sicherheit berufsbedingt, wenig. 'Meine Freizeit gehört absolut den Lebenden, nicht den Toten', war immer ihr Motto. Lediglich an einem äußerst kalten Tag im Dezember verhielt sie sich anders.

„Nur gut, dass ich heute meine wärmsten Winterklamotten angezogen habe. Ausgerechnet bei diesem eisigen Wind musste ich raus an den Fluss. Jemand hatte gemeldet, eine weibliche Leiche würde in Höhe der Hauptbrücke im Wasser treiben."

„Man sollte per Gesetz Menschen verpflichten, nur an warmen Tagen in den Tod zu gehen", meinte Leo. trocken.

Lisa schmunzelte. „Eine wirklich gute Idee. Davon hätten besonders die Taucher profitiert, die in das eisige Wasser mussten. Als ich am Ufer eintraf, hatten Leute der Berufsfeuerwehr und Einsatzkräfte der Wasserwacht die Tote allerdings bereits entdeckt. Sie hatte sich in einem Gebüsch verfangen und zwei Männer gefährdeten ihre eigene Gesundheit, um sie an Land zu schaffen. Du glaubst nicht, wer, oder besser, was sie war!"

„Ich hoffe mal, es handelte sich um Viola."

Sie lachte. „Du Sadist! Nein, es war nicht deine arme Schwester, sondern eine aufblasbare Puppe in Frauengröße, der das eisige Wasser schon mächtig zugesetzt hatte. Der ehemalige Prachtbusen hing jämmerlich herab ebenso wie der einstmals volle, verführerische Kussmund."

Selbstverständlich freute sich Leo über derartige Geschichten, ansonsten war er meist viel zu müde, um längeren Berichten aus der Pathologie folgen zu können. Sein Alltag als Vater und Hausmann erschien ihm sehr, sehr schön, aber auch sehr, sehr anstrengend, ja teilweise frustrierend und bisweilen ziemlich langweilig.

Natürlich genoss er die Zeit mit seinem Sohn, stellte staunend dessen Entwicklungsschübe fest und bedauerte die Väter, denen all dies entging. Niemals aber hätte er gedacht, dass ein derart kleines, unschuldiges Wesen so kraftraubend sein könnte. Felix forderte ihn permanent in all seiner Hilflosigkeit, aber auch Unberechenbarkeit.

Monatelang zeigte er beispielsweise keinerlei Interesse an der offenen Regalwand im Wohnzimmer. Geduldig schien er bis zu dem Moment zu warten, als sein Vater für etwas längere Zeit im Waschkeller abwesend war. Dann aber entdeckte er, dass all die Bücher herausnehmbar und wunderbar zu dezimieren waren. Nichtsahnend freute sich Leo über die anhaltende Ruhe oben im Haus, bis lautes Klirren ihn schnellstens zur Rückkehr in die obere Etage zwang. Sein Sohn hatte eine nicht komplett geschlossene Glastür geöffnet, was ihm vorher noch nie gelungen war, und die darin stehenden Gläser und Teller einem Test auf Bruchfestigkeit unterzogen. Nun saß er inmitten von zerpflückten Büchern, teilweise zerbrochenem Porzellan, aber auch Glassplittern. Und die waren durchaus nicht so unschuldig wie sie aussahen. Die kleinen Händchen bluteten und Felix schrie jämmerlich. Leo leistete erste Hilfe und fuhr dann sein Kind umgehend zum Arzt.

Der Anblick von soviel Chaos und Blut im Wohnzimmer bei ihrer Rückkehr schockte selbst eine an Gewalt gewohnte Pathologin wie Lisa zutiefst. Und weder ihr Sohn noch ihr Mann in Sicht! Je länger sie wartete desto düsterer wurden ihre Vorahnungen. Am Ende gab es den ersten richtigen Streit zwischen den Eheleuten. Dabei hätte Leo dringend Trost gebraucht, Vorwürfe wegen seiner Unachtsamkeit machte er sich selbst schon genug!

Besonders zu Weihnachten erwachte die Abenteuerlust in Felix im Übermaß, so als schien ihm diese Zeit der Freude und Besinnlichkeit am passendsten, um herauszubekommen, über wie viele Leben er verfügte.

Während seines ersten Festes versuchte er festzustellen, wie lange ein zwei Monate altes Baby ohne Atemluft auskommen konnte. Lisa gab ihm gerade sein Fläschchen, als er sich verschluckte und plötzlich blau anlief. Sie schrie und der herbeieilende Vater tat wohl das einzig Richtige. Er packte seinen Sohn an den Füßen und klopfte so lange kräftig auf dessen Rücken, bis das Kind zu schreien anfing.

Ein Jahr später war die Familie bei Leos Schwiegereltern eingeladen. Sie feierten ein schönes, harmonisches Fest. Felix freute sich über den glänzenden Lichterbaum und seine Geschenke. Harmonie pur. Nach ihrer Rückkehr aber fand der Sohn Weihnachten plötzlich zum Kotzen, was er ausgiebigst tat, bekam zudem hohes Fieber. Bleich und apathisch lag er in seinem Bettchen. Plötzlich fiel Lisa die durchsichtige Dose mit den Medikamenten ihres herzkranken Vaters auf dem Küchentisch in ihrem Elternhaus ein. Hatte Felix die bunten Pillen für Bonbons gehalten und sich damit vergiftet? Die Großeltern zählten den Pillenbestand nach und gaben Entwarnung.

Besorgt beugte sich Leo über das Kind. „Komisch", wandte er sich an seine Frau. „Irgendwie riecht sein Atem eigenartig, so nach Zimt und Nelken."

Wie sich später herausstellen sollte, hatte der Junge nicht etwas Falsches gegessen, sondern getrunken. Er konnte anscheinend nicht dem Wasser in den zur Luftbefeuchtung aufgehängten Behältern an den Heizkörpern widerstehen, dem die Oma ein starkes Duftöl beigemischt hatte.

Auch das dritte Weihnachten mit Felix geriet zu einem aufregenden Abenteuer. Vater und Sohn hatten die zahlreichen Einkäufe für die Feiertage erledigt. Während Leo die erste Fuhre in das Haus trug, sollte Felix im Auto warten. So war es zumindest geplant. Das Auto war in der Garageneinfahrt geparkt, das Kind in seinem Sitz sicher angeschnallt.

Plötzlich vernahmen die Eltern lautes Geschrei und rannten zum Fenster. Was sie sahen, ließ ihnen den Atem stocken. Erst langsam, dann aufgrund des abschüssigen Weges immer schneller werdend, rollte ihr Wagen in Richtung der belebten Hauptverkehrsstraße. Rückwärts! Am Steuer ihr Sohn! Eine leichte Kurve sowie die äußerst stabile Gartenmauer eines Nachbarn beendeten Gott sei Dank den allerersten Fahrversuch ihres Kindes.

Felix hatte sich aus seinem Kindersitz befreit, war nach vorne auf den Fahrersitz gekrabbelt, wobei er versehentlich die Handbremse gelöst haben musste. Und so war das Auto auf dem abschüssigen Gelände von alleine losgefahren. Mit dem Sohn auf dem Vordersitz! Ohne ein Zeichen der Angst, sondern stolz und vergnügt begrüßte er seine Eltern, als diese in Panik ihr Kind aus dem Fahrzeug retten wollten.

„Wir müssen ja ganz furchtbare Eltern sein, wenn unser Sohn ständig an Selbstmord denkt.Was plant er wohl für das kommende Weihnachten, um seinem harten Schicksal zu entfliehen?", überlegte Leo und sollte fortan nicht von Vorfreude auf dieses Fest erfüllt sein.

18

Gott, wie naiv war er doch gewesen, hatte sich während Lisas Schwangerschaft ausgemalt, was er mit der vielen Freizeit anfangen, welchen Hobbys er in der Elternzeit nachgehen könnte! Wie vielversprechend klang doch auch die frühere offizielle Bezeichnung dieser drei Jahre: Erziehungsurlaub! Das Kind während der kurzen Wachphasen hüten und sich um das bisschen Haushalt kümmern, das würde Leo keinerlei Probleme bereiten. Soviel zur Theorie. Die Praxis sah allerdings anders aus.

Nicht nur, dass sein Sohn sich keineswegs an die in all den klugen Ratgebern prognostizierten langen Schlafphasen hielt, sondern ihn stetig in Atem. Nein, auch die Hausarbeit entpuppte sich doch langwieriger als Leo vermutet hatte, wollte er vor den kritischen Blicken seiner Ehefrau bestehen.

Bisweilen dachte er an jene Zeit, als eine ehemalige Freundin, Maria, in seine Junggesellenbude gezogen war. Er hatte im Vorfeld viele Stunden seiner Freizeit geopfert und seine Wohnung, wie er meinte, auf Hochglanz gebracht. Zu seiner großen Verblüffung hatte sie jedoch demonstriert, dass frau auch jene Stellen säubern konnte, die man(n) auf den ersten Blick überhaupt nicht sah. Erbarmungslos wurde auf den Schränken, oberhalb der Türen, unterhalb von Couch und Bett gewischt und währenddessen nicht nur dicke Staubschichten ans Licht befördert, sondern auch teilweise mumifizierte Kleininsekten, leere Flaschen, Chipstüten, aber auch alte Zeitungen, einzelne Socken und andere Gebrauchsgegenstände, die man(n) einmal schnell aufräumen wollte.

„Deine Unterwelt wäre in der Zukunft bestimmt eine Schatzgrube für Archäologen geworden", hatte Maria trocken kommentiert. „Und wenn du einmal deine Fenster geputzt hättest, könntest du dahinter sogar die Außenwelt sehen."

Leo hatte mächtig gestaunt, als sie ihm erklärte, dass die ehemals gelben, nun aber weißen Hemden und Vorhänge nicht neu gekauft, sondern einfach nur gewaschen worden waren.

Maria als Vorbild nehmend, stürzte sich Leo in den Stunden, die ihn sein Sohn nicht in Anspruch nahm, in die Putzarbeit. Anfangs noch mit vollem Elan, zunehmend aber mit voller Frustration. Er empfand allergrößte Sympathie für Sisiphos. Wie der griechische Held wieder und wieder den Marmorblock einen Berg hochgehievt hatte, nur um mitzuerleben, wie dieser erneut herunter gerollt kam, so erlebte er sich in seinem steten Bemühen, das Haus sauber zu halten. Kaum geputzt, schon wieder verdreckt. Wie zum Teufel gelangte soviel Staub und Dreck in sein Heim?

Auch wenn Lisa ihm wirklich dankbar war für seine

Arbeit und ihn durchaus lobte, Leo fehlte die Anerkennung, die er in seinem Beruf nicht nur in Form einer Bezahlung bekam, sondern auch aus dem Wissen bezog, etwas Wichtiges für seine Mitmenschen zu tun. Und sowohl die Erziehung von Kindern als auch die Hausarbeit gelten in der Öffentlichkeit nun einmal, wenn auch zu Unrecht, als minderwertige Tätigkeiten.

Eine ungerechte Welt! Leute klatschen Applaus, wenn ein Politiker anlässlich irgendeiner Einweihung ein rotes Band zerschneidet. Wer aber applaudiert dem Hausmann, der drei Stunden gebügelt hat? Obwohl, er musste eingestehen: Bügeln war eine Aufgabe seiner Frau. Auch das abendliche Kochen übernahm Lisa gerne, wann immer sie die Zeit dafür aufbrachte. Wahrscheinlich im Eigeninteresse, denn Leo hatte es lediglich im Öffnen von Dosen sowie im Aufwärmen von Fertiggerichten zu wahrer Meisterschaft gebracht.

In der Außenwelt fühlte er sich zunehmend als Exot. Wo waren all die Väter, die es ihm gleichtaten und sich mehrere Jahre um den Nachwuchs kümmerten?Sicher tauchten ab und an während der Woche auch ein paar andere Männer mit einem Baby auf, aber nach maximal zwei Monaten mit Sicherheit geräuschlos wieder ab.

Leo recherchierte im Internet und musste feststellen, dass es in Deutschland langsam zu einem Umdenken gekommen war, die Arbeitsaufteilung betreffend. Dies allerdings sehr langsam. Immer noch war das Familienmodell mit dem Mann als Ernährer und der Frau als erster Bezugsperson für den Nachwuchs gang und gäbe. Laut Statistischem Bundesamt in Wiesbaden waren zwar 64% aller weiblichen 20-64-Jährigen berufstätig, fast jede zweite davon jedoch in Teilzeit, bei Müttern mit minderjährigen Kindern sogar Zweidrittel.

Dagegen übten lediglich knapp 9 % aller Männer eine Teilzeittätigkeit aus, meist unfreiwillig oder wegen einer Umschulung oder Weiterbildung. Nur 8 % nannten familiäre Gründe als Ursache, ganz im Gegensatz zu Frauen, die überwiegend dies als Begründung angaben. Selbst die Mehrzahl der Universitätsabsolventinnen war bereit, zugunsten der Kinder auf beruflichen Aufstieg und Vollzeitjob zu verzichten. Für die Väter aber galt: ohne lange Unterbrechung hinauf auf die Karriereleiter.

All dies erlebte Leo Tag für Tag, ganz besonders in der Wohngegend, in der sie lebten. Auf dem Spielplatz, beim Einkaufen traf er überwiegend auf Hausfrauen, deren äußerst erfolgreiche Ehemänner sich ganz selbstverständlich zu 200 % dem Aufstieg der besagten Leiter widmeten. Hausfrauen, die ihm, aber auch Lisa mit Misstrauen begegneten: „Ist der Mann etwa arbeitslos? Nein? Die Frau arbeitet in Vollzeit. Mein Gott, wie karrieregeil! Was für eine Rabenmutter!"

Sämtliche alten Klischees und Vorurteile wurden bedient. Insbesondere die Kompetenz zur korrekten Kinderbetreuung trauten sie keinem männlichen Wesen zu und überhäuften Leo mit zwar gutgemeinten, aber lästigen Ratschlägen.

So sprach ihn eine besorgte Mutter auf dem Spielplatz an: „Sehen Sie denn nicht, Ihr Kind ist in der Sonne gefährdet. Es benötigt dringend eine Kopfbedeckung!"

„Auch, wenn er nur im Schatten der Bäume spielt?"

„Selbstverständlich auch dann."

Eine andere Frau glaubte, ihn auf einen anderen Fauxpas hinweisen zu müssen:„Die Windel Ihres Sohnes sitzt nicht richtig. Wurden Sie denn nie mit der korrekten Wickeltechnik vertraut gemacht?"

„Diese Windel hat meine Frau angelegt."

„Ach so, dann ist ja alles in Ordnung."

Einmal bekam Felix von einem anderen Kind mit seiner! Sandschaufel einen kräftigen Schlag auf den Kopf und weinte jämmerlich. „Sie müssen besser auf Ihr Kind achtgeben", sprach, unter allgemeinem Kopfnicken, die Mutter des aggressiven Kerlchens.

Und dennoch, trotz all der Ärgernisse und Frustrationen, bereute Leo nicht die Zeit, die er gemeinsam mit seinem Sohn verbringen durfte. Besonders natürlich, wenn er von der ganz speziellen Logik des Kleinen überrascht wurde, wenn Felix beispielsweise während eines Fernsehfilms über kostbare Ostereier aus China entschieden feststellt: „Papa, ich will keine Eier aus China. Ich will Eier aus Sokolade." Oder wenn sein Sohn ihn beim Vorlesen nach dem Satz: „Plötzlich verliert Biene Maja das Gleichgewicht." unterbricht, auf einen großen Stein neben Maja deutet und meint. „Sau mal, da liegt es."

Und selbst als Leo eines Nachts unsanft aus tiefem Schlummer geweckt wurde, konnte er seinem Sohn angesichts der folgenden scharfsinnigen Analyse nicht böse sein. Sein Kind hatte um drei Uhr beschlossen, dringend auf den Spielplatz zu müssen. Es schaute aus dem Fenster, deutete auf die finstere Außenwelt und fragte bestürzt: „Wer (hat) da Licht aus(ge)macht?"

Schlüssel klappern und knarrend öffnet sich die Tür. Grelles Sonnenlicht blendet ihn ohne zu wärmen. Seine Schwester erscheint, gefolgt von ihrem Stiefsohn. Niemals hätte Leo geglaubt, dass der Anblick der beiden ihm je einmal willkommen sein würde. Jetzt in diesem Moment aber ist er erleichtert.

Wann hat er zum letzten Mal etwas gegessen?

Gestern bestimmt nicht. Die Suche nach Leonie hat einfach Priorität gehabt. Er spürt mächtigen Hunger und noch mehr Durst, und der Anblick des beladenen Tabletts in ihren Händen macht ihm Mut auf Linderung seiner Bedürfnisse. Sie aber scheint diese zu ignorieren und marschiert, ohne ihn eines Blickes zu würdigen, schnurstracks zu seiner Tochter.

„Bitte, Tante, darf ich vor dem Frühstück auf die Toilette und mich waschen?", hört er Leonie fragen.

Ihrem Wunsch wird stattgegeben, die Fesseln gelöst und die zwei verschwinden. Leo verflucht seine Schwester. Natürlich hat diese Sadistin das Tablett so platziert, dass er die belegten Brote, die Tasse Kaffee deutlich erkennen und vor allem riechen kann. Und natürlich bekommt er später nichts von alldem gereicht, trotz der inständigen Bitte seiner Tochter. Großzügig aber wird ihm der Gang auf das stille Örtchen gewährt, selbstverständlich unter der strengen Aufsicht von Robert und dessen Pistole. Als er jedoch sich gierig aus dem dortigen Wasserhahn bedienen will, wird er bitter enttäuscht. Es fließt nur Luft. Das Wasser ist abgedreht worden. Leo flucht und schimpft lauthals, wofür er höhnisches Gelächter von seinem Bewacher erntet. 'Ein Paar, das zumindest in ihrer Form des Sadismus perfekt harmonisiert', muss er augenblicklich im Stillen feststellen.

Erneut wird Leo an den Stahlträger gefesselt. Er versucht an die Vernunft seiner Schwester zu appellieren. „Mensch, Viola, gib auf. Dies hat doch alles keinen Sinn. Über kurz oder lang wird die Polizei uns aufspüren."

Als sie ihn lediglich eines kalten Blickes würdigt, ergänzt er, wohl wissend, dass es sich um eine Lüge handelt. „Lisa weiß genau, wo sie zu suchen hat und

96

wird bald hier auftauchen.“
Diese Aussage scheint sie nun doch etwas aus der Fassung zu bringen, denn er hört sie kurze Zeit später lautstark mit ihrem Stiefsohn streiten. Er muss an den zweiten Besuch der beiden vor vielen Jahren denken.

19

„Mama, da steht eine Frau mit komischen Haaren an der Tür und die stinkt. Lisa war bei dem Ausdruck 'und die stinkt' schnellstens zu ihrem Sohn geeilt. Dann hörte man sie lachen, lachen darüber, dass Felix die mächtige Parfumwolke, die ihm entgegen wehte, als Gestank empfand. Leo allerdings verging jegliche Form von Heiterkeit, als er registrierte, wer für die starke Geruchsbelästigung verantwortlich war.

Herein spazierte seine Schwester, im Schlepptau Stiefsohn Robert. Während Lisa die grell geschminkte, neuerdings rothaarige, offenherzig und sehr teuer gekleidete Schwägerin betrachtete und beim Anblick der 15 cm hohen Stilettos um die Unversehrtheit des Parkettbodens fürchtete, beschwerte sich Viola über das Kind. Felix hatte sich gerade ausgiebigst mit seinen neuen Fingermalfarben beschäftigt, eine Tatsache, die weder Kleidung noch Hände und Gesicht verleugnen konnten.

„Haltet mir bloß den Jungen fern. Was für ein schlecht erzogener Bengel. Von wegen komische Haare und stinkt!“

Währenddessen hatte Leo Zeit, den zweiten 'Gast' zu

würdigen. Hier schienen sich zwei Wesensgleiche gefunden zu haben. Der gleiche hohle, empathiefreie, leicht dümmliche Gesichtsausdruck gepaart mit der Überzeugung, etwas ganz Besonderes zu sein, weit über der Masse Mensch zu stehen. Sicher Robert war ein sehr gut aussehender junger Mann, groß, durchtrainiert, schwarze, lockige Haare und tiefblaue Augen. Dazu teuer und elegant gekleidet. Äußerlich ein Frauenschwarm, aber bestimmt nur äußerlch!

'Woher nehmen diese Typen Marke 'reicher Erbe' eigentlich ihre Arroganz?', fragte sich Leo und sann auf Abhilfe.

„Felix, möchtest du nicht deiner Tante und dem Onkel die Hand zur Begrüßung reichen?"

Die Tante kreischte empört auf und Lisa entführte zur großen Enttäuschung ihres Mannes den Sohn schnell in Richtung Badezimmer, um größeres Übel zu vermeiden. Während sich Viola erleichtert auf die Couch sinken ließ, musterte Robert mit geringschätzigen Blicken die Umgebung.

„Na Bruderherz, was macht das Polizistenleben? Bekämpfst du immer noch das Böse der Welt?

„Ich bekämpfe mögliche böse Gene, die mein Sohn von seiner Tante geerbt haben könnte, was ich allerdings nicht hoffe. Zu deiner Frage: ich habe mich für drei Jahre von der Arbeit als Polizist beurlauben lassen und bin ausschließlich Vater und Hausmann."

Im selben Moment verfluchte Leo seine Ehrlichkeit, spätestens jedoch als er die Blicke seiner Gäste sah.

„Ein Privatier so wie ich!", kommentierte Robert und Viola fragte grinsend: „Habt ihr im Lotto gewonnen?"

Statt seinen Mund zu halten, berichtete er wahrheitsgemäß von Lisas gut bezahltem Job als Pathologin im Polizeidienst. Gott sei Dank blieb Leo von weiteren Äußerungen verschont, denn seine Familie tauchte wieder auf und ein nun sauberer Sohn machte sofort klar, dass er diesen Besuch überhaupt nicht mochte: „Papa, (ich) will nicht Hand geben!", maulte er und verzog sich schleunigst in seine Spielecke im Wohnzimmer.

Sehr zur Freude Leos gelang es dem Nachwuchs jedoch, seine Tante erneut zu schocken. Er war zu jener Zeit stark erkältet, konnte nicht frei atmen wie sonst. Irgendetwas schien ihn in seiner Nase zu stören. Von allen beobachtet begann er ausgiebigst dort zu bohren, um schließlich das Ergebnis zu präsentieren. Er triumphierte:„Sau mal, ein Nasenstein!"

Viola schrie auf: „Das ist ja ekelerregend! Wie haltet ihr das nur aus? Der Kleine ist einfach furchtbar."

Felix schien lediglich die Worte 'der Kleine' registriert zu haben, denn er protestierte entschieden: „Ich bin nicht klein. Ich bin zehn Dollar groß!"

Jetzt musste sogar die Tante lachen, eine Tatsache, die den Jungen ermutigte, sich ihr zu nähern und sie genauer zu beobachten. Nach geraumer Zeit wandte er sich an seinen Vater: „Sau Papa, die Frau da hat rostige Haare und Fingernägel."

Augenblicklich wurde Viola wieder ernst und nahm erneut ihre ablehnende Haltung dem Neffen gegenüber ein. Leo versuchte zu erklären: „Rostig ist eigenartigerweise ein Lieblingswort für ihn. Wenn eine Blume welkt, dann rostet sie in seinen Augen. Wenn es ans ungeliebte Waschen seiner Haare geht, dann betont er stets, dass seine Haare noch nicht rostig seien."

„Will dein Sohn damit sagen, meine Haare welken oder sind fettig? Wirklich eine Unverschämtheit!"

Sie überlegte kurz und fragte dann scheinheilig in die Runde: „Muss so ein Kind nicht viel schlafen?"

Natürlich verstand Lisa den Wink sofort und verließ, höflich wie sie nun einmal war, zusammen mit Felix den Raum. Dies sehr zum Leidwesen Leos, der die Chance eines baldigen Besuchsendes mit seinem Sohn dahin schwinden sah. Ganz gegen die Gesetze der Gastfreundschaft bot er den beiden keine Getränke an, sondern kam sofort zur Sache.

„Viola, warum bist du hierher gekommen? Was willst du? Ihr habt ja wohl die Millionen deines Herrn Gemahl noch nicht komplett aufgezehrt, oder?"

„Mein Gott Leo, was bist du doch für ein gefühlskalter Mensch! Ich wollte einfach mal wieder meinen geliebten Bruder sehen. Es geht doch nichts über die Familie! Und dann dieser eisige Empfang! Du hast dich um kein Deut verändert. Weißt du eigentlich", sie wandte sich an ihren Stiefsohn, „dass mich mein eigener Bruder von einem Tag auf den anderen völlig mittellos aus dem Haus meiner Großeltern geschmissen hat? Ich war damals unschuldige 16 Jahre alt."

„16 Jahre ja, aber unschuldig keinesfalls. Soll ich deinem Robert die ganze Wahrheit erzählen?"

Vehement wehrte sie ab. „Das sind doch alles alte Kamellen. Ich hab dir längst verziehen."

Jetzt reichte es Leo. „Wenn dir plötzlich der Sinn nach Familie steht, dann kannst du dich ja mal ins Kinderzimmer begeben und mit deinem entzückenden Neffen spielen."

Robert lachte lauthals auf. „Viola und Kinder. Das ist wie Feuer und Wasser, passt einfach nicht zusammen."

„Welch ein Glück für die Ungeborenen", stellte Leo fest und setzte nach: „Aber mit dir, ihrem Stiefsohn spielt sie hoffentlich, oder?"

Seine Schwester schien überhaupt nicht erzürnt über diese Anspielungen. „Oh, wir machen wunderbare

Spiele, nicht wahr Robbie?"

Sie schaute ihren einige Jahre älteren Stiefsohn an, der ihren Blick leicht errötend erwiderte.

„Im Übrigen", fuhr sie fort, „brauchst du dir um mich keine Sorgen machen. Das leidige Geld neigt sich bei unserem Lebensstil zwar viel zu schnell dem Ende zu, aber ..."

„He, das wundert mich aber doch sehr!", unterbrach sie ihr Bruder, „Bei deinem Hang zur Sparsamkeit, ja geradezu zur Askese!"

„Aber," nahm sie den Faden scheinbar ungerührt wieder auf, „wir haben bereits eine überaus erfolgversprechende Geschäftsidee entwickelt."

„Na also", Leo konnte seine spitzen Bemerkungen einfach nicht lassen, „angesichts eurer langjährigen Berufserfahrung und Intelligenz zweifle ich daran keinesfalls. Dann ist ja alles gut. Ich brauche mir also keine Sorgen um dich zu machen und kann euch guten Mutes wieder gehen lassen."

Viola schaute auf ihre Uhr. „Oh, Robbie, es ist schon spät. Wir müssen schnellstens aufbrechen. Grüße bitte deine bezaubernde Frau und deinen niedlichen Sohn. Bis bald, Bruderherz."

Dieser erwiderte auf letztere Drohung nichts. Auch hatte er verschwiegen, dass er schon bald zumindest in Teilzeit in den Polizeidienst zurückkehren konnte. Endlich war es ihnen gelungen, einen Kindergartenplatz für ihren Felix zu ergattern.

20

Leo freute sich, freute sich auf die abwechslungsreiche Arbeit, auf seine ehemaligen Kollegen und hoffte, trotzdem noch genug Zeit für Lisa und seinen Sohn zu haben. Wie aber würde man ihn nach der langen Abwesenheit empfangen? Insbesondere fürchtete er den Zynismus Einsteins, der doch stets jegliche feste Beziehung mit Frauen, und erst recht die Lebensform Ehe und Familie missbilligt hatte. Der Freund jedoch hielt sich glücklicherweise mit bösartigen Bemerkungen zurück, ja schien sich sogar mit Leo zu freuen. Und die anfänglichen Frotzeleien der anderen über seine Tätigkeit als Hausmann ließen in der Polizeistation schließlich auch bald nach. Der berufliche Alltag holte ihn allzu schnell wieder ein, mehrfach in Form des alten Spieles 'Räuber und Gendarm'.

Banküberfall. Leo und Kollege Karl rasten zum Tatort, der Täter war jedoch mittlerweile verschwunden. Stattdessen umringten aufgeregte Kunden und Angestellte die beiden Polizisten, um ihre Beobachtungen mitzuteilen.

„Gut, dass Sie so schnell kommen konnten. Fast hätten Sie den Kerl noch erwischt."

„Von wegen 'so schnell'. Die Bullen kommen doch immer zu spät!"

„Genau. Der Bürger muss sich selbst schützen. Wenn ich nicht ausgerechnet heute diese Migräne hätte, der Kerl wäre meine sichere Beute geworden."

„Na, nun spielen Sie mal nicht den verhinderten Helden. Sie waren doch als erster am Boden, als der uns mit der Waffe zum Hinlegen zwang."

„Unverschämtheit! Wenn ich so nah wie Sie an ihm dran gewesen wäre, ich hätte ihn angegriffen."

„Genau. Und was hätten Sie ihm entgegensetzen können? Ihre Kopfschmerztabletten?"

Endlich wandte sich ein Zeuge mit sachdienlichen Hinweisen an Leo. „Also, Herr Kommissar, ich kann Ihnen den Räuber ganz genau beschreiben. Er trug hellblaue Jeans, Turnschuhe und eine dunkelblaue Jacke, Kapuze hochgeschlagen."

„Stimmt exakt. Dunkelblaue Jeans und so weiter. Er war ziemlich klein, ungefähr 1,66, schmal gebaut."

„Vielleicht war's ja eine Frau."

„Nein, niemals!", protestierte eine Dame, „ Frauen machen so was nicht. Da bin ich mir sicher. Außerdem war der Kerl meiner Meinung nach auch viel größer, mindestens 1,76. Er sah jedenfalls sehr gefährlich aus. Diese furchterregenden Augen!"

„Woher wollen Sie das denn wissen? Der Mann trug doch eine schwarze Sonnenbrille."

Leo hatte genug gehört. Er sprach die Filialleiterin an. „Können Sie schon sagen, wie viel Geld gestohlen wurde?"

Bei dieser Frage musste die immer noch verängstigte Frau schmunzeln. „All den bisherigen Zeugenaussagen kann ich eine absolut sichere hinzufügen. Der Räuber scheint nicht mit allzu viel Klugheit gesegnet zu sein. Der hat sich nämlich die falsche Bank ausgesucht. Hier bei uns können Kunden ausschließlich am Automaten Geld abheben. Selbst wenn ich gewollt hätte, es war mir unmöglich, seinem Wunsch, die Plastiktüte mit Scheinen zu füllen, nachzukommen. Hier gibt es keine Barauszahlungen am Schalter, auch nicht für Bankräuber!"

Der Täter war also ohne Beute geflüchtet, hatte sogar seine Tüte liegen gelassen. Als Leo diese untersuchte, fand er einen Brief mit adressiertem Kuvert, ein Brief einer Mutter an ihren Sohn, den erfolglosen Dieb, der so später ganz leicht als Täter identifiziert werden konnte.

Auch ein anderer Raubversuch scheiterte kläglich. Als Leo am Tatort, einem teuren, indischen Restaurant, eintraf, fand er den Räuber hilflos in der Küche vor. Nicht sein Opfer, nein, der Täter selbst schrie um Hilfe und wand sich unter Tränen mit hochrotem Kopf am Boden.

Der Mann hatte nach nächtlicher Schließung des Lokals ein Fenster im Hinterhof eingeschlagen, um die Tageseinnahmen zu kassieren. Er war in der Küche gelandet, vor allem aber vor einem äußerst resoluten Restaurantbesitzer. Durch den Krach war dieser herbeigeeilt, hatte blitzschnell die Lage erfasst, sich auch nicht durch die vorgehaltene Waffe einschüchtern lassen, sondern augenblicklich gehandelt, indem er zum nächstbesten Topf griff, um den Inhalt dem Eindringling über den Kopf zu schütten.

Ob er ganz bewusst oder instinktiv den Kübel mit scharfer Chilisauce genommen hatte, konnte er später nicht genau sagen. Egal, das Ergebnis war jedoch ein voller Erfolg. Der Übeltäter ließ sich widerstandslos festnehmen und wird wohl ein Leben lang auf scharfe Küche verzichten.

Es gab allerdings auch Einbrecher, über deren Besuch sich manche Menschen durchaus freuen könnten. Ein Vertreter dieser Art hielt die Polizisten mehrere Winter lang zum Narren.

Der Mann suchte sich stets Häuser Wohlhabender aus, für die ein Urlaub in der kalten Jahreszeit ein Ritual war. Zumeist erhielt er von einem Kumpel aus früheren, besseren Tagen einen Tipp, immer dann wenn dieser mit seinem Taxi ein Paar oder eine Familie, mit schweren Rollkoffern ausgestattet, zum Flughafen bringen musste. Dann studierte er das Objekt seiner Begierde genau. Blieb das Heim Nacht für Nacht dunkel oder schaltete sich das Licht stets zur gleichen Zeit an, waren die Rollläden auch tagsüber verschlossen oder verkündete eine fröhliche Stimme auf dem Anrufbeantworter 'Hallo. Wir befinden uns gerade für zwei Wochen im wohlverdienten Urlaub. Wenn Sie eine Nachricht ....', dann nützte er seine wohl verdiente Chance. Er brach nachts meist durch ein Kellerfenster ein, aber „ich hatte dabei immer ein schlechtes Gewissen", betonte er gegenüber Leo nach seiner Festnahme.

„Selbstverständlich hab ich die Spuren meiner Einbrüche beseitigt, aber auch sonst, wenn nötig, für Ordnung gesorgt. Wissen Sie, für mich ist Ordnung nicht nur das halbe Leben, sondern das ganze. Und Sie glauben ja nicht, in welch furchtbaren Zustand manche Leute ihr Haus zurücklassen. Dann musste ich dreckiges Geschirr spülen, Wäsche waschen, die herumliegenden Sachen aufräumen..."

„... die dann von den Besitzern nur mit Mühe wieder gefunden werden konnten", ergänzte Leo.

„Na gut, jeder hat eben eine andere Art, für Ordnung zu sorgen. Ich hab es allerdings stets gut gemeint, hab die halb vertrockneten Blumen gegossen, den Müll rausgebracht und auch ab und an in jedem Zimmer das Licht angeschaltet und die Rollläden tagsüber hochgezogen. Das Haus sollte ja bewohnt aussehen. Ich wollte schließlich keinen Besuch von Kollegen. Am meisten Mühe hatte ich immer in den Kinderzimmern. Was für ein Chaos dort oft herrschte! Unvorstellbar! Die

Jugend besitzt heutzutage einfach viel zu viele, meist unnütze Dinge."

„Hatten Sie denn nie Angst, von den Hausbesitzern überrascht zu werden?", fragte Pit.

„Eigentlich nicht. Ich bin ja auch immer nur für kurze Zeit geblieben, so lange bis in dem jeweiligen Haus wieder alles ordentlich war."

Leo verstand die Welt nicht mehr. „Warum um Gottes willen sind Sie denn überhaupt eingebrochen und haben Nacht für Nacht kostenlos für andere geschuftet? So weit ich weiß, wurden ja auch niemals Geld, Schmuck oder andere Pretiosen von Ihnen entwendet."

„Na ja, wenn ich ehrlich sein soll. Manchmal hab ich etwas herumliegendes Kleingeld eingesteckt und auch Pfand für die zurückgebrachten Flaschen kassiert."

„Okay", hakte Leo nach. „Das sind Peanuts. Also nochmal, warum haben Sie sich all die Mühe gemacht?"

Der Mann wand sich. „Es ist Winter und draußen kalt."

„Ja, dann drehen Sie eben Ihre Heizung auf."

In diesem Moment kam Leo die Erkenntnis. „Haben Sie etwa weder Heizung noch Wohnung? Sind Sie obdachlos?"

Der Einbrecher nickte und wurde rot. „Mir ist das alles sehr peinlich."

Sein Gegenüber verlor aber langsam die Geduld. „Warum zum Teufel gehen Sie dann nicht zum Amt, um sich helfen zu lassen, oder in ein Obdachlosenheim? Dies rechtfertigt doch noch lange nicht, einfach irgendwo einzubrechen. Sicher Sie haben für Ordnung gesorgt, aber auch ordentlich Fenster oder Türen zerstört."

Die Antwort erfolgte mit weinerlicher Stimme. „Haben Sie schon mal eine Nacht in einem Zimmer mit vielen, meist alkoholisierten, laut schnarchenden Männern verbracht? Die meisten sind trotz Duschmöglichkeit total verdreckt und stinken. Kaum einer hat Sinn oder Geld für ein gepflegtes Aussehen, für gute Bekleidung. Und überall diese gefüllten Plastiktüten, diese schreckliche Unordnung!"

„Da haben Sie also das gepflegte Haus ...‟

„Gepflegt aber meist erst, nachdem ich für Ordnung gesorgt habe!"

„... dem Obdachlosenheim vorgezogen, das weiche Bett der harten, nicht ganz so sauberen Matratze."

„Das Bett," betonte der Mann, „hab ich immer bei meinem Auszug frisch bezogen und die Bezüge gewaschen."

„Was haben Sie eigentlich die ganze Zeit in den Villen gemacht, mal abgesehen vom Aufräumen?", fragte Pit, für den Hausarbeit eine schnell erledigte Nebensache war. Leo schnaubte, sagte allerdings nichts.

„Ach, ich hab es mir gut gehen lassen und all die Dinge getan, zu denen ich im Sommer, wenn ich auf Tour bin, nicht komme. Stundenlang gebadet, ferngesehen, Radio und Opern-CDs gehört und vor allem interessante Bücher gelesen, aber auch gut gegessen. Die restlichen Lebensmittel im Kühlschrank hab ich so vor dem Verderben gerettet, aber auch so manches Produkt aus der Tiefkühle, so manche Dose, deren Mindesthaltbarkeitsdatum überschritten war. Und was die Schäden an den Fenstern angeht: Die Leute sind doch hundertprozentig alle versichert. Wirklich, Sie können mir glauben, ich wollte den Gastgebern nie schaden, wollte immer nur für Ordnung sorgen. Das müssen Sie als Polizisten, als Ordnungshüter doch verstehen."

Die genaue Anzahl seiner Einbrüche blieb ungewiss. Wahrscheinlich gab es einige Opfer, die sich angesichts der dem Heim angediehenen Pflege gar nicht bei der

Polizei meldeten. Niemand fühlte sich bedroht. Dem Treiben wurde erst ein Ende gesetzt, als eine aufmerksame Nachbarin einen fremden Mann den Müll herausbringen sah. Nachdem auf ihre Klingelversuche niemand öffnete, war sie um das Haus herum gegangen und hatte vom Garten aus in das Wohnzimmer geschaut, wo ebenjener Mann gerade dabei war, den Fliesenboden zu wischen. Auch die sofort verständigten Urlauber wussten nichts von der Existenz eines Homesitters und so verständigte die Dame die Polizei.

Lisa lachte, als Leo ihr von dem Fall erzählte.

„Gott sei Dank ist der Kerl nicht bei dem französischen Ehepaar eingebrochen, von dem ich heute in der Zeitung gelesen habe. Die waren im Urlaub, als sie zufällig mitbekamen, dass die Lottozahlen der vergangenen Woche identisch waren mit den von ihnen getippten. Ein Gewinn von 15 Millionen Euro! Die Leute haben sofort ihre Ferien abgebrochen, um sich zu Hause das Geld zu sichern. Nur gab es ein Problem. Wo war der Lottoschein?"

„Unser fleißiger Einbrecher hätte es ihnen wahrscheinlich sagen können", meinte Leo.

„Oh je. Bei dessen Ordnungsfimmel wäre das Geld eher futsch gewesen. Nein, die zwei haben das ganze Haus bei der Suche auf den Kopf gestellt und Gott sei Dank nicht Wäsche gewaschen, denn der wertvolle Schein befand sich in der Schmutzwäsche, genauer gesagt, in der Hosentasche des Mannes, die dein Einbrecher mit Sicherheit inzwischen gereinigt hätte."

21

Allerdings stellte jener Mann eine Ausnahme dar, denn üblicherweise kannte keiner der Täter, mit denen es Leo zu tun hatte, irgendeine Form von Mitleid mit dem jeweiligen Opfer. „Jemand versucht gerade mein Leben zu zerstören", beschwerte sich eines Tages ein aufgebrachter Mann bei ihm. „Ich soll für etwas zahlen, das ich überhaupt nicht genutzt habe, sondern ein anderer. Obwohl der hat das auch nicht richtig genutzt und meine Frau will sich deshalb sogar von mir scheiden lassen."

Leo konnte mit dieser Aussage absolut nichts anfangen. „Wieso sollen Sie und der andere Mann zahlen, wenn Sie von der Sache keinerlei Gebrauch gemacht haben?"

„Ich nicht, ich meine, Gebrauch gemacht hab ich nicht. Der andere schon, aber eben nicht richtig, sondern nur virtuell."

Inzwischen war Pit zu Hilfe gekommen. Er ahnte, dass der Geduldsfaden seines Kollegen durch eine kindbedingt äußerst unruhige und kurze Nachtruhe an jenem Tag sehr dünn geraten war. „Also jetzt mal in aller Ruhe und Punkt für Punkt. Was ist passiert?"

Der Mann versuchte sich zu sammeln. „Sie müssen wissen, in unserem Geschäft erledigt meine Frau die Buchführung. Bei der letzten Monatsabrechnung stellte sie fest, dass von einem unserer Konten mehrmals höhere Beträge abgebucht worden waren, die sie nicht einordnen konnte. Die betreffenden Firmen hatten durchwegs ihren Sitz im Ausland, beispielsweise in Österreich, auch in Hongkong. Sie hat weiter nachgeforscht und seither ist unsere Ehe im Eimer. Die Firmen waren nämlich allesamt Anbieter von Sex, Online Sex, und die Inhaber machten meiner Frau deutlich, dass niemand anderes als ihr Ehemann für diese Kosten verantwortlich sei. Ein Missverständnis sei unmöglich. Mir glaubt sie kein Wort. Dabei hab ich niemals in meinem Leben eine derartige Seite besucht. Ich wusste ja noch nicht einmal von deren Existenz. Sex mit einem Computer, wie soll das denn gehen? Kompletter Schwachsinn! Wer zahlt denn für so was?"

Pit grinste. „Angeblich geht kein einziger Mann auf diese Seiten und gibt für virtuellen Sex bares Geld aus. Und doch, Wunder oh Wunder, floriert dieser Markt bestens."

Der Mann wurde rot. „Wollen Sie mir unterstellen, dass auch ich zu dieser Sorte gehöre? Eine Unverschämtheit!"

Leo versuchte sofort die Wogen zu glätten. „Nein, mein Kollege hat dies garantiert nicht so gemeint. Wie können Sie sich denn den Sachverhalt erklären?"

„Ich habe lange gegrübelt und kann mir nur vorstellen, dass der echte Nutzer in den Besitz meiner Bankkarte gekommen ist. Die ist nämlich weg. Weil ich die sehr selten benutze, ist mir das erst jetzt aufgefallen. Der Kerl hat einfach meine Daten angegeben. Aber erklären Sie das mal meiner Frau!"

Leo versprach, sich der Sache anzunehmen und konnte dem Mann vorerst nur empfehlen, schleunigst seine Bankkarte sperren zu lassen. Im Übrigen hatte er wenig Hoffnung, den Fall aufklären zu können. Dann aber half Kommissar Zufall.

Nur wenige Tage später meldete sich der Besitzer eines Golfplatzes telefonisch. „Ich habe hier einen jungen Mann, der Mitglied in meinem Club werden will.

Irgendetwas stimmt mit dem nicht. Die Daten seiner Bankkarte werden von meinem System nicht akzeptiert. Außerdem hat er mir einen mehr als merkwürdigen Ausweis vorgelegt. Wenn Sie sich beeilen, erwischen Sie ihn noch."

Dann nannte er noch die ihm vorliegende Bankverbindung und den Namen, ein Name identisch mit dem des unglücklichen angeblichen Online-Sex-Kunden!Der junge Mann aber, der bei Leos Eintreffen immer noch mit dem Ausfüllen von Antragsformularen beschäftigt war, hatte zudem eine weitere Überraschung parat. In Ermangelung eines Personalausweises sowie einer gültigen Bankkarte hatte er den Ausweis seines ehemaligen Golfplatzes vorgelegt. Ein äußerst renommierter Club und ein äußerst renommiertes Passbild. Es zeigte einen glücklicherweise Verstorbenen: Adolf Hitler.

'Er habe nur einem Scherz machen wollen. Im Grunde hasse er Golfclubs', betonte der Witzbold. Lachen konnte am Ende durch dessen Geständnis allerdings nur der Geschäftsmann, dessen Jungfräulichkeit im Sex-Online-Bereich nachgewiesen werden konnte.

Ein anderer Vorfall ließ Leo allerdings an seiner Berufswahl zweifeln. Zusammen mit seinem Kollegen Karl sollte er einen Mann festnehmen, dem mehrere Metall-Diebstähle von Baustellen zur Last gelegt wurden. Reiche Beute hatte er auch auf Friedhöfen gemacht, wo er Teile der Kupferabdeckung einer Aussegnungshalle, außerdem Blitzableiter und Regenfallrohre mitgehen ließ. Zu ihrer Überraschung stand die Wohnungstür des Verdächtigen weit offen.

„Schön, wir werden bereits erwartet", witzelte Karl noch.

Nichtsahnend betraten sie die Wohnung, laut den Namen des Mannes rufend. Alles blieb ruhig. Keine Antwort. Es war stockdunkel und Leo suchte nach einem Lichtschalter. Er stolperte über irgendetwas, schlug mit der Schulter gegen eine Türkante, fluchte laut. Immer noch keine Reaktion. Sie schienen allein zu sein. Endlich gelang es Leo, Licht zu machen. Das hätte er besser nicht getan, denn bei dem, was er zu sehen bekam, stockte ihm der Atem. Im Wohnzimmer mitten vor ihnen stand der Gesuchte. Ein Hüne, muskelbepackt, der sie leider wirklich schon erwartet hatte. Und er war nicht allein: in seiner Begleitung eine Pistole, die direkt auf Karl gerichtet war.

Dann überschlugen sich plötzlich die Ereignisse. Der Kollege versuchte noch seine eigene Waffe zu ziehen, war aber zu langsam. Ein Schuss fiel. Karl schrie auf und brach zusammen. Leo sah Blut, viel Blut und gleichzeitig den Kerl die Pistole auf ihn richten. Geistesgegenwärtig wollte er sich zu Boden werfen, erhielt dabei aber unfreiwillige Unterstützung durch Unbekannt. Jemand versetzte ihm nämlich von hinten einen mächtigen Schlag auf seinen Kopf. Dann verlor er das Bewusstsein.

Zwar wurden die beiden Beamten schnell gefunden, hatten Glück im Unglück, in erster Linie Karl, der den Bauchschuss trotz hohen Blutverlustes überlebte und wenige Monate nach dem tragischen Zwischenfall sein Polizistendasein wieder aufnehmen konnte. Leo selbst litt noch einige Zeit unter entsetzlichen Kopfschmerzen, wurde von schrecklichen Albträumen geplagt. Vor allem aber sollte eine ständige Angst ihn noch Jahre auf allen Einsätzen begleiten. Nie mehr betrat er von nun an eine fremde Wohnung ohne Nervosität, ohne erhöhten Puls.

Allerdings taten Lisa und Felix alles, um ihm die Ausübung seines Berufes zu erleichtern. Sein Sohn hatte zwar nicht die ganze Wahrheit erfahren, konnte sich allerdings angesichts des mächtigen Verbands auf Leos Kopf vorstellen, dass da irgendjemand dem Papa Böses gewollt hatte. Sofort nach der Rückkehr seines Vaters aus dem Krankenhaus verschwand er wortlos für einige Zeit in seinem Kinderzimmer, um schließlich mit einigen Dingen in seinen Händchen wieder zu erscheinen.

„Da Papa, nimm mein S(ch)wert und mein(en) F(r)iedhelm."

Lisa musste über den Ausdruck schmunzeln. „Da siehst du mal, was für ein pazifistisch gesinntes Kind wir haben und was für ein liebes. Damit du in Zukunft besser geschützt bist, zieht dein Sohn nunmehr unbewaffnet in seine Ritterschlachten."

Felix aber hatte noch mehr zu bieten. Er wollte seinen Papa vor dem Verlaufen schützen, weshalb er ihm seinen Spielzeug-Kompass überreichte.

„Da, mein Kompost."

„Oh, das ist sehr lieb von dir." Leo musste sich das Lachen verkneifen.

„Aber das ist kein Kompost, sondern ein ..."

„Ich weiß", wurde er unterbrochen. „Das ist ein Kompott."

Unmöglich in Momenten wie diesen, an seinen Kollegen Karl oder an die eigenen Kopfschmerzen zu denken!

Durst. Ein schrecklicher Durst plagt ihn. 'Wie lange kann ein Mensch eigentlich ohne Wasser auskommen?' Leo glaubt, irgendwann etwas von drei bis vier Tagen gelesen zu haben. Ist das ein Trost? Nicht nur der Wassermangel, nein, sein Körper quält ihn, insbesondere der Kopf bereitet ihm Höllenpein. Dazu noch die Unfähigkeit sich zu bewegen. Die gefesselten Beine und Arme kribbeln, werden immer gefühlloser. Wie gerne würde er sich strecken, einmal eine andere Position einnehmen.

Seine treue, anhängliche Freundin, die Mücke, besucht ihn regelmäßig und scheint wohl der gesamten Verwandtschaft mitgeteilt zu haben, dass hier ein wehrloses Opfer weilt. Ihm ist nach Heulen zumute.

'Leo, reiß dich zusammen. Du darfst dich nicht so gehen lassen, schon gar nicht vor deiner Tochter', ermahnt er sich. Er schaut hinüber zu Leonie, die ihn verweint, aber erwartungsvoll anblickt.

„Papa, was wird aus uns? Wann kommt endlich Mama und holt uns hier raus?"

Er packt alle Zuversicht, die ihm möglich ist, in seine Antwort: „Hab keine Angst. Sie wird uns finden. Du weißt doch, wie klug deine Mutter ist."

Ob seine Worte ihr helfen? Er bezweifelt dies, muss automatisch an ein Erlebnis mit der 5-jährigen Leonie denken, an dieses furchtbare Gewitter mitten in der Nacht. Regen prasselte gegen die Fenster, Blitze zuckten am Himmel und immer lauter werdender Donner erschütterte die Umgebung. Leo hat die Angst der Kinder gespürt und versucht ihnen dieses Naturspektakel zu erklären. Felix war fasziniert, aber Leonie zitterte mehr und mehr.

„Werden wir jetzt sterben?", fragte sie völlig verängstigt.

„Nein, keine Angst. Außerdem gibt es einen Blitzableiter, der die Blitze von unserem Haus weg in den Boden leitet."

Sie war beruhigt, das Gewitter jedoch kam immer näher. Schließlich wurde sie ungeduldig. „Wann kommt denn endlich der Mann?"

„Welcher Mann?"

„Na, der Blitzableiter."

Unwillkürlich muss Leo schmunzeln. Plötzlich aber erblickt er das Tablett neben seiner Tochter. Hoffnung keimt auf.„Hast du zufällig noch einen Schluck Kaffee für deinen Papa übrig?"

„Klar, aber ich kann dir die Tasse ja nicht bringen. – Aber warte mal."

Sie schiebt das Tablett mit ihrem Bein so weit es geht in seine Richtung und tatsächlich, es gelingt ihm, den Rand mit seinem Fuß zu angeln und es zu sich zu ziehen.

Kaffee. Noch nie in seinem Leben ist ihm kalter Kaffee als eine derartige Köstlichkeit erschienen. Wie aber soll man ohne Hände trinken? Er setzt sich seitlich hin und schafft es seine Zungenspitze in die Flüssigkeit zu tauchen. Mehr aber geht nicht. Er verzweifelt. Das Ziel seiner Wünsche so nah und dennoch unerreichbar! Leo versucht die Tasse mit seinen Zähnen zu heben und zu kippen. Jedoch, das Ergebnis ist katastrophal. Sie entgleitet ihm und der herrlichste Kaffee auf Erden versickert in derselben.

In diesem Moment seiner bitteren Niederlage hört er lautes Lachen. So konzentriert ist er auf sein Tun gewesen, dass ihm die Anwesenheit seiner Schwester total entgangen ist. Wie lange hat sie ihn wohl schon beobachtet?Und dann geschieht das, womit er am wenigsten rechnet. Statt seine Aktion durch einen sarkastischen Kommentar zu verhöhnen, verlässt sie die Scheune, nur um mit einer Wasserflasche zurück zu kommen und ihrem Bruder einige Schlucke von der

Köstlichkeit langsam einzuflößen.

„Danke", haucht er verblüfft.

„Glaub ja nicht, ich werde sentimental. Dies ist reiner Selbstzweck. Schließlich wirst du noch gebraucht. Aber kein Wort darüber zu Robert. Ist das klar?" Viola schaut zu Leonie. „Hast du auch Durst?"

Sie gibt ihrer Nichte den Rest des Flascheninhaltes und verschwindet wortlos. Leo versteht die Welt nicht mehr. Hat seine Schwester wirklich nur aus Selbstzweck gehandelt, wie sie betonte, oder sollte doch noch ein Quäntchen Mitgefühl in ihr keimen?

„Ich glaube, ich träume. Ist das gerade wirklich deine Tante Viola gewesen?", fragt er fassungslos seine Tochter.

„Oh ja, ich staune auch. Vielleicht ist sie doch nicht so böse wie du immer meinst, Papa. Wir dürfen nicht unseren Mut verlieren."

Beiden erwächst in all ihrer Hilflosigkeit ein Schimmer Hoffnung. Ja, Leonie lächelt ihn sogar aufmunternd an. Leo ist immer schon sehr stolz auf die Tochter gewesen, in diesem Moment aber ist er es in ganz besonderem Maß.

22

„Heute Abend musst du pünktlich nach Haus kommen. Versprichst du mir das? Es gibt ein Festessen, denn wir müssen feiern." Mit diesen Worten trieb Lisa ihren Mann in einen Zustand völliger Verunsicherung. Hatte er einen Geburtstag vergessen oder gar ihren

Hochzeitstag? Erleichtert konnte er beides verneinen.
„Wieso? Was ist los? Red schon." Seine Neugier war geweckt, aber sie bewahrte eisern Stillschweigen. Gott sei Dank wurde er an jenem Tag beruflich nicht ganz so stark gefordert, denn er war reichlich unkonzentriert.

„Komm, lass uns zur Feier des Tages ins Roma essen gehen", verkündete Lisa am Abend. Umsonst versuchte Leo von ihr den Grund zu erfahren. Sie wiegelte ab. Er war ziemlich müde, hatte erneut Kopfschmerzen und so bat er:„Einverstanden, aber bitte nicht ins Roma. Dort herrscht immer soviel Hektik."

Felix, hungrig, mischte sich ein: „Aber Hektik esse ich gerne."

Sie fuhren in ein anderes Lokal. Der Sohn bekam zu seinem Glück nicht Hektik, sondern seine geliebten Nudeln serviert und Leo endlich die Neuigkeit.„Leo, mein Liebling, wir bekommen erneut Nachwuchs. Freust du dich?" Sie schaute ihn erwartungsvoll an, aber er musste das Gesagte erst einmal verarbeiten. Freute er sich? Sicher, er hatte gegen ein zweites Kind nichts einzuwenden. Und ja, durch den Vorfall mit Karl waren starke Zweifel an seiner Arbeit in ihm aufgekommen. Dennoch, er fühlte sich überrumpelt, entmachtet, was die Planung ihrer Zukunft anging. Hatte seine Frau so etwas vielleicht geahnt und deshalb die Ankündigung an einem öffentlichen Ort gemacht, um einer dramatischen Auseinandersetzung vorzubeugen? Bevor er antworten konnte, rettete Felix zumindest vorläufig die Situation.

„Was ist Nachwuchs. Kann man das essen?"

Seine Eltern mussten lachen. „Um Gottes willen nein, bestimmt nicht. Das bedeutet, du bekommst ein Brüderchen oder ein kleine Schwester."

Aber der Kleine protestierte energisch: „Ich will aber so was nicht. Ich will eine Katze!"

Leo sah seine Frau an und spürte sogleich ihre aufkommende Enttäuschung. Wahrscheinlich hatte sie sich im Vorfeld ausgemalt, wie ihre beiden Männer die Neuigkeit voller Freude aufnahmen. Er versuchte, sie wieder aufzuheitern. „Natürlich freuen wir uns! Welche Frage! Aber ehrlich gesagt, ich wäre nur gerne in die Planung mit einbezogen worden. Bei uns in der Gegend gibt es nach wie vor keine Krippenplätze, was bedeutet, ich werde erneut Hausmann. Kannst du verstehen, dass ich mich ziemlich übergangen fühle?"

Lisa begann zu weinen. „Und ich habe gedacht, ihr seid ebenso glücklich wie ich."

Sofort verfluchte Leo seine Worte. „Entschuldige. Bitte verzeih mir. Ich bin ein rücksichtsloser Dummkopf. Selbstverständlich bin ich froh, erneut Vater zu werden. Keine Frage. Vielleicht bekommen wir ja eine Tochter, eine Leonie."

Nur Felix schien die Schwangerschaft seiner Mutter zu beunruhigen. Immer wieder schaute er in den kommenden Monaten fassungslos auf ihren langsam umfangreicher werdenden Bauchumfang.

„Ist da das Baby drin?", fragte er und fuhr nach dem bejahenden Nicken des Vaters hoffnungsvoll fort: „Vielleicht kann ja dann aber doch eine Katze rauskommen."

Nachdem die Eltern ihm diese letzte Hoffnung nehmen mussten, wurde ihr Sohn immer stiller und quengelte zunehmend, wenn er in die Kita sollte. Dieses Verhalten kannten sie von ihm lediglich aus den ersten Wochen seiner Kindergartenzeit, so lange bis er die ersten Freundschaften geschlossen hatte. „Ein Junge und ein Mädchen sind lieb", war von ihm verkündet worden.

„Und wie heißen die beiden?"

„Der Junge heißt Familie Müller und das Mädchen Indianer."

Das Geheimnis um diese Namen sollte einige Tage später anlässlich eines Besuches der beiden Kinder gelüftet werden: Andreas Müller und Jana. Von da an war er tapfer, ja freudig jeden Morgen in die Kita marschiert, solange bis er von dem Wesen in Mamas Bauch erfuhr. Empfand er schon jetzt so etwas wie Eifersucht? Die Eltern schlossen dies definitiv aus. Sie vermuteten hinter Felix' Benehmen eher eine tiefe Enttäuschung über den nicht erfüllten Katzenwunsch. Eines Morgens, Felix war besonders quengelig, sprach Leo ihn direkt auf die Vermutung hin an: „Möchtest du denn wirklich so sehr ein Kätzchen haben?"

Die Stimmung seines Sohnes wechselte sofort. Er strahlte seinen Vater an und nickte heftig.

„Weißt du, solch ein Tier macht viel Arbeit und ist nicht immer so einfach zu halten, will manchmal gar nicht mit dir spielen und kratzt dann." Leos Versuch, ihm den Plan auszureden, scheiterte kläglich.

„Ach, Kratzen macht nichts."

„Eigentlich bist du für ein Haustier auch noch zu jung. Erst größere Kinder, so ab fünf Jahren, vertragen sich gut mit Katzen." Er gab nicht so schnell auf, jedoch sein Sohn auch nicht.

„Aber ich bin doch ab fünf Jahre." Zwar traf dies nicht zu, jedoch konnten Lisa und Leo letztendlich Felix den Wunsch nicht abschlagen. Und so kam Kater Zorro in ihr Haus, schwarz mit weißer 'Maske' rund um die Augen, niedliche sechs Wochen alt, ein überaus verspieltes Tier, in das sich alle sogleich verliebten. Felix nannte ihn Sorro, ähnlich dem englischen 'sorrow' und genau diese Sorge sollte er später der Familie bereiten. Ihr Sohn aber

119

war glücklich und regelte sogleich die Besitzverhältnisse. „Sorro ist meins, aber das da", und er deutete auf Lisas Bauch, „das da ist euers."

„Dann musst du dich aber auch gut um ihn kümmern, ihm Futter und Wasser hinstellen und das Katzenklo reinigen." Lisa war klar, dass ihr Kind in diesem Alter mit der alleinigen Pflege eines Haustieres noch überfordert war, aber sie wollte so früh wie möglich ihn Verantwortung übernehmen lassen.

Felix überlegte kurz. „Wo haben Kater eigentlich ihre Pöe?"

Ihm wurde verdeutlicht, wo sich die 'Pöe' befanden. Sofort zog er eine feine Trennlinie seine Aufgaben betreffend. „Der Po ist meins, das was da rauskommt gehört euch."

So glücklich war er über seinen Kater, dass er sich allmählich sogar mit dem Gedanken an einen Bruder oder eine Schwester anzufreunden begann.

Einmal holte seine Mutter ihn von der Kita ab und fragte, was sie denn Schönes gemacht hätten.

„Wir haben Maskenball gespielt und weißt du ..." Plötzlich begann er zu flüstern, sodass Lisa ihn nicht mehr verstehen konnte.

„Warum sprichst du so leise?"

„Weil Baby nicht hören soll, was ich ihm schenke, wenn es da ist."

„Du willst es also überraschen."

Er nickte, rannte in sein Zimmer, um mit einem Ball zurückzukehren, den er aber schnell hinter seinem Rücken versteckte.

„Kann es den Maskenball sehen?"

„Nein, aber es freut sich sicher riesig über dein Geschenk."

23

Bei dieser Geburt wollte Leo unbedingt dabei sein. Und er sollte Glück haben. Eines Nachts schrie Lisa plötzlich auf. „Oh Gott, ich glaube meine Fruchtblase ist geplatzt. Es geht los." Er wurde bleich, handelte jedoch sofort, brachte den verschlafenen Felix in Windeseile wie verabredet zu einer Nachbarin und raste mit Lisa samt Koffer durch die Gott sei Dank menschenleeren Straßen, viel schneller als die Polizei erlaubt. Alles war anders gekommen als geplant. Ein echter Notfall. Leo wusste, es gab irgendwo in diesem riesigen Krankenhauskomplex einen speziellen Eingang samt Parkplatz für Notfälle. Aber wo zum Teufel befanden die sich? Seine Frau verlor immer mehr Fruchtwasser. Panik. Endlich – wie viel kostbare Zeit war inzwischen vergangen? – landeten sie in der richtigen Abteilung und in der fürsorglichen Obhut einer Krankenschwester, die Lisa an einen Wehenschreiber anschloss.

Nach gründlicher Untersuchung stellte ein Arzt fest, eine Geburt innerhalb der nächsten Stunden könnte er ausschließen und schickte den werdenden Vater gegen dessen Willen nach Hause. Leo war zutiefst enttäuscht, fühlte sich bereit zur Entbindung, wollte nicht mehr werdender Vater, sondern nur noch Vater sein. Aber noch während Leo die Haustür aufschloss, vernahm er das Klingeln seines Handys und das Ende seiner neunmonatigen Schwangerschaft wurde endlich verkündet. „Kommen Sie sofort ins Krankenhaus. Die Entbindung steht unmittelbar bevor."

In Windeseile erreichte er erneut sein Ziel, um seiner Frau beizustehen. Die Wehen kamen jetzt immer schneller und peinigten beide Eheleute furchtbar. Leo, hinter ihrem Kopf stehend, atmete gemeinsam mit ihr gegen die Schmerzen, presste bei den Wehen, schwitzte mächtig und wischte Lisa die schweißnasse Stirn. Niemals hatte er vermutet, dass eine Geburt dermaßen anstrengend sein könnte. Er mühte sich redlich, aber erfolglos. Wann um Gottes willen kommt endlich das Kind? Wie viele Stunden waren mittlerweile vergangen? Langsam kroch Angst in ihm hoch, Angst um seine Frau, Angst um das Baby.

Schließlich handelte der Arzt. Er setzte seinen Unterarm oberhalb von Lisas Bauchwölbung an und presste mit all seiner Kraft das Kind nach unten, während die Hebamme am anderen Ende zog. Leo hatte große Zweifel, ob Frau und Nachwuchs diese Gewaltaktion überleben würden. Und dennoch sie war von Erfolg gekrönt. Zwar mittlerweile völlig entkräftet, hatte er eine Tochter auf die Welt gebracht und fühlte sich unendlich stolz und glücklich.

Zwei Tage später besuchte Felix samt Großeltern seine Mutter. Er hatte darauf bestanden, seiner Schwester das Geschenk, den Maskenball mitzubringen, war allerdings sichtlich enttäuscht darüber, dass Leonie nicht sofort mit ihm damit spielen konnte. Immerhin stellte er mit Blick auf das Baby sinngemäß fest: „Das da schaut schon fast wie ein Mensch aus."

So schwer Leonies Geburt auch gewesen war, so unkompliziert verhielt sich das Kind danach. Friedlich und genügsam brabbelte sie vor sich hin, stieß dabei allerdings auf wenig Verständnis ihres Bruders.

„Warum redet sie so komisch?", fragte er seinen Vater

eines Tages.

„Weißt du, sie muss das Sprechen erst langsam erlernen. Das geht nicht so schnell."

Für seinen Sohn schien dies allein eine Sache von Intelligenz zu sein, weshalb er wissen wollte: „Ja, wann wächst denn ihr Hirn endlich?"

Zur großen Erleichterung ihrer Eltern erwies sich Leonie nicht als Schreikind. Ihr reichte der Tag für Entdeckungen. Nachts schlief sie brav, ausgenommen nur die Zeit des Zahnens, in der sie so laut schrie, dass Felix sie wieder in Mamas Bauch zurückwünschte oder gegen ein anderes Kind austauschen wollte.

Leo war total verliebt in seine kleine Tochter, umso mehr als jeder Besucher sofort die Ähnlichkeit mit dem Vater attestierte. Die gleichen blauen Augen und blonden Haare. Felix, ein dunkler Typ wie seine Mutter, stellte einmal ihr gegenüber treffend fest: „Du und ich haben Nachthaare, Papa und Leonie Taghaare."

Nur eine große Schwäche besaß das Baby: sein Essverhalten. Manierlich aß es alles, was keine Flecken hinterlassen konnte. Kaum aber gab es pürierte Karotten, rote Beete oder Himbeersaft, so erwachte sogleich das Bedürfnis in ihm, auch Teppiche, Tapeten oder die Bekleidung des Fütternden in den Genuss der Speisen kommen zu lassen.

Und ständig hatte das Kind Hunger oder besser gesagt Appetit, denn eigentlich bekam es ja genug zu essen. Jeglicher Gegenstand wurde auf mögliche Genießbarkeit überprüft. Waren vielleicht Ohropax-Kügelchen, Muttis Lieblingsbuch, ein Wollknäuel oder die nasse Windel 'Mammam'? Alles wanderte in den Mund, könnte ja vielleicht schmecken. Ein Verhalten, das die Eltern zu ständiger Wachsamkeit zwang. Anders als ihr Bruder entwickelte sie eine ausgesprochene Schwäche für Süßigkeiten, die, trotz aller Ermahnungen, insbesondere von den Großeltern leider reichlich befriedigt wurde. Der Hinweis der Mutter auf zu viele Kalorien schien Leonie egal, schließlich aß sie ja 'Mammam' und nicht Kalorien!

Leo schaut zu seiner Tochter. Gott sei Dank ist aus dem einstmals pummeligen Kleinkind ein schlanker Teenager geworden, 15 Jahre jung und sehr hübsch.
„Was überlegst du gerade, Papa?"
Soll er ihr sagen, dass er sich momentan krampfhaft bemüht, angesichts ihrer trostlosen Lage nach etwas Positivem zu suchen? Vielleicht lenkt es sie ja auch etwas ab.
„Ich habe an eine lustige Episode am fünften Geburtstag deines Bruders gedacht."
Sie blickt ihn fassungslos an. „Jetzt in unserer Situation?"
„Gerade jetzt. Wenn wir uns auf unsere Fesseln, Schmerzen, unsere Gefangenschaft konzentrieren, werden wir noch verrückt. Außerdem", *er versucht ihr Mut zu machen,* „ist noch viel Zeit bis zum Ablauf des Ultimatums und Mutti wird uns bald hier rausholen."
Wider Erwarten geht sie auf sein Ablenkungsmanöver ein. „Was war denn das für eine Geschichte?"
„Dein Bruder hatte eine Schachtel mit Pralinen geschenkt bekommen und sofort begonnen, sie hastig zu vertilgen. Ganz entgegen seiner Gewohnheit."
„Ich weiß, ich bin der Süßschnabel, nicht er."
„Und du hast auch ganz gierig zugeschaut. Oma meinte schließlich zu ihm: 'Iss doch nicht so schnell alles auf. Denk doch auch mal an deine Schwester.' Woraufhin Felix mit vollem Mund verkündet hat: 'Eben

124

darum.'"

Leonie schmunzelt.

„In deinen ersten Jahren hat sich, glaube ich, fast alles bei dir ums Essen gedreht. Ich weiß noch, einmal, du warst wohl in deinem dritten Lebensjahr, meinte Felix zu dir: 'Du bist ein dummes Huhn'. Umgehend erfolgte dein Protest: 'Ich bin kein Huhn. Ich bin eine Banane.'"

Leos Ablenkungsmanöver scheint aufzugehen und so erzählt er gleich eine weitere Episode aus ihrer Kindheit: „Einmal hast du mir eine Liste mit Dingen diktiert, die ich vom Einkaufen mitbringen sollte. Natürlich ganz viel Sokolade, aber auch Bananane, Kaukau, Käse und, aufgepasst: Zahnfleisch."

Vater und Tochter vergessen tatsächlich, zumindest für eine kurze Zeit, den Ernst ihrer Lage und lachen lauthals. Genau in diesem Moment öffnet sich die Tür und sie erkennen die Silhouette von Robert.

„Was lacht ihr so blöd? Geht es euch noch nicht schlecht genug?"

Ihre Heiterkeit scheint ihn komplett zu verunsichern. Kurz denkt er nach, wendet sich dann an Viola, die hinter ihm die Scheune betreten hat.

„Was macht die so optimistisch? Wissen die mehr als wir, vielleicht was über eine Rettungsaktion?"

Sie versucht ihn zu beruhigen. „Mensch, du weißt doch ganz genau, dass Leo kein Handy mehr besitzt. Und eine Rettungsaktion schließe ich aus zwei Gründen definitiv aus. Erstens wird Lisa wohl kaum ihre ach so geliebte Familie gefährden und zweitens weiß außer uns absolut niemand von diesem Versteck."

Robert aber lässt sich nicht beruhigen. Ganz ein Mann der Tat und weniger des Verstands stürzt er sich auf Leo und hält ihm urplötzlich ein Messer an die Kehle. „Sag, du Mistkerl, was weißt du?"

125

Leonie schreit entsetzt auf. Ja selbst seine Schwester mischt sich ein. „Hör auf damit! Das ist doch sinnlos."

Aber Robert hört nicht auf, sondern erwidert aufgebracht: „Halt's Maul, dumme Kuh."

Leo spürt die Kälte des Messers, spürt die unkontrollierte Erregung des Mannes, spürt einen brennenden Schmerz, als die Klinge leicht seine Haut aufritzt, spürt Angst, unglaubliche Angst.

Erneut soll Viola ihn überraschen. Sie ist in der Zwischenzeit hinter Robert getreten und zieht diesen mit energischem Druck und beschwichtigenden Worten von ihrem Bruder weg. „Robbie, Liebling, hör auf. Beruhige dich und nimm das blöde Messer weg. Glaube mir, die wissen absolut gar nichts. Alles läuft wie geplant."

Und tatsächlich, Robert gehorcht. Kaum aber hat er sich weit genug von Leo entfernt, schreit Viola ihn an: „Du bist solch ein dämliches Arschloch. Und jetzt gib mir das Messer."

Er folgt erneut.

„Außerdem, nenne mich nie mehr 'dumme Kuh'! Verstanden? Hau ab!"

Die ursprüngliche Hierarchie ist wieder hergestellt. Robert zieht fluchend davon, während Viola ihre Nichte zur Toilette führt und anschließend ihre Gefangenen mit Essen und Getränken versorgt.

Als sie Leos Halswunde mit Pflastern versieht, versucht er sich bei ihr für die Rettung zu bedanken, sie aber herrscht ihn nur an: „Lass die Sentimentalitäten und bilde dir bloß nichts ein. Ich musste einschreiten, denn ein toter Bruder nutzt mir absolut gar nichts. Ganz im Gegenteil."

Oh nein, Leo macht sich nichts vor. Allzu oft hat er in der Vergangenheit erfahren müssen, zu welch eiskalten und gewissenlosen Handlungen seine Schwester fähig ist. Obwohl, sie hat auch wunderbar die Rolle der vermeintlichen Wohltäterin spielen können. Er erinnert sich an ihren dritten Besuch.

24

Leonies dritter Geburtstag sollte gebührend gefeiert werden. Lisa deckte den üppig geschmückten Tisch, eine Aktion, die die Tochter wohl irgendwie an ein anderes Fest erinnerte. Demzufolge fehlte noch etwas Wichtiges und Leonie monierte: „Wo ist denn der Weihnachtsbaum?"

Lisa erklärte den Unterschied der Festivitäten, auch, dass am heutigen Tag kein Weihnachtsmann kommen wird.

„Ja, und wer bringt mir dann die Geschenke?"

„Mama, Papa und deine Großeltern."

Leonie war erleichtert, strahlte erneut, ganz besonders allerdings, als sie später ein rotes Fahrrad mit Stützrädern präsentiert bekam. Opa stellte erfreut fest: „Schaut doch mal. Das Kind ist ja ganz weg vor Freude." Woraufhin ihn besagtes Kind erstaunt anschaute: „Aber Opa, ich bin doch hier."

In diesem Moment klingelte es und die allgemeine gute Laune sollte schnell verfliegen. Viola, Robert im Schlepptau, betrat das Esszimmer oder, besser gesagt, trat auf, um sogleich den Raum als ihre Bühne in Beschlag zu nehmen. Keine Sekunde lang schien sie das Gefühl zu beschleichen, eventuell zu stören. Nein, jedermann hatte ihre Anwesenheit als persönliches

Geschenk zu empfinden.

„Oh, wie schön, eine Familienfeier! Leo, mein Liebling, willst du mich denn nicht vorstellen?"

„Das ist meine Schwester mit Stiefsohn", murmelte er wenig begeistert in Richtung seiner Schwiegereltern. Stumm schauten alle Anwesenden auf die perfekt gestylte, teuer gekleidete, mit Schmuck reichlich behangene Frau.

„Jetzt haben wir doch noch einen Weihnachtsbaum!" Beim Anblick Violas konnte sich Leo diese durchaus zutreffende Bemerkung nicht verkneifen, die seiner Schwester allerdings entgangen war, zu sehr genoss sie die allgemeine Aufmerksamkeit.

Leonie unterbrach das Schweigen, wandte sich an den Besuch: „Wo ist denn dein Geschenk?"

Lisa fühlte sich verpflichtet, ihre Schwägerin über den Grund des Festes aufzuklären.

„Ach, wie niedlich. Ein Kindergeburtstag. Da wollen wir natürlich auch was fürs Sparschwein spenden." Viola blickte Robert auffordernd an, der schließlich ergeben seine Geldbörse zückte und dem Kind einen Geldschein in die Hand drückte.

„Na, nun sei mal nicht so sparsam. Das ist immerhin meine Nichte!", wurde er kritisiert, woraufhin er brav den Betrag verdoppelte.

„Wie heißt die denn?", fragte sie ihren Bruder und grinste ihn nach der Antwort an: „Praktisch, Leonie kannst du dir wenigstens merken."

Erneut wandte sie sich ihrer Nichte zu und begutachtete kritisch das Mädchen. „Also Kind, höre auf deine Tante und stecke das Geld nicht in Süßigkeiten. Du bist nämlich entschieden zu fett."

Noch bevor Leo eine bissige Bemerkung über soviel Taktlosigkeit machen konnte, hatte Viola schon das

Thema gewechselt. Während sie sich dekorativ auf einem Sessel drapierte, verkündete sie, die entrüsteten Blicke der Familienmitglieder ignorierend: „Ihr Lieben, ihr seht vor euch eine angehende, höchst erfolgreiche Geschäftsfrau. Ich habe in letzter Zeit viel nachgedacht und ..."

„Beides sind Dinge der Unmöglichkeit", stellte Leo trocken fest, was seine Schwester zu überhören schien, denn sie fuhr ungerührt fort: „Ich habe viel über den Hunger und das Elend in der Welt nachgedacht. Die ganze soziale Ungerechtigkeit macht mich wütend."

„Ich bezweifle stark, dass du überhaupt weißt, was der Begriff 'sozial' bedeutet."

„Jetzt bist du ungerecht mir gegenüber", protestierte sie. „Ich möchte wirklich den Armen helfen und so haben ich und Robbie eine Geschäftsidee entwickelt, das Projekt 'Nächstenliebe'."

„Findest du nicht, dass Geschäft und Nächstenliebe überhaupt nicht zueinander passen? In meinen Augen schließt das eine das andere aus. Um was für ein tolles Projekt soll es sich denn handeln?"

Viola ging nicht auf diese Frage ein, wich ihm aus. „Das ist alles noch nicht spruchreif, aber ich bin mir hundertprozentig sicher, dass es viel Gutes bewirken kann."

„Gutes für dich oder die anderen?" Leo gab nicht auf.

Sie schien den Tränen nahe. „Klar, dass du mir wieder alles mies machen willst, aber ich lasse mich von meinen guten Absichten nicht abhalten. Ich bin furchtbar enttäuscht von dir, Bruder. Statt meinen Idealismus zu loben, ernte ich nur Spott und Kritik."

Der letzte Satz gepaart mit einem äußerst traurigen Gesichtsausdruck verfehlten selbstverständlich bei den anderen Familienmitgliedern nicht ihre Wirkung. Und es geschah genau das, was Leo im Umgang mit Viola schon so oft passiert war: die übrigen Anwesenden schlugen sich auf ihre Seite und überhäuften ihn mit Vorwürfen. „Wieso bist du so ablehnend deiner Schwester gegenüber?", fragte ihn sein Schwiegervater und Schwiegermutter ergänzte: „Du weißt doch gar nicht, ob sie es nicht doch gut meint und helfen will."

Er verlor die Geduld. „Merkt denn keiner von euch, dass sie uns bloß eine große Show präsentiert. Ich kenne sie und weiß genau, sie ist die totale Egomanin und zu Nächstenliebe überhaupt nicht fähig." Wütend und wild entschlossen wandte er ich an seine Schwester: „Wir wollen dich in deinem Tatendrang absolut nicht bremsen. Liebe deine Nächsten, aber nicht hier. Und tschüss."

Mit diesen Worten beförderte er seine beiden ungebetenen Gäste nach draußen. Drinnen aber war der Teufel los. Es hagelte Vorwürfe. Die Schwiegereltern stellten vereint fest: „Also, Leo, wir erkennen dich nicht wieder. Wie kannst du nur so grausam sein!"

In all die Aufregung hinein, forderte Felix, der dem Streit zu entfliehen suchte, seine Schwester auf: „Komm, wir machen einen Ausflug in den Garten."

Leonie war bereit, zögerte jedoch, überlegte fieberhaft, um schließlich ihren Einwand vorzutragen: „Ja, aber wo ist das Flugzeug?"

Alle Anwesenden mussten lachen und Leo und Lisa nutzten den Moment, um die Großeltern über Viola aufzuklären und den Familienfrieden wenigstens halbwegs wieder herzustellen, ein Frieden, der allerdings nicht lange halten sollte.

Drei Tage nach ihrem Geburtstag bekam Leonie nämlich ein riesiges Paket von ihrer Tante zugeschickt.

Die Freude der Tochter beim Anblick von Unmengen an Süßigkeiten war jedoch ebenso groß wie das Entsetzen der Eltern. Um den Angriff so vieler Kalorien auf Körper und Zähne des Mädchens abzuwehren, suchte Lisa die Süßigkeiten beiseite zu schaffen, eine gut gemeinte Absicht, die jedoch bei Leonie eine Flut von Tränen und tagelang Zorn auf ihre Eltern auslöste. Genau diese Reaktion hatte Viola mit ihrem Geschenk bezweckt, da war sich Leo absolut sicher.

Und Ruhe vor seiner Schwester fand er weiterhin nicht, denn einige Zeit später sollte ihn das von ihr angesprochene Projekt 'Nächstenliebe' erneut beschäftigen.

25

In der Zwischenzeit lief Leos Bewerbung für den Wiedereinstieg in seinen Beruf. Felix besuchte mittlerweile eine Ganztagsschule und für Leonie hatten sie endlich einen Kita-Platz ergattert. Und wie freute er sich auf seine Wiederauferstehung als Polizist!

Allerdings hatte er auch nur selten die Zeit, die er ausschließlich seinen Kindern widmete, bereut. Ja er bedauerte die Väter, die aus finanziellen oder Karrieregründen nicht die Chance erhielten, den Nachwuchs heranwachsen zu sehen, die erheblichen Entwicklungssprünge gerade in den ersten Lebensjahren uneingeschränkt miterleben zu können, ihm die Welt zu erklären.

Es gab aber auch Tage, an denen Leo sich in einem

Höchstmaß gestresst fühlte. Lange Arztbesuche oder Großeinkäufe mit beiden Kindern gehörten oft zu den Auslösern. Auch Kater Zorro bemühte sich redlich, ihm das Leben schwer zu machen. Aus dem niedlichen, kleinen Tier war ein mächtiger, wilder Kater geworden. Nichts war vor ihm sicher. In rasanten Jagden sprang er vom Sessel auf den Schrank, über Hängeleuchte und Fernseher hinauf auf das Bücherregal, meist eine Spur der Verwüstung hinter sich herziehend. Die eigens für ihn gekauften Kratzbäume ignorierte er voller Verachtung, um sich ganz der Zerstörung von Tapeten, Sesseln und Couchgarnitur zu widmen. Alle Erziehungsmaßnahmen, alle Drohungen, auch leichte Klapse mit der Zeitung scheiterten. Permanente Rufe wie 'Zorro, nein!' drangen weit vernehmbar, aber ergebnislos in die Nachbarschaft.

Äußerst freiheitsliebend beglückte er auch die nahe Umgebung, immer wieder verwickelt in Kämpfe mit Artgenossen, aus denen er zwar meist als Sieger hervorging, jedoch auch einige Verletzungen einstecken musste, die Leo wiederum zum Tierarzt-Besuch zwangen. Mehrfach drohten Katzenbesitzer mit Konsequenzen, sollte Zorro nicht im Haus gehalten werden können. Vergebens. Regelmäßig entwischte er, um dann ebenso regelmäßig sein 'Herrchen' mitten in der Nacht entweder durch ohrenbetäubendes Kampfgeschrei oder durch Kratzen an der Tür, da er wieder hinein wollte, aus Schlaf und Bett zu befördern.

Sowohl Leos Nerven als auch die Nachsicht der Nachbarn näherten sich dem Nullpunkt. Auch die Kinder hatten zunehmend weniger Freude an ihrem Haustier, das alles andere als ein Schmusekater war, begannen ihn wegen seiner Unberechenbarkeit bald zu meiden, schlugen vor ihn „umzutauschen". War es da verwunderlich, dass die allgemeine Trauer sich in Grenzen hielt, als Zorro eines Tages nicht mehr zurückkehrte? Vergeblich suchte ihn die Familie.

Zur Aufheiterung der dennoch betrübten Gemüter lud Lisa ihre Familie in ihr einstiges gemeinsames Stammrestaurant ein.

„Ist dir eigentlich bewusst, wie lange wir schon nicht mehr dort waren?"

Leo nickte nur müde. „Ich bin abends einfach fertig und will nur noch meine Ruhe, wenn die Kinder endlich im Bett sind. Manchmal komme ich mir vor wie ein Roboter, ich funktioniere nur noch fremdgesteuert, nicht mehr selbstbestimmt."

„Mein armer, ausgebeuteter Haussklave!"

Lisa wollte ihn tröstend umarmen, hatte jedoch die momentane Gemütslage ihres Mannes falsch eingeschätzt. Ziemlich brüsk wies er sie ab. „Mir ist nicht nach Witzchen zumute. Ich meine es absolut ernst."

„Ja, aber, was stresst dich denn so?"

Dies war wirklich die schlechteste aller möglichen Fragen. Er musste sich äußerst zusammenreißen, um die Fassung zu bewahren.

„Darf ich dir einmal den heutigen Tag schildern? 6 Uhr aufstehen – Frühstück, Pausenbrote für euch machen – Felix, dann Leonie wecken, fünf Versuche, bis sie endlich aus den Betten steigen – Kleidung für sie rauslegen – Leonie weigert sich die Sachen anzuziehen, will partout die rote Hose, die nass auf der Wäscheleine hängt – Geschrei – Felix findet sein Rechenheft mit der Hausaufgabe nicht – große Suchaktion – gefühlte tausend Ermahnungen, sich zu beeilen – Leonie weigert sich in die Kita zu gehen – Geschrei – verfrachte beide ins Auto, denn, wegen der fortgeschrittenen Stunde, muss ich sie fahren – Aufräumen – Putzen – Anruf aus

Schule, Felix sei krank, müsse abgeholt werden – Brechdurchfall – zum Kinderarzt, völlig überfülltes Wartezimmer – erreiche niemand, der Leonie vom Kindergarten abholen könnte – Panik – Kindergärtnerin schimpft, weil zu spät – Beseitigung der Brechspuren in Auto und Kinderbett – mit Leonie zum Supermarkt – Geschrei, weil ich ihr Schoko verweigere – auf Rückweg zufälliges Treffen mit Pit, der fragt, ob ich mich nicht langweile zu Hause und was ich denn so den ganzen langen Tag mache – Felix erbricht nicht in, sondern neben bereit gestellten Eimer – Krach, weil Felix, justament nachdem seine Schwester die vom Arzt empfohlene Schoko und die Salzstangen verspeist hat, plötzlich doch Appetit darauf bekommt – erneut Supermarkt – jemand meldet, bei ihm sei ein Kater, der dem, auf den von uns aufgehängten Plakaten sehr ähnlich sei – Fahrt bis ans andere Ende der Stadt mit quengelnder Leonie, nur um festzustellen, dass es sich nicht um Zorro handelt – Abendessen zubereiten – Ehefrau kommt nach Hause mit der Frage: 'Habt ihr einen schönen Tag gehabt?' – Wunsch zu schreien erwacht in Ehemann."

Lisa schaute ihn erschrocken an. „Entschuldige, ich hatte ja keine Ahnung, wie gestresst du bist."

Sie verschoben den Restaurantbesuch auf das Wochenende, auch in der Hoffnung, dass es ihrem Sohn bis dahin gesundheitlich besser gehe.

An diesem Abend dann versuchte Lisa ihren Mann moralisch aufzubauen. Während die Kinder sich draußen auf dem Restaurant-Spielplatz vergnügten, erzählte sie: „Ich habe gestern einen sehr interessanten Artikel im Spiegel gelesen, der wissenschaftlich belegt, wie wichtig die Präsenz der Väter besonders in den ersten Lebensjahren ihres Nachwuchs ist. Eine Psychologin

Ahnert betont darin, dass, während Mütter sich mehr um die Gefühlswelt der Kleinkinder kümmern, Väter sie mehr zu körperlichen Aktivitäten und Energieleistungen treiben, ihren Mut fördern, die körperlichen Grenzen zu erproben. Und ein Professor Kuhn von der Uni Osnabrück hat festgestellt, dass sich insbesondere bei Jungen ein ausgiebiges väterliches Engagement positiv auf deren Intellekt auswirke, was sich im Zusammenhang zwischen Intelligenzquotienten und schulischen Leistungen zeige. Also, wenn dein Sohn sich zu schulischen Höchstleistungen aufschwingen sollte, so ist das dein Verdienst!"

Leo protestierte natürlich umgehend: „Ich hoffe, er hat die intellektuellen Fähigkeiten seiner Mutter geerbt. Aber bitte verstehe meine manchmal negative Stimmung nicht falsch. Ich bereue meinen Entschluss durchaus nicht. Nur an manchen Tagen kommt mir der Kampf gegen Verbrecher nicht so mühevoll vor wie der mit Kindern und Staubgebirgen."

„Na, Letzteres hat ja nun nächste Woche ein Ende, wenn du wieder in deine Polizeiuniform schlüpfen darfst. Zu zweit werden wir wohl den Kampf gegen Kinder und Staub leichter gewinnen."

In diesem Moment kehrten ihre beiden Sprösslinge von draußen zurück. Leonie setzte sich ganz behutsam ihre Puppe auf den Schoss, ganz die fürsorgliche Mama Die Mutter einer Freundin hatte kurz zuvor ein Baby bekommen, ein äußerst wichtiges Ereignis für die Mädchen und Leonie hatte sich ausführlichst von ihrer eigenen Geburt berichten lassen. Plötzlich rief sie mit lauter Stimme: „Mama, ich glaube meine Fruchtblase ist geplatzt. Mein Baby ist da."

Für einige Zeit standen sie im Mittelpunkt des allgemeinen Interesses.

26

An seinem ersten Arbeitstag hatte sich Leo ebenfalls mit Müttern zu beschäftigen.

Zuallererst erschien ein erzürnter Mann auf dem Revier, der mit hochrotem Kopf verkündete: „Schneider mein Name. Meine Mutter mit Kind sind letzte Nacht verschwunden. Ich möchte Sie dringendst um Mithilfe bei der Suche bitten."

„Nun mal langsam. Wie heißen denn die zwei?"

„Mutter und Kind, sagte ich doch schon."

„Geht es vielleicht etwas präziser?"

„Nein, unter diesem Namen sind sie überall bekannt."

Leo verstand nicht recht, versuchte die Angelegenheit auf anderem Weg zu klären. „Sind die beiden denn schon vorher mal über Nacht ausgeblieben? Vielleicht halten sie sich ja bei Freunden auf. Haben Sie schon überall nachgefragt?"

Jetzt lachte der Mann. „Freunde haben die zwei zuhauf. Unmöglich alle anzurufen."

Bevor er weiterreden konnte, wurde er jedoch von Pit unterbrochen: „Na, Herr Schneider, dann beschreiben Sie uns die beiden mal. Das wird ja wohl möglich sein, oder?"

Dem Mann war inzwischen klar geworden, dass er seine Anzeige falsch formuliert hatte. Jedoch schien es ihm mittlerweile Spaß zu machen, die beiden Polizisten weiter in die Irre zu führen.

„Also, die Mutter ist gut und gerne zwei Meter groß und besitzt ebenso wie das Kind, das sie auf dem Arm trägt, einen ehemals bronzefarbenen, inzwischen aber dunkler gewordenen Teint."

Auf Grund von Leos fassungslosem Blick, ergänzte er: „Beide zusammen wiegen rund 700 Kilogramm.

Pit reichte es: „Wollen Sie uns verarschen?"

Der Mann lachte und klärte den Sachverhalt auf. „Entschuldigung, nein. Jetzt mal völlig im Ernst. Die ganze Angelegenheit ist auch überhaupt nicht lustig. Sie müssen wissen, ich bin der Direktor der städtischen Museen. Bei den Vermissten handelt es sich um die berühmte Bronzestatue aus unserem Stadtpark, die vergangene Nacht gestohlen worden ist und in deren Besitz wir unbedingt wieder kommen müssen."

In seiner wenig einfühlsamen Art nahm Pit ihm jegliche Hoffnung, indem er spontan erklärte: „Na, ich wette, das waren Metalldiebe, die Mutter und Kind inzwischen längst eingeschmolzen haben."

Herr Schneider erblasste. „Um Gottes willen nein! Diese Statue ist von unermesslichem Wert!"

Leo versuchte ihn aufzumuntern. „Eventuell haben Sie ja Glück, man wird sie wohl kaum in einem Rucksack mitgenommen haben. Außerdem hat es letzte Nacht mächtig geregnet. Der Boden ist stark durchnässt und so haben Mutter und Kind mit ihrem enormen Gewicht höchstwahrscheinlich tiefe Spuren beim Abtransport hinterlassen. Ich bin mir absolut sicher, die werden uns zu den Tätern führen."

Leo blickte ihn aufmunternd an und übergab den Fall an die Kollegen der Spurensicherung.

Mutter Nummer 2 war zierlicher gebaut, junge 24 Jahre alt, hatte also noch keine Patina angesetzt. Auch war sie nicht verschwunden, sondern wurde von Leo und seinem Kollegen wegen erhöhter Geschwindigkeit während einer Verkehrskontrolle angehalten.

„Führerschein und Ausweispapiere, bitte."
Sie erschrak, zeigte nervös ihren Personalausweis, konnte mit Ersterem allerdings nicht dienen. „Den Führerschein hab ich vergessen mitzunehmen. Ich weiß, ich war zu schnell. Nennen Sie mir die Höhe des Bußgeldes. Ich zahle sofort und das war's dann wohl. Wissen Sie, mein Kind wartet allein zu Hause. Ich hab's wirklich sehr eilig."

Karl ließ sich jedoch nicht aus der Ruhe bringen und kontrollierte die Personalangaben im Polizeicomputer. Und was spuckte dieser aus? Die Dame besaß überhaupt keinen Führerschein, war bereits zweimal wegen unerlaubten Fahrens verurteilt worden. Der Beamte las weiter und schaute irritiert auf das Gelesene.

„Wem gehört eigentlich dieses Auto?"

„Offiziell meinem Bruder, aber eigentlich mir."

Karl fuhr fort: „Heute ist doch wohl der 3. Dezember, oder? Und an ebenjenem Tag waren Sie zu einer Gerichtsverhandlung wegen erneuten Fahrens ohne Fahrerlaubnis vorgeladen. Ist das richtig? Verraten Sie uns einmal das Ergebnis?"

Die junge Frau , mittlerweile käsebleich im Gesicht, stammelte: „Ich muss 160 Stunden gemeinnützig arbeiten und darf in den kommenden zwölf Monaten keinen Führerschein machen."

„Und da setzen Sie sich nach diesem Urteil in das Auto und fahren erneut?" Leo fiel es schwer, das Gesagte zu verarbeiten, die Dame schien allerdings nicht von irgendwelchen Gefühlen der Reue geplagt.

„Ich hab Ihnen doch erzählt, dass ich schnell zu meinem Kind muss und der Heimweg mit Zug und Bus erschien mir viel zu lang."

Eine Aussage, die die beiden Polizisten allerdings nicht milde stimmen konnte!

27

An jenem Tag erschien ein weiterer Direktor in der Polizeistation, ein Direktor der ganz besonderen Art. Dieser stellte sich vor: „Mein Name ist Axel Müller und ich habe ein großes Problem."

„Seien Sie froh, dass sie nicht Axel Schweiß heißen." Pit hatte wohl zu sauer gefrühstückt. Auf jeden Fall zeigte er sich äußerst lustig. Herr Müller war allerdings nicht nach Späßen zumute. „Meine Herren. Sie sehen einen komplett ruinierten Mann vor sich. Meine Flöhe sind allesamt in der letzten Nacht verstorben."

Leo war verwirrt. „Aber da müssen Sie doch froh sein, dass Sie von dieser Seuche befreit sind!"

Der Mann versuchte die Situation aufzuklären: „Bei diesen Tieren handelt es sich nicht um gewöhnliche Flöhe. Ich bin Direktor vom wahrscheinlich weltweit bedeutendsten Flohzirkus. Diese Woche sollte ich auf dem berühmten Mittelalterfest in Ihrer Stadt auftreten, war also mit 250 meiner Top-Stars angereist."

Diese Aussage erzeugte einen starken Juckreiz bei Leo und bei Pit die nicht gerade von allzu viel Intelligenz geprägte Frage: „Und wie haben Sie die befördert? In Ihrer Kleidung?"

Direktor Müller schaute ihn empört an. „Was glauben Sie denn? Selbstverständlich in einer komfortablen Transportkiste. Ich habe meine Lieblinge wegen der ziemlich eisigen Nachttemperaturen natürlich auch noch mit reichlich Styropor um die Box herum geschützt. Stellen Sie sich meinen Schock vor, als ich sie zum Üben herausnehmen wollte und feststellen musste, dass alle, wirklich alle Tiere, erfroren waren. Für mich eine wirkliche Katastrophe!"

„Na, und erst für die Flöhe!", murmelte Leo leise, um dann mit normaler Stimme fortzufahren: „Und wie sollen wir Ihnen da helfen? Ich glaube nicht, dass einer von uns diese Tierchen sein Eigen nennt und soviel ich weiß, gibt es momentan auch weder in einer örtlichen Schule noch in einem Kindergarten Flohalarm."

„Wissen Sie, ich kenne hier niemanden, aber vielleicht ist Ihnen ja irgendeine Forschungsstätte bekannt, die mit Flöhen arbeitet."

Die Polizisten versprachen nachzuforschen.

Am Abend vergewisserte sich Lisa sofort: „Du bist dir hoffentlich absolut sicher, dass keines dieser Tierchen überlebt und eventuell den Weg zu dir gefunden hat, oder?"

Sie überlegte kurz, um schließlich zu verkünden: „Aber ich glaube, ich kann dem armen Direktor helfen. Aus meiner Studienzeit kenne ich einen auf Parasiten spezialisierten Forscher, der ihm vielleicht aus der Patsche helfen könnte. Allerdings wenn ja, so sind das natürlich keine Tiere, die Kunststücke vollbringen können."

Wenige Tage später erschien ein überglücklicher Flohdirektor vor Leo, zutiefst dankbar für den Tipp. Der Wissenschaftler konnte ihm doch tatsächlich 60 Tiere zur Verfügung stellen, mit denen er die vergangenen Tage unermüdlich geübt hatte. „Und, ob Sie's glauben oder nicht, bereits heute kann ich mit ihnen auftreten. Ja, und dafür möchte ich Sie mit Ihrer Familie ganz herzlich einladen. Sie werden staunen, was diese Flöhe alles beherrschen, fast besser noch als die verstorbenen, denn sie sind jünger und damit weit dynamischer."

Und Leo samt Familie staunten tatsächlich, als sie die Flöhe winzige Karussells, Kutschen, Schaukeln und Wippen bewegen, sogar Fußball spielen sahen.

Kaum waren die Kinder in ihre Betten gebracht, wartete auf Leo noch eine weitere Überraschung.

28

„Hast du heute schon mal einen Blick in die Zeitung werfen können?", wurde er von Lisa gefragt. Hatte er nicht.

„Schau dir das hier mal an." Lisa deutete auf ein großes Inserat, von dem ihn eine vor Glück nur so strahlende Musterfamilie anlächelte.

„Na, das sind doch wir in unserer heilen Welt!", kommentierte er ironisch.

Sie lachte. „Besser nicht, denn ich glaube, die heile Welt wird nach dieser Ankündigung hier nicht lange Bestand haben. Übrigens findest du überall in der Stadt Plakate mit derselben Botschaft."

Leo las die Überschrift: 'Projekt Nächstenliebe – Gutes tun und dabei finanziell profitieren'. Darunter stand: 'Interesse? Dann kommen Sie zu einem unserer Informationsabende. (Termine unter www. ....) Sie werden es mit Sicherheit nicht bereuen!'

„An was musst du bei 'Projekt Nächstenliebe' denken?"

„Oh Gott", ihm schwante Böses, „dies sind exakt die Worte meiner geliebten Schwester, als sie uns das letzte Mal heimsuchte. Sie wird doch nicht ...?

„Oh doch, sie wird. Schau hier unter Veranstalter: Viola und Robert Glückmann, Privatbankiers und Mäzene."

„Die mäzenieren höchstens sich selbst. In der ganzen Aktion steckt nichts Gutes und man kann bloß hoffen, dass die Leute nicht auf das generöse Pärchen hereinfallen."

Lisa sah die Sache realistischer. „Ich glaube, deine Hoffnung wird sich als trügerisch herausstellen. Dies ist genau die Mischung, die Menschen schwach werden lässt: karitativ Geld machen, beworben von einem Promipaar und noch dazu momentan zur Weihnachtszeit."

Sie nahmen sich zwar fest vor, auf eine der Veranstaltungen zu gehen, vergaßen aber im Trubel der besagten Weihnachtszeit das Vorhaben.

Erst viele Monate später wurden sie erneut an Violas Aktion erinnert. Lisa breitete einen Artikel aus einem bekannten Boulevard-Magazin vor ihm aus, auf den sie anlässlich ihres Friseurbesuchs gestoßen war. „Das hier musst du unbedingt lesen."

„Ich hätte nie im Leben geglaubt, dass ausgerechnet du mir eines Tages die Lektüre eines solchen Schundblattes empfehlen würdest. Was für ein geistiger Abstieg!"

Leo musste laut lachen. Dann jedoch erblickte er das grell-bunte Foto seiner Schwester und seine gute Laune verflog augenblicklich. Einem ersten Impuls folgend, wollte er die Zeitschrift sofort weglegen, schließlich überwog seine Neugier und er begann zu lesen:

Millionärin als Wohltäterin – Die bisher weitgehend aus der Partyszene der High Society bekannte Millionärin Viola Glückmann scheint sich in den vergangenen Monaten mehr und mehr in eine Wohltäterin für weniger Privilegierte verwandelt zu haben. Gestern erklärte sie vor den Vertretern der Presse: „Das plötzliche Verschwinden meines überaus geliebten Ehemannes hat mich damals ziemlich aus der Bahn geworfen und ich begann, mein bisheriges Leben zu überdenken. Ich suchte nach einer echten Aufgabe, die meinem Dasein wieder einen Sinn geben sollte. Und so entwickelte ich zusammen mit meinem Stiefsohn Robert das Projekt 'Nächstenliebe', das uns die Möglichkeit gibt, viele sozial Benachteiligte zu unterstützen. Gleichzeitig lenkt mich die viele Arbeit von den Grübeleien und der furchtbaren Ungewissheit über das Schicksal meines Mannes ab. Ich bete jeden Tag, er möge unversehrt wieder auftauchen und appelliere erneut an die Entführer, ihn endlich freizulassen. Ich bin bereit, jede Summe dafür zu zahlen, nur um erneut mit ihm vereint zu sein.“

Angewidert legte Leo die Zeitschrift beiseite. „Mir kommen gleich die Tränen. Ich bezweifle, dass ihr Göttergatte nach der langen Zeit noch unter den Lebenden weilt.“

Lisa schob ihm erneut das Blatt zu. „Schau mal, unter dem Artikel befindet sich der Zeitplan ihrer nächsten Auftritte. Bald sucht sie auch unsere Stadt heim. Ich finde, wir sollten uns das Ganze anschauen.“

Selbstverständlich lehnte er diesen Vorschlag vehement ab. Schließlich aber überwog erneut seine Neugier und so fanden sich beide eines Abends in einer völlig überfüllten Gaststätte unter vielen ebenfalls neugierigen Menschen, wenn auch neugierig aus einem anderem Grund. Leo wollte seiner Schwester keinesfalls begegnen und so hatte er auf einem Platz in den hintersten Reihen bestanden.

Schließlich betraten Viola und Robert den Raum. Das allgemeine Gemurmel verstummte augenblicklich und alle schauten erwartungsvoll auf die Bühne. Und wieder hätte Leo Viola kaum erkannt. Sie hatte sich vom schrillen Glamourgirl in eine bescheiden auftretende Geschäftsfrau verwandelt. Keine unerschwinglich teure Designer-Kleidung und, abgesehen von Ehering und einfacher Armbanduhr, auch keinerlei Schmuck. Sie zeigte sich dezent geschminkt und die einstmals hollywoodblonden, perfekt gestylten Haare präsentierten sich schlicht hochgesteckt in unauffälligem Braunton.

„Die Inkarnation der Bescheidenheit!", konstatierte Lisa.

Dann begann Viola zu reden, lange zu reden. Sie erzählte von einer harten entbehrungsreichen Kindheit, dem Tod des Vaters, der 'eiskalten und verantwortungslosen Mutter, die sie, das unschuldige Kind, in fremde Hände gab'. Es folgte der erbarmungslose Rausschmiss durch den 'grausamen' Bruder, der sie im zarten Alter von 16 Jahren zum unbeschreiblich harten Überlebenskampf in einer kalten Großstadt zwang. Ein einsames, trauriges, zutiefst unglückliches Kind!

Das Publikum lauschte gebannt, viele ob des schrecklichen Schicksals zu Tränen gerührt. Nur Leo konnte sich den Ausruf 'Was für ein raffiniertes Luder' nicht verkneifen, wofür er entrüstete, ja wütende Blicke aus seiner Umgebung erntete.

Mittlerweile hatte seine Schwester begonnen, von den 'schönsten Jahren ihres Lebens' zu berichten. Ihr Traumprinz, in Gestalt von Viktor Glückmann, hatte sie, das Aschenputtel, aus ihrem Elend geholt. Wie groß war ihre Liebe , wie tief ihre Dankbarkeit, wie schön die Zeit!

Wieder wurden im Publikum die Taschentücher

gezückt, bevor Viola erneut vom grausamen Schicksal heimgesucht wurde. Ihr überaus geliebter und verehrter Gatte verschwand, geraubt von kaltherzigen Entführern. Das junge Glück war zerstört! Sie erzählte von ihren dringlichen Appellen an die Verbrecher, den hohen Preisgeldern, den vielen verweinten Nächten voller Angst um den Gemahl. Wie oft hatte sie an Selbstmord gedacht!

Einzelne Zuhörer seufzten ergriffen.

Allein ihrem lieben, treuen Stiefsohn – anerkennender Blick in Richtung Robert – sei es zu verdanken, dass sie sich wieder der Welt zuwandte.

„Diese unsagbar schwere Zeit", so fuhr sie fort, „ hat mich aber auch geläutert. Mir wurde auf einmal klar, wie unbedeutend und hohl mein Leben im Jet Set zuvor war. Der ganze Reichtum und hirnlose Prunk, dabei diese Oberflächlichkeit und Gefühlskälte. Ein Leben wie im Rausch, das die wirklichen Probleme in der Welt verdrängte. Plötzlich wurde mir all der Hunger, das Elend meiner Mitmenschen bewusst und ich begann mich immer häufiger zu fragen: brauche ich wirklich sechs Villen, eine Yacht, ein Privatflugzeug? Nein!"

Dramatisch blickte sie Richtung Himmel. „Oh Viktor, ich verkaufte nach und nach all deine Besitztümer und verteilte einen Großteil des Erlöses an die Armen. Ich bin mir sicher", wandte sie sich erneut an die real existierenden Menschen, „Viktor hätte mich in meinem Tun unterstützt. Er war ein guter Mensch."

„Halleluja," flüsterte Leo in Richtung seiner Frau. „Ich komme mir vor wie in einem amerikanischen Erlösungsgottesdienst. Ich kann bloß beten, dass die Leute ihr keinen Glauben schenken."

Lisa schüttelte den Kopf. „Schau dir doch all die ergriffenen Gesichter an, dann erkennst du, was wahrer

Glaube ist."

Als Viola von ihrem zukünftigen Leben in Verzicht und Armut erzählte, hielt es die Menschen nicht mehr auf ihren Stühlen. Stehend brachten sie der Rednerin minutenlang Applaus und stürmische Ovationen entgegen. Viola vergoss einige Tränen, unterbrach aber nach einiger Zeit den Jubel und rief tief gerührt:„Freunde, ich danke euch. Auch ihr könnt Gutes tun und dies sogar, ohne auf irgendetwas zu verzichten. Wir beide, mein Stiefsohn und ich, haben letztes Jahr die Initiative 'Nächstenliebe' gegründet, in die auch ihr euer Geld investieren könnt. Alle Einlagen ab 1 000 Euro sind willkommen. Ein kleiner Teil des Geldes geht an soziale Einrichtungen und den Rest verzinsen wir euch mit einem Zinssatz, der stets um drei Prozent über dem jeweils besten in der Euro-Zone gewährten Satz liegt. Das ist ein Versprechen. Ihr könnt also Gewinn machen und gleichzeitig den sozial Schwachen helfen. Gibt es irgendwelche Fragen?"

Leo wäre am liebsten aufgesprungen, um die Menschen zu warnen, wurde jedoch von Lisa zurückgehalten. „Sei still. Bei der Euphorie triffst du zumindest auf taube Ohren oder wirst gar gelyncht."

Ein Mann erhob sich, um kritisch nachzufragen: „Und womit wollen Sie diese wirklich hohen Zinsen bezahlen?" Sogleich ergoss sich ein Sturm der Entrüstung.über den armen Menschen.

Viola beschwichtigte eventuelle Zweifel: „Ich ziehe selbstverständlich mein gesamtes Vermögen dafür heran, weiß aber auch, Ihr Geld gut anzulegen. Also keine Angst. Ihre Einlagen sind sicher."

Ein weiterer Zuhörer zeigte Courage, indem er fragte: „Können Sie sagen, wie hoch eigentlich der Anteil für soziale Zwecke ist und in was der investiert wird?"

In diesem Moment kam in eine dreiköpfige Gruppe körperlich Behinderter Bewegung und einer von ihnen rief erregt: „All diese Rollstühle, die Sie hier sehen, verdanken wir allein der Stiftung 'Nächstenliebe' und wir sind nur eines von vielen Beispielen, die den enormen Wert dieser Stiftung für uns gesellschaftlich Benachteiligte belegen. Ich weiß von anderen guten Taten. Da wurden Lifte eingebaut, arme Kinder kostenlos in Urlaub geschickt, für alte, kranke Leute Fahrten zu Arzt oder Supermarkt organisiert, Tierheime unterstützt und so weiter. Sie sehen, Sie können so viel Gutes tun mit Ihrer Einlage und auch noch die hohen Zinsen kassieren."

Mit diesen Worten schwärmte, beziehungsweise rollte, die Gruppe aus, um an zahlungswillige Zuhörer Formulare auszuteilen.

Lisa hatte die ganze Zeit einen bösen Verdacht: „Ich vermute mal, dass die Rollstuhlfahrer vor und nach den Veranstaltungen wieder problemlos ohne Hilfe gehen können."

Leo nickte. „Und wenn nicht, so braucht ihnen die heilige Viola nur die Hand aufzulegen und sie werden wieder laufen. Unglaublich, wie viele Menschen auf diese Show reinfallen", stellte er fassungslos fest. „Und ich glaube, du hast recht, eine Warnung vor Betrug wird heute angesichts dieser Euphorie zwecklos sein."

In diesem Moment verließ Viola, die selbsternannte Retterin der Welt, die Bühne, um sich unter ihre Anhänger zu mischen, was die beiden zur sofortiger Flucht bewegte, denn eine Begegnung mit dieser Frau erschien ihnen wenig wünschenswert.

Draußen wird eine Autotür zugeschlagen. Robert, der vor einigen Stunden fortgefahren war, ist zurück. Leo hört eine Auseinandersetzung zwischen Viola und ihrem Stiefsohn, laut, aber nicht laut genug, um in der Scheune etwas zu verstehen. *Nur Wortfetzen dringen zu ihnen durch.* Plötzlich wird das Scheunentor aufgerissen und ein sichtlich wütender Robert erscheint, um sich bedrohlich vor Leo aufzubauen.

„Das Schließfach ist immer noch leer. Es sieht sehr schlecht aus für euch. Das ist euch doch wohl klar, oder?"

Mutig nimmt Leo den Satz auf: „Es sieht aber auch für euch schlecht aus. Das ist euch doch wohl klar, oder?"

Er bezahlt diese rhetorische Übung mit einer schallenden Ohrfeige, die ihm sein Widersacher versetzt. „Klugscheißer, dir scheint der Ernst deiner Situation nicht bewusst zu sein. Wenn deine Alte nicht sehr bald unsere Forderungen erfüllt, hat die Welt einen Bullen weniger und", er wendet sich an Leonie, „eine Prinzessin ebenso."

Mit diesen Worten verschwindet Robert wieder, nur um draußen den wilden Streit mit seiner Stiefmutter erneut aufzunehmen.

Wie lange noch? Welche Probleme hat Lisa? Leo ist sich absolut sicher, seine Frau würde sie niemals im Stich lassen und alles Erdenkliche tun, um die gestellten Forderungen zu erfüllen. Irgendetwas muss schief gelaufen sein! Ein Gedanke schießt ihm durch den Kopf. Mit all der Kraft, die ihm sein geschwächter, gepeinigter Körper noch erlaubt, schreit er: „Viola!" und noch einmal „Viola!". Und tatsächlich, sie kommt herein.

„Was ist los?"

Er bringt es sofort auf den Punkt. „Da stimmt irgendetwas nicht. Auf Lisa ist immer hundertprozentig Verlass. Sie hat bestimmt Himmel und Hölle in Bewegung gesetzt, um alles zu beschaffen. Versagen ist *nicht erlaubt, dafür liebt sie uns zu sehr."*

„Wie schön für euch!"

Sie grinst zynisch, aber er sagt unbeirrt: „Bitte, gib mir mein Handy und lass mich sie anrufen und die Sache klären."

Viola schüttelt entschieden den Kopf. „Keine Bange. Noch habt ihr ein paar Stunden Zeit, bis das Ultimatum ausläuft. Robert hat einfach nicht mehr warten können. Geduld war noch nie seine Stärke."

Sie lacht. „Allerdings verstehe ich den Sinn deiner Frage. Mein Brüderchen hofft wohl insgeheim, man könne bei dem Anruf sein Handy orten und euch somit finden. Da muss ich dich allerdings enttäuschen. Du kannst deiner Schwester durchaus etwas mehr Intelligenz zutrauen. Wenn man dir und deinem Handy folgen sollte, so bist du gerade hinten in einem LKW auf dem Weg nach Italien."

Sie verschwindet und lässt einen zutiefst verunsicherten, ja verzweifelten Bruder zurück.

29

„Die Art und Weise, Menschen um ihr Geld zu bringen, wird in letzter Zeit zunehmend vielfältiger und ausgeklügelter", stellte Leo während der Rückfahrt nach Violas großer Werbeshow fest. „So melden sich beispielsweise gerade immer wieder Geschäftsleute bei uns, die einen Brief von der 'Gewerbeauskunft-Zentrale.de' aus Düsseldorf bekommen haben. Darin werden sie aufgefordert, ihr Unternehmen in ein

Branchenverzeichnis im Internet einzutragen. Aber wehe dem, der das Formular ausgefüllt zurücksendet. Er hat nämlich einen Vertrag unterzeichnet, der ihn verpflichtet als Gegenleistung für die Eintragung zwei Jahre lang je 1 000 Euro zu zahlen. So steht es im Kleingedruckten."

„Ich nehme an, dass es nicht so einfach sein wird, aus dem Vertrag herauszukommen, obwohl es sich ja wohl zweifelsfrei um Betrug handelt, oder?", vermutete Lisa.

„Genau. Es laufen auch schon viele Gerichtsverfahren. Eine ebenso dubiose Masche betreibt auch eine Firma in Brüssel. Sie verschickt Formulare an Gewerbetreibende im Namen einer Behörde, die sich in allerschönstem Bürokratendeutsch 'Europäisches Zentralregister zur Erfassung und Veröffentlichung von Umsatzsteuer-Identifikationsnummern' nennt."

Lisa unterbrach ihn staunend. „Und dieses Sprachmonstrum hast du dir gemerkt?"

„Allerdings. Ich hab nämlich diesen Brief schon oft zu Gesicht bekommen. Er sieht wirklich exakt aus wie ein amtliches Schreiben, sodass viele Geschäftsleute die Angaben zu ihrer Firma bereitwillig vervollständigen, um ihn dann brav zurückzuschicken. Prompt kommt daraufhin stets die Mahnung, für eine Laufzeit von zwei Jahren je 890 Euro zu bezahlen, wie im Kleingedruckten aufgeführt. Allerdings bezweifle ich, ob dies die einmalige Eintragung in eine ominöse Online-Datenbank wert ist."

Leo musste sogleich an einen anderen Vorfall denken, der sich kürzlich ereignet hatte. Der Eigentümer eines renommierten Golfclubs war auf der Polizeiinspektion erschienen, um eine Anzeige vorzubringen:

Vor etwa zwei Monaten hatte er von einem englischen

Unternehmen eine E-Mail erhalten. Man wollte das fünfzigste Firmenjubiläum gebührend feiern und hatte zu diesem Zweck an ein großes Golfturnier gedacht. Zwei Tage inklusive Catering und Übernachtung für 50 Personen. Es sollte im kommenden Monat stattfinden. Die Firma bat also um ein entsprechendes Angebot.

„Da handelt es sich ja wohl um einen größeren Geldbetrag, oder?", vermutete Leo.

„Exakt. Wir wurden uns allerdings schnell einig und haben mit den Vorbereitungen begonnen. Ein gewisser James Fraud hat sich sogar bereit erklärt, die Kosten bereits im Vorfeld zu begleichen, und einen korrekt ausgefüllten Scheck geschickt."

„Sehr großzügig!"

„Genau. Allerdings haben wir nicht schlecht gestaunt. Die eingetragene Summe fiel nämlich um fast 10 000 Euro höher aus als vereinbart. Auf Nachfrage wurden wir gebeten, ebendiese 10 000 Euro an eine Eventfirma zu überweisen, die für das Rahmenprogramm mit einer Sängerin verantwortlich sein werde."

Leo stutzte. „Dies ist wirklich äußerst merkwürdig. Haben Sie denn die Summe gezahlt?"

„Ich war überhaupt nicht skeptisch, bin zur Bank, um den Scheck einzulösen und gleichzeitig die 10 000 zu überweisen. Dort traf ich Gott sei Dank auf einen äußerst kompetenten Angestellten, der erstens sofort erkannte, dass der Scheck eine Fälschung war und der zweitens zuvor von ähnlichen Betrugsfällen gehört hatte. Ohne ihn hätte ich mein Geld verloren, denn das Zielkonto für die Überweisung war anonym und mein Auftraggeber, die englische Firma, konnte überhaupt kein Jubiläum feiern, da sie bis heute gar nicht existiert. Verstehen Sie, ich habe zwar Glück gehabt, bin aber überzeugt, dass diese Masche bei vielen anderen Unternehmen angewandt wird und möchte daher Anzeige erstatten. Übrigens werde ich auch noch in einigen Zeitungen die ganze Sache publik machen."

Lisa, von ihrem Mann auch über diesen Fall unterrichtet, fragte nach: „Wie hieß der Auftraggeber noch mal?"

„James Fraud."

Sie lachte. „Wenn sich sein Nachname f r a u d buchstabiert, dann ist der Übeltäter zumindest sehr ehrlich, denn fraud bedeutet im Englischen nichts anderes als Betrug. Zumindest Menschen, die die englische oder französische Sprache beherrschen, gibt er so wenigstens eine Chance. Allerdings wird er wohl kaum mit richtigem Namen so heißen."

Leo nickte und Lisa fuhr fort: „Das Internet scheint sich in all seiner Anonymität zu einer echten Brutstätte der Kriminalität entwickelt zu haben. Ich schätze, dass mit diesem Trick schon viele reingelegt worden sind."

Leo konnte dies nur bestätigen: „Genau. Es hat schon viele Anzeigen auch aus anderen Geschäftssparten gegeben: Restaurantbesitzer sollen den Überschuss an angebliche Hoteliers überweisen, Verkäufer von Gebrauchtwagen an, selbstverständlich anonyme, Überführungsunternehmen, Firmen der Modebranche an irgendwelche dubiose Zwischenhändler und so weiter. Und unzählige Gutgläubige fallen auf den Trick herein."

Lisa überlegte: „Was hältst du denn von den Machenschaften deiner Schwester? Da ist doch sicherlich auch irgendetwas faul, oder?"

„Mit absoluter Sicherheit und du kannst davon ausgehen, ich werde ihre Geschäfte genauestens verfolgen."

Es sollte jedoch noch einige Zeit vergehen, bis Leo eines Abends freudestrahlend zu Hause verkündete:

„Jetzt haben sie sie endlich!"

Auf die fragenden Blicke seiner Frau fuhr er fort: „Hast du heute noch keine Zeitung gelesen? Das stand sogar auf vielen Titelseiten."

Lisa schüttelte den Kopf. „Keine Zeit gehabt."

Er begann zu erklären: „Viola, sie ist endlich des Betruges überführt. Die ganze Geschichte ist allerdings erstaunlicherweise ziemlich lange gutgegangen. Du weißt ja, wie präsent sie in den Medien als große soziale Wohltäterin gewesen ist und sie hat auch immer fleißig die Werbetrommel für ihr Anlagemodell gerührt. Viele Leute sind auf sie reingefallen. Sie soll angeblich – halte dich fest – fast 1,5 Millionen Euro eingenommen haben, wahrscheinlich aber sogar weit mehr, da viele der Betrogenen wohl keine Anzeige gemacht haben."

Lisa blickte ihn nur ungläubig an.

„Doch, alles wahr! Es ist verrückt, aber die Menschen haben ihr blind vertraut, ihr ihre Ersparnisse gegeben, einige noch nicht einmal eine Quittung verlangt! Manche haben sogar wegen der hohen Zinssätze Kredite aufgenommen und die wenigen, die ihr Geld zurück wollten, haben es dann auch erhalten, zumindest anfangs. Und zwar anstandslos! Eine Tatsache, die natürlich immer wieder publik gemacht wurde, auch, dass alle pünktlich am Jahresende ihre Zinsen erstattet bekamen."

Langsam verstand Lisa das System. „Was bei den eingezahlten Summen auch nicht schwierig war. Das Ganze funktioniert aber nur, wenn viele Anleger nicht gleichzeitig ihr Geld zurückfordern sowie der Zustrom von neuen Dummköpfen nicht nachlässt."

Leo nickte. „Außerdem darfst du nicht vergessen, dass Viola angesichts von soviel Wohltätigkeit für andere sich selbst wohl auch zumindest ein Existenzminimum gönnen wollte. Wie jetzt nämlich herauskam, hatte sie für sich über eine Scheinfirma einen Großteil des Kapitals in Immobilien und Gold angelegt."

„Verstehe", lachte Lisa, „eine Art Notgroschen fürs Alter." Soviel Cleverness hätte ich deiner Schwester gar nicht zugetraut!"

„Ich staune ebenfalls. Allerdings war sie nicht clever genug, rechtzeitig abzutauchen. Sie glaubte sich wohl allzu lange auf der sicheren Seite, selbst als immer mehr Strafanzeigen wegen Unterschlagung von Geld bei der Polizei eingegangen sind. Die Kripo hat schließlich an andere mögliche Geschädigte Fragebögen geschickt und so ist das wahre Maß der Betrügereien aufgekommen."

„Und wo befindet sich Viola momentan?"

„Sie sitzt im Gefängnis, konnte wegen eines Haftbefehls in Neapel festgenommen werden."

Einige Monate später wurde sie zu drei Jahren Haft verurteilt und Leo verkündete frohgemut: „Jetzt sind wir zumindest in nächster Zeit vor ihren Besuchen sicher."

30

Fast vier Jahre vergingen, bis Leo erneut an Viola erinnert wurde. Und wieder war es ein groß aufgemachter Artikel in einer Illustrierten, den Lisa ihm eines Abends mit den Worten präsentierte: „Schau mal, was ich heute beim Friseur entdeckt habe. Deine holde Schwester hat wohl erneut ein naives Opfer gefunden."

Er stöhnte. „Eigentlich müsste ich dir den Friseur-

Besuch verbieten, wenn du immer mit solchen Hiobsbotschaften nach Hause kommst!"

Angewidert, aber auch neugierig überflog er die beiden Seiten: Viola mit neuem Ehemann – bunte Bilder von einem rauschenden Hochzeitsfest – die strahlende Ehefrau, von der einstmals unscheinbaren Jeanne d'Arc der Armen erneut verwandelt in ein grell-blondes, üppig mit Schmuck beladenes Prachtweib – das Opfer, Reno Gebert, 85 jugendliche Jahre, ein bekannter Millionär – Zitate von großem Glück und ebensolcher Liebe.

„Was ist eigentlich aus Ehemann Nummer 1 geworden? Ist der inzwischen wieder aufgetaucht?"

„Nein, ich glaube mal irgendetwas gelesen zu haben, dass der für tot erklärt worden ist. Ansonsten wäre sie Bigamistin."

„Unfassbar, dass dieses Luder immer wieder einen Dummen findet! Der arme Kerl schaut jetzt schon auf den Fotos ziemlich müde und geschafft aus, findest du nicht auch?"

Sie nickte. „Dafür wirkt sie äußerst euphorisch. Die Jahre im Gefängnis scheinen ihr wohl nicht allzu sehr zugesetzt zu haben. Jedenfalls sieht sie mit ihren 37 Jahren immer noch sehr, sehr gut aus. Und jetzt wirf mal einen genaueren Blick auf dieses Bild. Wen findest du noch unter den illustren Gästen?"

Leo erkannte ihn sofort, Robert! „Da kannst du mal sehen", meinte er grinsend, „was für eine vorbildliche Mutter Viola doch ist. Auch in ihrer neuen Ehe kümmert sie sich rührend um ihren Stiefsohn!"

„Genau. Der wohnt übrigens, so steht es zumindest in dem Artikel, auch in der Villa, wahrscheinlich aber nicht nur rein in einer Funktion als Sohn."

„Sie soll sich bloß nicht noch um den Rest ihrer Familie kümmern!", hoffte Leo inständig. Leider vergeblich!

Am Morgen nach Leonies 13. Geburtstag, einem Sonntag, klingelte jemand Sturm und holte sämtliche Familienmitglieder aus sanften Träumen. Niemand rührte sich im Haus, ganz im Gegensatz zu dem Störenfried, der sich nun auch durch lautes Hämmern und Rufen an der Tür Aufmerksamkeit verschaffen wollte – dies mit Erfolg. Leo hüllte sich in Lisas Morgenmantel und schlurfte fluchend Richtung Eingang.

Beim Anblick des ungebetenen Gastes hätte er am liebsten augenblicklich die Tür wieder zugeschlagen, hatte jedoch die Energie seiner Schwester unterschätzt, die ihn trotz aller Proteste kraftvoll ins Wohnzimmer schob.

„Mein Gott, Leo, es ist zehn Uhr und ihr schlaft wohl immer noch."

Sie musterte seine Bekleidung und lachte schallend.

„Leo in einem lila Hauch von Nichts mit Blümchen! Du hast wohl deine feminine Ader in dir entdeckt, oder?"

Dann schaute sie sich im Raum um. „Oh Himmel, wie sieht es denn hier aus? Haben euch etwa alle Hausangestellten verlassen?"

Ein entrüsteter Blick schweifte über die Hinterlassenschaft der gestrigen Fete. Leonie hatte mit zwölf Gleichaltrigen aus ihrer Klasse bis Mitternacht gefeiert, mächtig gefeiert, so mächtig, dass Lisa und Leo bei ihrer Rückkehr in der Nacht wegen des allgemeinen Chaos' nur völlig frustriert in ihre Betten gesunken waren. Die Spuren des rauschenden Festes sollten am Morgen gemeinsam mit der Verursacherin beseitigt werden. Unter 'am Morgen' verstanden sie allerdings nicht zehn Uhr.

Und so musste sich Viola durch am Boden verstreut liegende Chips, Salzstangen, Teller und Gläser, zum Teil noch gefüllt, vorbei an Luftballons und sonstiger Partydekoration einen Weg zum einzigen freien Sessel bahnen.

„Wenn du uns schon heimsuchst, dann melde dich wenigstens vorher an", beschwerte sich Leo.

„Hättest du mir denn die Tür aufgemacht?"

„Höchstwahrscheinlich nicht, was allerdings nicht an dem Chaos hier liegt."

Sie sah ihn ziemlich konsterniert an, bewahrte aber die Fassung. Inzwischen war auch Lisa aufgestanden, die sich sogleich für die Unordnung zu entschuldigen begann.

„Du kommst zu einer wirklich unpassenden Zeit. Leonie hat gestern hier mit einem Haufen Freunden ihren 13. Geburtstag gefeiert und wir sind noch nicht zum Aufräumen gekommen."

Viola schaute indigniert. „Gott sei Dank brauche ich mich um eine derart entwürdigende Drecksarbeit nicht zu kümmern. Wozu gibt es schließlich Bedienstete!"

Leo grinste. „Ach, weißt du, Lisa und ich sind topfit und sehr rüstig. Wir können uns noch selbst bücken. Wenn ich richtig rechne, müsstest du mittlerweile 40 sein. In dem hohen Alter fällt manchen anderen eben die Arbeit schon entschieden zu schwer."

„Es gibt aber auch Leute", gab seine Schwester zurück, „die so etwas gar nicht nötig haben, die nämlich genügend Intelligenz und Cleverness besitzen, um richtig zu heiraten. Habt ihr von meinem letzten Coup gehört?"

Er nickte. „Manche Menschen besitzen genug Cleverness, um reich zu heiraten, andere genügend Intelligenz, um aus Liebe zu heiraten. Wir sind intelligent, nicht wahr Lisa?", wandte er sich grinsend an seine Frau.

Viola aber gab nicht auf. „Okay, ihr Romantiker. Ich toppe euch aber, denn ich bin clever, was meinen Ehemann angeht, aber auch intelligent genug, meinen Stiefsohn stets in meiner Nähe zu wissen. – Ja, aber wen sehe ich denn da? Ist das etwa dein Sohn?"

Leo schaute stolz auf seinen Sprössling, der zu einem wirklich attraktiven jungen Mann herangewachsen war. Schwarze, halblange, leicht gelockte Haare, dunkler Teint, aber strahlend blaue Augen, 1,86 Meter groß, schlank und durchtrainiert.

„Genau. Dies ist mein leiblicher! Sohn. Felix, 16, oh sorry Felix, fast 17 Jahre alt. Ebenjener Felix, der vor gar nicht so langer Zeit von seiner Tante behauptete, sie stänke und hätte rostige Haare, der dir seine mit frischen Fingermalfarben geschmückte Hand geben und einen Nasenstein präsentieren wollte und den du, soweit ich mich erinnere, einen ungezogenen Bengel nanntest."

Viola staunte. „Nicht zu fassen, dass ausgerechnet du solch einen gut aussehenden Sohn hervorbringen konntest. Der ähnelt dir allerdings überhaupt nicht."

„Danke für das Kompliment! Und du kannst gleich weiter staunen, denn dieser blondgelockte Engel, der uns allerdings dies Chaos hier eingebrockt hat, ist meine Tochter Leonie."

„Die Fette? Nicht zu fassen! Was für ein erstaunlich hübsches Mädchen bist du doch geworden!", rief Viola begeistert. „Und du hattest also gestern Geburtstag?"

Felix musterte die Besucherin die ganze Zeit lediglich mit kühlen, kritischen Blicken, schien für deren Charme wenig empfänglich zu sein, hatte natürlich auch in der Vergangenheit viel zu viel Negatives über seine Tante erfahren. Ohne sich weiter um sie zu kümmern, begann er, seiner Mutter beim Aufräumen zu helfen.

Leonie jedoch reagierte anders. Sie zeigte sich

fasziniert von Violas Attraktivität, ihrem teuren Outfit, ihrer top-gestylten Aufmachung, alles Dinge auf die ihre Eltern keinen besonderen Wert legten, die aber das Mädchen zumindest in dieser Altersphase zutiefst beeindruckten. Sie strahlte ihre Tante begeistert an.

Und Viola war sich dieser Bewunderung sofort bewusst, wusste sie für sich zu nutzen, begann das Spiel, das sie bis zur Perfektion beherrschte, nämlich einen gegen den anderen auszuspielen. Zeigten sich Leo und Lisa ihr gegenüber abweisend, so mussten sie dafür büßen. Sie hatte in Leonie das Mittel zu diesem Zweck entdeckt! Sogleich fing sie an, das Mädchen mit all ihrem Charme, ihrer Zuwendung zu umgarnen und bald sollte es in ihrem Spinnennetz zappeln.

„Ich bin ein paar Tage in eurer Stadt", verkündete sie, „und habe genug Zeit mich endlich einmal um meine Nichte beziehungsweise den Neffen zu kümmern. Zu gerne möchte ich euch näher kennenlernen. Habt ihr nicht gerade Ferien? Das passt doch herrlich. Morgen hole ich euch ab und wir gehen erst mal shoppen. Ihr benötigt dringend einige stylische Klamotten, nicht so billiges Zeug wie das, was ihr anhabt."

Felix lehnte dankend ab, murmelte etwas von dringendem Termin. Leonie jedoch stimmte begeistert zu.

Leo glaubte, die wahren Intentionen seiner Schwester zu erkennen, auch wollte er die Tochter vor eventuellen Enttäuschungen bewahren. „Das kommt gar nicht infrage!", mischte er sich ein. „Die Kinder haben alles, was sie benötigen."

„Stimmt überhaupt nicht!", protestierte Leonie entrüstet, gab jedoch nicht auf: „Bitte Mama, lass du mich gehen", flehte sie.

Vergeblich! Lisa hielt zu ihrem Mann. „Dein Angebot,

Viola, in allen Ehren, aber ich kann Leo nur zustimmen."

Und so nahm das Drama seinen Lauf. Leonie brach in Tränen aus, bettelte wieder und wieder um die Erlaubnis und begann schließlich, ihre Eltern zu beschimpfen. All dies wurde von Viola mit zufriedenem Lächeln aufgenommen. Von Leo zum Gehen aufgefordert, wandte sie sich direkt an Nichte und Neffe und verkündete: „Also, ihr Lieben, ich warte morgen um 11 Uhr vor eurer Tür. Vielleicht habt ihr den Streit mit euren sturen Eltern ja bis dahin beendet. Wer dann noch Lust hat zum Shoppen ist hiermit herzlich eingeladen."

Sie hatte genug Zwist gesät und verließ triumphierend das Haus.

Klar, dass dieser Tag nicht in Harmonie verlaufen konnte. Leonie verbarrikadierte sich in ihrem Zimmer. Zudem weigerte sie sich vehement, bei der Beseitigung der Spuren ihrer Geburtstagsfete mitzuhelfen, eine Haltung, die das Streitpotential natürlich noch vergrößerte.

„Ich sehe überhaupt nicht ein", stellte Felix mit Bestimmtheit fest, „warum ich ihren Dreck wegräumen soll, für den ich schließlich überhaupt nicht verantwortlich bin, und Prinzesschen krümmt keinen Finger. Ich haue ab zum Fußballtraining."

Und so standen Lisa und Leo in dem allgemeinen Chaos, allein gelassen von einem beleidigten Felix und einer ihr hartes Schicksal heftig beklagenden Tochter in Tränen.

„Danke, Viola, für diesen wunderschönen, harmonischen Sonntag. Ein echter Tag der Familie!", klagte er.

Der Tag der Familie sollte mit einer zweiten Niederlage Leos enden. Welcher Vater konnte schon dem stundenlangen, herzerweichenden Weinen der eigenen Tochter konsequent widerstehen? Am Ende erlaubten die Eltern entgegen ihrer eigenen Überzeugung Leonie den morgigen Ausflug mit der Tante und retteten somit wenigstens die Harmonie des Abends.

31

„Sei nicht traurig, wenn deine Tante heute nicht erscheint. Sie ist alles andere als verlässlich", versuchte Leo seine Tochter vor Viola zu warnen. „Und falls sie wider Erwarten doch kommt, sei dir um Himmels willen immer bewusst, sie ist ein eiskalt berechnendes Luder. Versprichst du mir das?"

Hörte sie ihm überhaupt zu? Er war sich dessen nicht sicher, so aufgeregt und voller Vorfreude war sein Kind. Zu seinem Leidwesen bog in diesem Moment Viola samt rotem Mercedes-Sport-Cabrio um die Ecke, würdigte ihren Bruder allerdings keines Blickes, sondern wandte sich augenblicklich an Leonie. „Na, da ist ja mein Engelchen. Bereit zum Shoppen?"

Engelchen nickte begeistert und stieg in das Auto, hatte keinen Gruß mehr für ihren Vater, war voller Erwartung des kommenden Tages.

„Felix hatte keine Lust", konnte Leo wahrheitsgemäß verkünden. Zumindest ein halber Triumph war ihm vergönnt. Mit ungutem Gefühl sah er nun aber dem Wagen hinterher.

Am späten Nachmittag kehrte Leonie beladen mit

Tüten und Begeisterung zurück. „Oh, das war ein super Tag! Wir waren in einem Edelrestaurant essen und ihr glaubt ja nicht, was mir Viola alles gekauft hat, lauter geile Designer-Kleidung! Ein Teil fantastischer als das andere! Die Mädels in meiner Klasse werden Augen machen und ich kann jetzt endlich sogar mit Sarah und Betty mithalten, die mich immer wegen meiner Klamotten aufgezogen haben. Mensch, ich kann kaum erwarten, dass die Schule wieder anfängt.“

Angesichts der sonst von seiner Tochter zur Schau getragenen, abgrundtiefen Aversion gegen diese Institution glaubte Leo seinen Ohren nicht zu trauen, aber er hatte richtig gehört.

Voller Stolz wollte Leonie abends ihren Eltern ihre neue Garderobe präsentieren, was sie wohl besser nicht getan hätte, denn die Vorführung endete in einem Fiasko. Viola hatte aus kühler Berechnung, wie Leo vermutete, dem Mädchen ihren eigenen Kleidungsstil empfohlen und so erschien Leonie in zweifellos teuren, aber leider auch durchsichtigen Oberteilen, bauchfreien Tops mit tiiiefen Ausschnitten, hautengen Hosen in knalligen Farben. Alles glitzerte und glänzte.

Leo tobte innerlich, versuchte aber ruhig zu bleiben. „Kind, das ....“

„Nenne mich nicht immer Kind. Ich bin kein Kind mehr!“, unterbrach sie empört ihren Vater.

„Aber du bist gerade erst 13 geworden und willst dich anziehen wie eine erwachsene Frau. Das geht nicht, schon gar nicht in der Schule. Du machst dich doch nur lächerlich.“

Leonie wurde wütend. „Lächerlich habe ich mich vorher gemacht mit meinen spießigen Klein-Mädchen-Klamotten! Du hast ja keine Ahnung, was kleidungsmäßig abgeht.“

Leo hielt dagegen, nun nicht mehr ganz so gelassen: „Stell dir vor, das ist mir völlig egal. Diese Sachen tauschst du jedenfalls morgen noch um. Ich verbiete dir schlicht und ergreifend, so etwas in der Schule anzuziehen. Du gehst schließlich nicht in den Puff."

„Dein Vater hat recht", mischte sich jetzt auch Lisa ein, „diese Sachen sind wirklich nicht für die Schule geeignet. Sei vernünftig, Leonie."

Ihre Tochter raffte unter Tränen die neu erworbenen Schätze zusammen und rannte in Richtung ihres Zimmers. „Ihr seid solche Scheißspießer. Und damit ihr's wisst, morgen holt mich die Tante wieder ab. Die versteht mich wenigstens!"

Peng! Sie knallte ihre Tür zu und schloss von innen ab. Noch bevor Lisa ihren aufgebrachten Mann davon abhalten konnte, war dieser schon hinterher geeilt, klopfte gegen die Tür und rief: „Leonie, sei vernünftig. Mach auf und lass uns in Ruhe reden."

Schweigen. Er mahnte erneut. Kein Geräusch eines Schlüssels, aber die Worte:„Hau ab! Ihr versteht mich nicht. Ich hasse euch!"

Er wusste nur hilflos zu befehlen: „Ich verbiete dir ausdrücklich, morgen das Haus zu verlassen! Hast du verstanden?"

Leonie hatte ihn gehört, jedoch nicht verstanden.

Allerdings traf Leo am folgenden Abend auf eine zutiefst friedliche Tochter, die ihn sogar freundlich, so als hätte es nie einen Streit gegeben, nach seinem Tag in der Polizeistation fragte. Er war total überrascht, konnte aber auch von Lisa nichts über die Ursache des so unerwarteten Sinneswandels in Erfahrung bringen.

Nach dem Abendessen in trauter Harmonie verschwand Leonie relativ schnell in ihrem Zimmer, wo sie ihr Vater, ganz auf Versöhnung gepolt, später besuchen wollte. Brav klopfte er, öffnete allerdings, ohne lange zu warten, die Tür. Zu schnell für seine Tochter, der es nicht mehr gelang, ein nagelneues Handy vor ihm zu verbergen! Widerwillig überließ sie es ihm und er musste verwundert feststellen, dass es sich bei dem Gerät um die letzte Version des iPhones handelte.

„Woher hast du das? Das kostet doch mindestens 500 Euro!"

Patzig antwortete sie: „Für dich kleinen Polizisten ist das vielleicht echt viel Kohle, aber doch nicht für eine Frau wie Viola! Und die hat es mir heute geschenkt!"

Sie erschrak, hatte zu viel erzählt und Leo hakte sofort nach. „Habe ich richtig gehört? Heute? Das heißt ja wohl, du hast dich erneut mit ihr getroffen, gegen unseren Willen?"

Sie versuchte ihre stärkste Waffe einzusetzen: Tränen. „Ach Papa, versteh mich doch. Du weißt, ich habe mir doch schon immer genau so ein iPhone gewünscht und Tante Viola wollte es mir heute einfach nachträglich zum Geburtstag schenken. Nur darum haben wir uns noch einmal getroffen. Ist doch nicht schlimm. Außerdem bist du selber schuld an unserem Streit. Wenn du nicht einfach in mein Zimmer gestürmt wärst, hättest du nämlich überhaupt nichts mitbekommen. Alles wäre gut. Papa, bitte."

Leo aber schüttelte den Kopf. „Du gibst das zurück. Klar?"

„Jetzt bist du ungerecht. Das verlangst du doch nur, weil es von deiner verhassten Schwester kommt. Dabei ist sie doch ganz lieb."

Letzteres hätte sie wohl besser nicht gesagt, denn ihr Vater reagierte wütend. „Schluss jetzt! Morgen Abend bringen wir das Gerät deiner Tante zurück. Und dies wird das letzte Mal sein, dass du sie siehst. Ist das klar? Ich dulde keine Widerrede!"

Noch lange hörte er seine Tochter abwechselnd weinen und dann wieder lautstark ihre Sch...-Eltern, ja ihr ach so grausames Schicksal verfluchen, Leo blieb jedoch unnachgiebig.

Dies sollte jedoch noch nicht des Dramas letzter Teil sein.

Kaum war er am Abend des nächsten Tages seinem Auto entstiegen, lief ihm Lisa schon mit der Hiobsbotschaft entgegen: „Stell dir vor, Leonie ist verschwunden und unerreichbar. Ihr Handy hat sie im Zimmer gelassen. Ich habe bereits bei sämtlichen Freundinnen, bei den Großeltern angerufen, aber absolut niemand weiß, wo sie steckt. Ich vermute mal, sie ist erneut mit deiner Schwester unterwegs. Wie lange wollte die eigentlich hier bleiben? Eine Woche?

Leo nickte, stürmte ins Haus, versuchte sich an Violas neuen Nachnamen zu erinnern, um augenblicklich auf der Suche nach ihrer Bleibe systematisch sämtliche Hotels der Stadt anzurufen. Er war schnell erfolgreich, denn, wie nicht anders zu vermuten, hatte sie das teuerste gewählt. Seine Erleichterung währte allerdings nicht allzu lange.

Ja, Frau Gebert habe hier eingecheckt und ja, sie war in Begleitung einer jungen, blonden Dame, stimmt, eher eines Mädchens. Nein, sie sei momentan nicht zu sprechen, da abwesend. Aber selbstverständlich werde man ihr bei ihrer Rückkehr ausrichten, sie solle das Kind sofort nach Hause bringen.

Dort warteten die Eltern. Stunde um Stunde verging. Und ihre Nervosität, ja Panik nahm zu. Als Leonie um 23 Uhr immer noch nicht aufgetaucht war, fuhr ein verzweifelter Vater zum Hotel und musste dort erfahren, dass Frau Gebert samt Begleitung um etwa 20 Uhr abgereist waren. Wohlgemerkt nach Erhalt der Nachricht! Aus Datenschutzgründen könne man weder Handynummer noch Privatadresse der Dame nennen, so die Aussage. Voller Angst um seine Tochter, aber auch voller Wut auf Viola sprach Leo von einer Entführung, zeigte seinen Dienstausweis und drohte dem Mann an der Rezeption so lange, bis dieser die Daten herausrückte.

Ihm war egal, dass sein Anruf um Mitternacht Familie Gebert aus dem Schlaf riss, egal, dass ein zunehmend genervteres Hausmädchen wieder und wieder betonte, Madame, aber auch die junge Dame seien nicht zu sprechen. Ein um das andere Mal drückte er die Wahlwiederholung, bis endlich seine Tochter an den Apparat ging.

„Verdammt noch mal, Kind, was machst du für Sachen? Deine Mutter und ich sind halb gestorben vor lauter Angst um dich. Ich hatte dir strikt verboten, dich erneut mit Viola zu treffen. Und was machst du? Ich bin wahnsinnig enttäuscht von dir. Morgen setzt du dich in den allerersten Zug und kommst umgehend heim! Ist das klar?"

„Das werde ich nicht tun!", war die wild entschlossene, trotzige Stimme Leonies zu hören. „Tante Viola hat mir angeboten, bei ihr zu bleiben, zumindest bis zum Ende der Ferien. Hier ist alles ganz klasse und hier werde ich auch nicht wie ein Kleinkind behandelt. Tschüs."

Mit diesen Worten beendete sie das Gespräch und ging weder in dieser Nacht noch am folgenden Tag ans Telefon, ebenso wenig wie die anderen Hausbewohner.

Lisa wollte sich sogleich die nächsten Tage vom

Dienst befreien lassen, um die Tochter persönlich abzuholen, aber Leo hielt sie davon ab. Er hatte nachts wach gelegen und viele Stunden gegrübelt, Ursachenforschung betrieben. Wie konnte es zu dieser Situation kommen? Was hatten sie in ihrer Erziehung nur falsch gemacht? Warum vertraute sie der oft gescholtenen Tante mehr als ihnen, ihren Eltern? Und wie um alles in der Welt sollte er reagieren?

„Auch wenn ich im ersten Moment ebenso wie du am liebsten losgefahren wäre, um Leonie zu holen", wandte er sich an seine Frau, „glaube ich inzwischen nicht mehr, dass dies die beste Lösung ist. Sie wird sich weigern mitzukommen und zum Entzücken Violas einen Riesenstreit anfangen. Falls sie wider Erwarten doch mit uns fährt, wirst du ein wütendes, trotziges Kind zu Hause haben, das sich um ein schöneres Leben gebracht sieht."

„Aber Leo, wir können sie doch nicht einfach aufgeben!"

„Natürlich nicht! Allerdings kenne ich meine Schwester nur zu gut. Glaub mir, sie wird bald ihres neuen Spielzeugs überdrüssig, schließlich pampig und übel gelaunt werden und unser Töchterlein nur allzu gerne wieder los sein. Wir haben nur zu warten und Leonie ein paar bittere Erfahrungen sammeln zu lassen."

Lisa überlegte. „Vielleicht stimmen ja deine Vermutungen, aber, was meinst du, wie lange werden wir warten müssen?"

„Wie ich Viola kenne, höchstens eine Woche."

Und Leo sollte recht behalten. Bereits nach fünf Tagen meldete sich eine weinerliche Stimme am Telefon: „Mama, ich bin hier am Bahnhof. Kannst du

167

mich abholen? Ich will wieder zu euch. Die Tante ist doof", sie schluchzte, „und ich war es auch. Bitte entschuldigt."

32

Langsam kehrte wieder Frieden ein und auch Tante Viola suchte sie nicht mehr heim. Eines Samstagmorgens jedoch rührte Lisa gedankenverloren in ihrem Kaffee. Die übrige Welt schien vergessen.

„Schatz, was ist los?", fragte Leo. „Glaub mir, der Zucker ist bereits seit fünf Minuten in deiner Tasse aufgelöst und dein Kaffee inzwischen kalt. Über was brütest du?"

Sie schaute ihn etwas unsicher an. „Mich beschäftigt schon das ganze Wochenende ein besonderer Leichnam."

„Und du meinst ehrlich, ihn durch deine Gedanken wieder zum Leben zu erwecken?"

Sie ging nicht auf seine Witzeleien ein, sondern erwiderte ernst: „Es ist wirklich ein ganz besonderer Leichnam und ich bin mir nicht sicher, ob ich dich mit der Angelegenheit belasten soll."

„Nun mach es nicht so spannend", forderte er sie zum Reden auf.

„Er könnte etwas mit deiner Schwester zu tun haben."

Leo verzog das Gesicht.

„Ich muss etwas ausholen. Der Eigentümer eines Luxusanwesens wollte in seinem Garten aus einem ehemaligen Zierteich einen Swimmingpool machen lassen. Beim Erdaushub hatten die Arbeiter jedoch einen grausigen Fund gemacht, einen Leichnam, der Freitagnachmittag bei uns in der Pathologie landete."

„Viola?", fragte Leo hoffnungsvoll.

„Nein, ich muss dich enttäuschen, nicht Viola. Allerdings könnte sie durchaus in den Fall involviert sein. Die Immobilie wurde nämlich früher einmal von dem Traumpaar Viktor und Viola Glückmann samt Stiefsohn Robert bewohnt. Deine Schwester hatte sie jedoch vor einiger Zeit an den jetzigen Eigentümer verkauft."

„Verstehe. Und bei dem Toten handelt es sich unter Umständen um den verschollenen ersten Ehegatten, oder?"

Sie nickte. „Wir haben den Leichnam erst spät bekommen, sodass eine Untersuchung bisher noch nicht möglich war. Ich weiß lediglich, er ist männlich. Du musst dich noch etwas gedulden. Erst am Montag werde ich Genaueres wissen."

Am nächsten Morgen brachte Lisa eine Zeitung mit, auf deren Titelseite schon in großen Lettern von dem Fund berichtet wurde.

Leo las den Artikel. „He, hier wirst ja du sogar erwähnt als zuständige Pathologin. Na, das wär ein Ding, wenn meine eigene Frau meine Schwester als Mörderin hinter Schloss und Riegel bringt!"

Sie schaute ihn entsetzt an. „Um Himmels willen, ein furchtbarer Gedanke! Eigentlich müsste ich den Fall abgeben, bin aber momentan allein in der Abteilung. Und ehrlich gesagt, ich traue Viola ja vieles zu, aber bestimmt keinen Mord."

Den Rest des Tages hatten sie ganz für sich. Ihre Kinder waren mit Freunden unterwegs. Und schon bald dominierte der Leichenfund nicht mehr total ihre

Gedanken. Der Abend sollte sich jedoch nicht ganz so friedlich entwickeln. Felix erschien zwar pünktlich zum Essen, aber nicht seine Schwester. Telefonisch erreichbar war sie auch nicht, ihr Handy hatte sie in ihrem Zimmer zurückgelassen.

„Ohne Handy, das ist schon seltsam und gar nicht typisch für sie", meinte Leo, „aber vielleicht hat sie ja bei ihrem Vorhaben eine Standpauke befürchtet."

Sie warteten eine Weile, um schließlich ohne sie zu essen. Als Leonie um 20 Uhr immer noch nicht zurückgekommen war, begannen sie sich langsam Sorgen zu machen und Lisa fing an, telefonisch alle Bekannte und Freunde ihrer Tochter nach deren Verbleib zu befragen. Allerdings konnte niemand weiterhelfen. Sie waren bis 18 Uhr im Kino gewesen, wo sie Leonie das letzte Mal gesehen hatten. Danach verlor sich ihre Spur.

„Vielleicht ist sie ja wieder zu Tante Viola gefahren", meinte Felix.

Leo schüttelte den Kopf. „Nein, das glaube ich nicht. Von der ist sie ganz bestimmt geheilt!"

In diesem Moment klingelte das Telefon. Eine Freundin ihrer Tochter meldete sich: „Hallo, hier ist Sarah. Ich bin gerade noch einmal am Kino vorbeigekommen. Etwas ist merkwürdig: am Eingang steht nämlich immer noch Leonies rotes Fahrrad."

Leo schöpfte sofort neue Hoffnung. „Ist sie vielleicht nach Filmende noch mit einer von euch in die Kinobar gegangen?"

„Nein, das glaube ich nicht. Sie sagte jedenfalls, sie wolle nach Hause. Ich habe vorhin extra noch nachgesehen, aber in der Bar war sie nicht."

„Ist etwas im Kino passiert? Wurde sie von irgendeiner Person angesprochen oder gar belästigt?"

Das Mädchen verneinte. „Nein, bestimmt nicht. Aber mir fällt gerade ein, dass Leonie noch einmal alleine dorthin zurückgekehrt ist, weil sie wohl auf die Toilette wollte. Jedenfalls hat sie das als Grund angegeben. Mehr weiß ich allerdings nicht."

Die Angst um ihre Tochter war mittlerweile unerträglich geworden. Leo musste handeln, seine Kollegen informieren, eine Suchmeldung aufgeben. Jedoch noch bevor er seine Pläne umsetzen konnte, klingelte das Telefon erneut. Eine weibliche Stimme meldete sich, eine ihm durchaus vertraute, ja verhasste Stimme.

Viola kam sofort zum Punkt. „Wir haben deine Tochter."

Leo atmete auf. „Gott sei Dank. Wo habt ihr sie denn aufgegabelt? Bringt sie unbedingt sofort nach Hause. Die kann was erleben! Uns solche Angst einzujagen!"

„Diesmal ist dein Täubchen unschuldig. Ich glaube, du hast mich falsch verstanden. Sie ist alles andere als freiwillig bei uns."

Leo war fassungslos. „Was zum Teufel willst du damit sagen?"

„Ich will damit sagen: wir haben dein Püppchen aus ihrem schnuckligen Zimmer entführt und in ein sicheres Versteck gebracht."

Es fiel ihm schwer, das soeben Gehörte zu verarbeiten. „Viola, was soll das Ganze? Komm zur Vernunft und schicke mir Leonie augenblicklich nach Hause!"

Sie lachte zynisch. „Genau das werden wir nicht tun. Du fragst, was das soll? Hast du noch keine Zeitung gelesen oder was von deiner Frau gehört? Man hat Viktor gefunden und Lisa soll die Todesursache ermitteln. Und das wird sie auch tun, allerdings ganz in unserem Sinn."

„Was heißt das, 'in eurem Sinn'?"

„Sie wird wohl oder übel bescheinigen müssen, dass er eines natürlichen Todes gestorben ist." Mühsam versuchte er seine Gedanken zu ordnen. Schließlich hakte er nach. „Willst du damit sagen, er ist ermordet worden? Und wie soll Lisa das machen? Soll sie etwa behaupten, dass dein Ex sich selbst im Garten eingegraben hat?"

„Natürlich nicht, aber er könnte ja beispielsweise nach einem Herzinfarkt in den Teich gefallen sein, den wir damals hatten. Für Lisa sollte es kein Problem darstellen, Fremdverschulden an seinem Tod auszuschließen."

Leo gab sich damit nicht zufrieden. Der Polizist in ihm erwachte augenblicklich. „Die Realität sieht allerdings anders aus, oder? Der alte Mann war zäher und langlebiger als ihr erwartet hattet und so musstet ihr wohl oder übel ein bisschen nachhelfen. Und das soll Lisa vertuschen?"

„Ihr bleibt gar nichts anderes übrig, vorausgesetzt ihr wollt eure Tochter wohlbehalten wieder in eure Arme schließen."

Ihn erfasste Wut, unglaubliche Wut und Hass. „Viola", schrie er, „wenn du Leonie auch nur ein Haar krümmst …"

„Du kannst mir überhaupt nicht drohen, Leo", unterbrach sie ihn rigoros, „die Forderungen stelle immer noch ich allein."

„Und die wären?"

„Wir erhalten von euch drei Schriftstücke. Erstens eine Kopie von Lisas Gutachten, in der jegliches Fremdverschulden ausgeschlossen wird, also keine Erwähnung der Schusswunde im Kopf."

„Okay, und dann tauschen wir morgen Nachmittag Leonie gegen Kopie."

Viola widersprach: „Nicht so schnell. Ich sprach von drei Schriftstücken. Zweitens wollen wir eine Zeitung, die von der offiziellen Presseerklärung seitens der Polizei oder Staatsanwaltschaft berichtet und die unsere Unschuld beweist. Und drittens ..."

„Aber", Leo war verzweifelt, „das dauert ja mindestens zwei Tage. Und was ist mit Leonie in all der Zeit?"

Viola ging auf seinen Einwand überhaupt nicht ein. „Drittens benötigen wir eine amtlich beglaubigte Bestätigung, dass der Leichnam Viktors verbrannt worden ist."

„Und bis wann sollen wir das alles beschaffen?", fragte er mutlos.

„Bis spätestens Donnerstag 18 Uhr packt ihr die drei geforderten Unterlagen in das Schließfach Nummer 55 am Hauptbahnhof und hinterlegt die Magnetstreifenkarte zum Öffnen in dem Backshop gleich rechts neben dem Haupteingang. Die drei Mitarbeiter sind informiert."

„Aber welche Garantie haben wir, unsere Tochter wiederzusehen?"

„Mein Wort muss dir genügen!" Erneut dieses zynische Lachen. „Mach dir nicht in die Hose. Deinem Schätzchen geht es gut. Alles ganz harmlos."

Sie wollte das Gespräch beenden, aber Leo schrie: „Stopp, woher weiß ich denn, dass ihr Leonie überhaupt habt. Ich brauche Beweise, will sie sofort sprechen."

Kurze Pause. Gesprächsfetzen, nicht zu verstehen. Klappern von Schlüsseln. Und endlich die weinerliche Stimme seiner Tochter: „Papa, holt mich hier raus."

„Wie geht es dir? Behandeln sie dich gut?" 'Was für idiotische Fragen!', schoss es ihm sogleich durch den Kopf.

173

„Ja, mach dir keine Sorgen", erfolgte eine tapfere Antwort.

„Und wo bist du?", wollte er wissen.

„Das wird sie dir nicht sagen!", ertönte Violas Stimme. „Und noch eins, Leo. Keine Polizei einschalten, das ist ja wohl klar, oder?" Daraufhin wurde aufgelegt.

Er war inzwischen schweißgebadet und die Wut auf seine Schwester unermesslich ebenso wie die Angst um seine Tochter. Dann sah er seine Frau, die bleich, mit fragendem Blick in seiner Nähe stand, und er wusste sofort, jetzt war Ruhe gefragt, auch wenn er diese überhaupt nicht empfand. Leo versuchte sich zusammenzureißen und berichtete Lisa bemüht sachlich vom Inhalt des Telefonats.

Und sie reagierte wie erhofft. Keine Panik, keine Hysterie. Sobald sie von Leonies eigenen Worten, man behandle sie gut, erfahren hatte, wurde sie ruhiger, tatkräftiger, wild entschlossen, den Forderungen nachzukommen und reagierte daher fassungslos, als er fragte: „Und, kannst du solch ein Gutachten erstellen?"

„Selbstverständlich, auch wenn es entschieden gegen meine Berufsehre geht. Morgen ist sogar ein besonders günstiger Zeitpunkt, denn ich werde alleine sein. Peter ist im Urlaub und die Praktikanten haben Seminare in der Uni. Auch die Presseerklärung wird kein Problem darstellen. Ich bin mir sicher, die Zeitungen werden sich gierig auf das Thema stürzen. Nur die schnelle Einäscherung könnte sich als schwierig erweisen, weil die Krematorien nicht immer genug Kapazitäten haben."

Da er sichtlich bleicher wurde, versuchte Lisa ihn sogleich zu beruhigen. „Aber das Problem werden wir auch lösen. Ich habe ja schließlich so meine Beziehungen." Sie überlegte kurz. „Kann ich mich auf dich verlassen, keine Polizei, mal von dir abgesehen!"

„Selbstverständlich, ich werde unser Prinzesschen nicht gefährden." Leo konnte nur matt zustimmen. Schlagartig war er sich seiner eigenen Machtlosigkeit bewusst geworden und er fühlte sich elend, hundeelend. In diesem Moment vernahm er im Hintergrund des nur spärlich beleuchteten Raumes ein Geräusch. Felix! Wie hatten sie ihn nur vergessen können? Er schien ihr Gespräch mitgehört zu haben, denn er rief voller Wut: „Diese Schweine. Ich könnte sie umbringen! Sollen die wirklich ungeschoren davonkommen?"

Es dauerte einige Zeit, bis sie ihren Sohn endlich davon überzeugt hatten, dass, wollten sie das Leben seiner Schwester retten, alle Forderungen erfüllt werden mussten.

„Und du sagst niemandem ein Sterbenswörtchen, auch nicht deinem besten Freund oder den Großeltern. Ist das klar?"

Er nickte entschieden. Sie konnten sich auf ihn verlassen.

„Ich hoffe", wandte sich Leo an Lisa, „dass unsere Tochter mit ihrer Gefangenschaft einigermaßen klar kommt. Am Telefon klang sie zumindest sehr tapfer und gefasst."

„Ich denke schon. Sie hat sich in den vergangenen Jahren doch sehr positiv entwickelt, ist trotz ihrer erst 15 Jahre schon sehr vernünftig und ausgeglichen. Lass uns einfach das Beste hoffen."

Jeder machte dem anderen Mut, obwohl sich alle drei elend und schrecklich hilflos fühlten. An Schlaf war in jener Nacht nicht zu denken.

175

33

Am kommenden Morgen verließ allein Lisa das Haus, Leo und Felix meldeten sich krank, nicht nur um das Telefon wegen eventueller Anrufe Violas zu hüten, sondern auch, weil ihnen eine Konzentration auf ihre Arbeit unmöglich gewesen wäre. Allerdings, schon bald hielt es Leo nicht mehr daheim aus. All die Grübelei brachte ihn keinen Schritt weiter, ja machte ihn verrückt. Er konnte nicht einfach nur dasitzen und warten. Etwas musste getan! werden. Er fuhr zum Kino, wo ihm der Anblick von Leonies rotem Fahrrad Tränen in die Augen trieb. Er trommelte Kinobesitzer und Ticketverkäufer aus ihren Betten, nur um zu erfahren, sie hätten weder Auto noch Personen, mit denen das Mädchen davongefahren war, gesehen. Und er suchte am Nachmittag eine nach der anderen von Leonies Freundinnen auf, um von ihnen irgendeinen Hinweis zu erhalten. Ebenso vergeblich. Im Endeffekt sinnlose Aktivitäten, dies war ihm bewusst. Immerhin aber hatte er so die Zeit bis zum Eintreffen seiner Frau irgendwie überbrückt.

„Hallo, hat alles geklappt? Hast du das geforderte Gutachten erstellen können? Was war denn die eigentliche Todesursache? Und wann gibt's die Presseerklärung?"

Kaum zur Tür hereingekommen wurde Lisa schon mit Fragen überhäuft. Sie wirkte müde und erschöpft, gab aber brav Auskunft. „Ja, es hat alles geklappt. Ich war allein in der Pathologie. Ja, ich habe das geforderte Gutachten erstellt. Herr Glückmann hatte zwar Pech, starb aber eines natürlichen Todes. Und ja, ich kenne inzwischen auch die wirkliche Todesursache. In Viktors Stirn befindet sich ein kugelrundes Loch, eindeutig eine Schussverletzung, die tödlich war."

„Und die Presseerklärung?"

„… erfolgt spätestens morgen früh."

Sie setzte sich an den gedeckten Tisch, rührte allerdings nichts an, sondern schaute nur apathisch auf die Speisen. Urplötzlich hatte sich die aktive 'Ich löse alle Probleme'-Lisa in ein verzweifeltes Häufchen Elend verwandelt. Mühsam unterdrückte sie Tränen.

„Tut mir leid, ich habe überhaupt keinen Appetit. Oh Leo, wie wird es unserer Tochter gehen? Ich kann an nichts anderes mehr denken. „Und", sie stockte kurz, „da ist noch etwas. Der Leiter vom Krematorium hat momentan so viele dringlichere Fälle, dass er nicht weiß, ob Viktors Überreste in den nächsten zwei Tagen eingeäschert werden können."

Als sie sah, welche Wirkung diese Aussage bei ihrer Familie hinterließ, ergänzte sie sofort, sie werde gleich morgen Früh den Mann persönlich aufsuchen. „Ich werde betonen, dass angesichts der Prominenz des Toten, die Angehörigen ein Begräbnis im engsten Familienkreis wünschen, ohne neugierige Voyeure und eine Meute aus Fotografen und Presseleuten. Ein Ding der Unmöglichkeit je länger man wartet. Und ich hoffe inständig, dass unsere Bitte erhört wird."

Erneut wartete eine unruhige, schlaflose Nacht auf sie. Leo hielt es nicht länger im Bett. Nervös tigerte er durch das Haus. Gleich am Morgen wollte er Viola anrufen, um die Probleme mit der Einäscherung zu schildern und sie um eine Verlängerung des Ultimatums zu bitten. Die Telefonnummer seiner Schwester herauszubekommen, stellte sich jedoch als Problem dar. Auf der Liste der bei ihnen eingegangenen Anrufe wurde sie nicht angezeigt und auch seine Versuche, sie zu googeln, schlugen fehl.

Schließlich setzte er sich an Leonies Notebook, um dort nach Hinweisen zu suchen, kannte jedoch ihr Passwort nicht. Fluchend musste er sich gedulden, bis Pit seinen Dienst antrat, der ihm dann jedoch Anschrift und Telefonnummer heraussuchen konnte. Letztere half Leo allerdings gar nichts. Bei all seinen Versuchen meldeten sich weder Viola noch eine Mailbox, was seine Verzweiflung potenzierte. Irgendwie aber musste er doch seine Schwester erreichen!

Kaum hatte Lisa das Haus verlassen, machte er sich auf den Weg zu der von Pit genannten Adresse. Beim Anblick der Villa sanken seine Hoffnungen allerdings gen Null. Sämtliche Rollläden waren heruntergelassen, kein Lichtschimmer zu sehen. Die Bewohner schienen ausgeflogen. Nur im Gebäude daneben, wahrscheinlich das der Bediensteten, gab es Leben.

Neben dem riesigen, schmiedeeisernen Eingangsportal erblickte er eine Klingel mit Gegensprechanlage und Bildkamera. Das Personal war sehr freundlich, aber leider auch sehr bestimmt in der Verweigerung jeglicher Auskünfte über die Herrschaften. Dies änderte sich, als er sich als Bruder der Hausherrin zu erkennen gab. Leo hielt seinen Personalausweis in die Kamera, außerdem ein Foto seiner Tochter, die ja bereits Gast in dem Haus gewesen war, und wurde zumindest einmal herein gebeten. Aber erst nachdem er von einem Notfall in der Familie erzählte, erhielt er die begehrte Handynummer und die Auskunft, der Hausherr weile zur Zeit in einem Sanatorium und die Hausherrin samt Stiefsohn seien verreist.

Die Hoffnung, seine Schwester nun persönlich sprechen zu können, erwies sich allerdings als falsch, jedoch konnte er ihr eine Nachricht auf die Mailbox sprechen. Leo war sich sicher, Viola werde sich schnellstmöglich bei ihm melden, sollte aber vergeblich warten. Irgendwann wurde ihm der Grund auch klar. Natürlich, sie wollte eine mögliche Ortung ausschließen und hat das Gerät sonst wo deponiert, bestimmt aber nicht in ihrer unmittelbaren Nähe! Eine ganze Weile beobachtete er das Anwesen und seine Bewohner. Nichts tat sich. Auch seine erneute Nachfrage, ob sich Viola inzwischen gemeldet habe, wurde negativ beantwortet. Ergebnislos musste er sich auf den Heimweg machen, ergebnislos blieben seine Anrufe.

Ergebnislos war aber auch Lisa zurückgekommen, wie Leo zu Hause erfuhr. „Der Leiter des Krematoriums hat mir zwar versprochen, Viktor vorrangig zu behandeln. Eine Garantie, dass die Einäscherung morgen über die Bühne geht, konnte er mir jedoch nicht geben. Uns bleibt nichts anderes übrig als zu hoffen. Aber diese Hilflosigkeit macht mich wahnsinnig."

Immerhin konnte sie ihren Mann in zwei Punkten etwas beruhigen. „Die Presseerklärung ist in unserem Sinn heute Vormittag abgegeben worden, sodass die Medien morgen darüber berichten werden. Und hier habe ich die Kopie meines Gutachtens."

Auch in der kommenden Nacht war an Schlaf kaum zu denken. Wieder und wieder spielten sie die möglichen Szenarien durch. Der Konjunktiv, dieses ständige 'Was passiert, falls ...?', diese schreckliche Ungewissheit

179

beherrschte all ihre Gedanken. Leo suchte sich abzulenken, indem er sich die alten Fotoalben ansah. Und plötzlich, urplötzlich kam ihm die rettende Idee. Lisa war bereits auf dem Weg zur Arbeit, da entdeckte er ein Foto aus alten Kindertagen. Es zeigte ihn und Viola mit dem aufblasbaren Krokodil. Viel, viel wichtiger aber war der Hintergrund: das ehemalige Ferienhaus seiner Eltern. Natürlich! Abgelegen und einsam, ein perfektes Versteck, das wurde ihm schlagartig bewusst.

So besessen war er von seiner Idee, dass er sich augenblicklich in sein Auto setzte, um dorthin zu fahren. Keine Zeit, irgendjemandem Bescheid zu sagen, wo und was sein Ziel war! Nur kurz stoppte er während der Fahrt an einem Zeitungskiosk, wo er mit großer Erleichterung die Überschrift 'Tod Viktor Glückmanns kein Verbrechen' las. Forderung Nummer 2 konnte also auch erfüllt werden.

Pausenlos schwirrte das kleine Haus am See in seinem Kopf. Niemand hatte sich in der Zwischenzeit darum gekümmert, Leo nicht, weil es für ihn mit zu vielen negativen Erinnerungen verbunden war und auch bestimmt nicht die an Luxus gewöhnte Viola. In welchem Zustand mag es jetzt wohl sein? Er grübelte, dachte jedoch keine Sekunde lang an eine mögliche Vorgehensweise vor Ort oder an eventuelle Konsequenzen seines plötzlichen Auftauchens. Einzig das Bild seiner Tochter, die schnellstmöglich gerettet werden musste, hatte er vor Augen und dies trieb ihn zu noch größerer Eile. Er trat mächtig aufs Gaspedal.

34

Endlich nach einer nie enden wollenden Fahrt erreichte Leo die Region bayerischer Seen, wo er vor vielen Jahren stets mit seinen Eltern und der Schwester Urlaub gemacht hatte. Allerdings erkannte er die Gegend kaum wieder. Statt des einstmals nur schlecht befahrbaren, schmalen Weges führte inzwischen eine gut ausgebaute, vierspurige Schnellstraße zum See und statt eines einsamen Häuschens erblickte er dort eine Vielzahl von teilweise stattlichen Wochenendhäusern. Leo war zunächst irritiert, konnte dann jedoch das seiner Eltern schnell identifizieren. Nur ein einziges Haus machte einen derart verwahrlosten Eindruck, nur ein einziger Garten verdiente den Ausdruck 'Garten' überhaupt nicht.

Während er die Reihe der Immobilien begutachtete, sank seine Zuversicht, Leonie hier zu finden, auf den Nullpunkt. Angesichts der vielen Nachbarn konnte die Hütte nur schlecht als Versteck dienen. Jedoch, je weiter er kam und je genauer er die Häuser betrachtete, desto mehr stieg seine Hoffnung wieder, denn er stellte mit Genugtuung fest, dass in dieser kalten Jahreszeit keines der Gebäude bewohnt schien. Alle Fensterläden waren geschlossen, alle Türen dicht verrammelt.

Trotz seines ungestümen Eifers hatte Leo zumindest so viel Geistesgegenwart bewiesen, seinen Wagen weit abseits des Sees zu parken, um die Erkundungen geräuschloser per Fuß zu machen. Außerdem hatte er sich beim Aussteigen vergewissert, seine Pistole am Körper zu tragen. Dunkelheit umgab ihn, eine Tatsache, die ihm eine Annäherung an die Hütte erleichterte. Vorsichtig schlich er Richtung Gartentür, die jedoch so schief in den Angeln hing, dass er beim Öffnen mit lauten, quietschenden Geräuschen rechnen musste, falls sie sich überhaupt öffnen ließ. Also sprang Leo über den niedrigen, windschiefen Zaun, landete auf der maroden Holzumrandung ihres ehemaligen Sandkastens, vertrat sich den Fuß, fluchte leise, bahnte sich aber tapfer einen Weg durch die Wildnis in Richtung Haupteingang, zur Sicherheit in geduckter Haltung, hinter Büschen um Deckung bemüht.

Inzwischen hatte der Wind an Intensität zugelegt. Er hielt inne, lauschte, um eventuelle Stimmen festzustellen, suchte nach einem Lichtschimmer. Nichts, das Haus schien verlassen, unbewohnt, alle Fensterläden waren geschlossen. Plötzlich vernahm er hinter sich ein lautes Quietschen. In Panik drehte er sich um, konnte aber erleichtert den Wind und die alte Eisenschaukel als Verursacher ausmachen.

Sollte seine Fahrt umsonst gewesen sein? Hoffnungslos stand Leo vor der Eingangstür, suchte sich an die Aufteilung der Räume zu erinnern. Ohne einen Flur war man direkt in ein kleines Wohnzimmer mit einer Kochzeile getreten, von dem man auch in die beiden winzigen Schlafzimmer gelangen konnte. Die Toilette hatte sich hinter dem Haus, eine Dusche im Garten befunden.

Er lauschte erneut. Kein Geräusch außer dem der Schaukel. Aber in dem Moment als Leo die Türklinke herunter drücken wollte, wurde in dem Zimmer plötzlich das Licht angemacht und er vernahm deutlich Stimmen, die einer Frau und die eines Mannes, aufgeregte Stimmen. Bei einer der Personen war er sich sofort sicher, um wen es sich handelte. Viola! Erleichtert atmete er auf. Seine Vermutung, hier in Bayern zu suchen, hatte sich als richtig erwiesen! Er presste sein Ohr an die Tür, konnte aber kein Wort der Unterhaltung verstehen. Es drangen nur Gesprächsfetzen an sein Ohr. Leo verzichtete auf einen sofortigen Besuch und schlich stattdessen um das Haus. Wo war seine Tochter? Wo hatten sie sie versteckt? Eines der Schlafzimmer blieb dunkel, aber aus dem anderen schimmerte schwach Licht. Er war sich sicher, Leonie gefunden zu haben. Und wie günstig war der Moment, sie zu befreien! Leise klopfte er an das Fenster. Keine Reaktion. Auch die nächsten Versuche schlugen fehl. Wenn man doch nur den Fensterladen vor ihrem Raum öffnen könnte!

Aufmerksam durchsuchte er den Garten nach einem passenden Gegenstand und fand schließlich eine dünne, aber stabile Eisenstange. Sofort begann er, den Laden aufzustemmen, wobei es sich als äußerst schwierig herausstellen sollte, jegliche Form von Lärm zu vermeiden.

So konzentriert arbeitete Leo, dass ihm der Mann, der langsam immer näher kam, nicht auffiel. Er bemerkte dessen Gegenwart erst, als dieser bereits dicht hinter ihm stand. Zu spät, um dem furchtbaren Schlag, der ihn auf den Kopf traf, auszuweichen!

35

In den vielen Stunden seiner Gefangenschaft ist der Zorn auf sich selbst stetig gestiegen. Wie konnte er nur einen derartigen Alleingang wagen? Was ist ihnen, den Polizisten, gebetsmühlenartig wieder und wieder eingebläut worden? Unter keinen Umständen ohne Begleitung zu gefährlichen Einsätzen! Und er hat noch nicht einmal jemanden über sein Vorhaben informiert. Getrieben einzig von dem Gedanken, seine Tochter so schnell wie möglich zu befreien, hat er agiert, seinen Verstand dabei ausgeschaltet. Niemand, noch nicht einmal Lisa, kann erahnen, wo Leonie und er selbst versteckt gehalten werden, eine Rettung durch seine Kollegen also unmöglich. Außerdem wird sich seine Frau an die Forderung, keine Polizei einzuschalten, halten, da ist Leo sich sicher.

Einzig und allein die Hoffnung, dass Lisa alle Dokumente beschaffen kann, rechtzeitig beschaffen kann, ist ihm geblieben. Was aber passiert, wenn Viktors Leichnam nicht zeitgerecht eingeäschert werden konnte? Werden sie trotzdem freigelassen oder wird man sie ...? Ersteres erscheint ihm unwahrscheinlich und an die andere Option wagt er gar nicht zu denken.

Was die möglichen Konsequenzen angeht, so fürchtet Leo seine Schwester in all ihrer Gefühlskälte und Egozentrik. Eine weit größere Gefahr sieht er allerdings von Robert ausgehen. Anders als Viola, die bisher immer bemüht war, Ruhe zu bewahren, hat er den Stiefsohn des öfteren nicht nur als brutalen, sondern als unberechenbaren, aufbrausenden, ja jähzornigen und seine Emotionen nicht beherrschenden Menschen erlebt. Letztere Charaktereigenschaft könnte unter Umständen verhängnisvoller für sie werden.

Draußen wird eine Autotür zugeschlagen. Jemand fährt davon. Sonnenlicht fällt ins Innere der Scheune. Immer noch Tag. Wie viel Zeit bleibt ihnen noch? Es ist Viola, die ihm diese Frage beantwortet.

„So Bruderherz, jetzt wird es langsam ernst. Robert ist gerade erneut aufgebrochen, um die Dokumente zu holen. In eurem eigenen Interesse hoffe ich, dass sie vollständig sind und dass darüber hinaus die Polizei ihre Finger aus dem Spiel hält. Ansonsten sehe ich schwarz für euch."

Leos Nervosität nimmt an Intensität zu, trotzdem gibt er sich zuversichtlich. „So wie ich Lisa kenne, bin ich mir absolut sicher, ihr werdet alle drei Papiere im Schließfach vorfinden. Sie hält Wort. Ich hoffe allerdings, dass ihr dies ebenfalls tut."

Er denkt an den letzten Satz seiner Schwester. „Was heißt 'ich sehe schwarz für euch'? Du wirst uns bei Nichterfüllung eurer Forderungen doch wohl kaum hier den Hungertod sterben lassen, oder?"

Kalt grinst sie ihn an. „Ach, weißt du Leo, da gibt es schließlich auch noch eine humanere, weil schnellere Art, euch aus dem Weg zu schaffen. Es liegt jetzt allein an deiner geliebten Lisa dies zu verhindern. Und keine Panik, oberstes Ziel ist für mich, dass unsere Unschuld am Tod Viktors bewiesen wird und nicht euer finaler Abgang."

Sie überlegt kurz. „Da gibt es noch etwas. Komme

185

nach eurer Freilassung ja nicht auf die dumme Idee, den Fall Viktor Glückmann noch einmal aufzurollen oder uns als Entführer zu brandmarken. Denk dran, du hast eine Familie, die jederzeit für uns und unsere Rache erreichbar ist. Und dass wir vor Gewalt nicht zurückschrecken, dürfte dir ja inzwischen klar sein, oder?"

Oh ja, dies ist ihm klar. Er nickt. Bloß keine weiteren Probleme. Nur weg von hier, und zwar lebendig!

Einige Zeit später, es müssen Stunden vergangen sein, Stunden voll qualvoller Gedanken für die Gefangenen, erscheint Viola erneut, diesmal mit einem Tablett mit Broten und Wasser, was sie nun vor ihrer Nichte abstellt.

„Möchtest du zuvor noch auf die Toilette?", wird Leonie gefragt. Sie nickt, wird von ihren Fesseln befreit und beide verlassen die Scheune.

Beim Anblick des Tablettinhalts verspürt Leo trotz seines jämmerlichen Gemütszustandes doch Hunger, vor allem aber Durst. Am meisten peinigt ihn jedoch seine Unbeweglichkeit. Mittlerweile schmerzt sein gesamter Körper. Wenn er sich doch nur dehnen und strecken könnte, aber selbst dies bleibt ihm verwehrt. Er wird Viola bitten, auf die Toilette gehen zu dürfen, um endlich einmal, befreit von Fesseln, seinem Körper wieder Leben einzuflößen.

Plötzlich hat er eine Idee. Befreit von Fesseln! Und Robert weit weg! Dies könnte, ja musste ihre Chance sein! Er würde seine Schwester überwältigen und sie wären frei, endlich frei.

Die beiden Frauen kommen zurück. Viola wartet ungeduldig, bis Leonie fertig gegessen und getrunken hat, um sie anschließend hastig zu fesseln. Dann wendet sie sich Leo zu, lässt ihm einige Bissen Brot zukommen und aus der Wasserflasche trinken.

Er bettelt: „Ich muss dringend aufs Klo. Lass mich auch gehen."

Sie zögert.

„Bitte!", fleht er erneut. Mit Erfolg. Auch wenn er niemals damit gerechnet hat, sie kommt tatsächlich seinem Wunsch nach, beginnt, ihn zu befreien.

'Meine Chance!', frohlockt er innerlich, möchte augenblicklich aufspringen, um seine Schwester zu überwältigen. Unmöglich! Sein Körper ist zu steif, jede Bewegung tut unendlich weh. Mühsam erhebt er sich, will zum Angriff ansetzen und – blickt in die Mündung einer auf ihn gerichteten Pistole, seiner eigenen Pistole.

Leo hört Violas zynisches Gelächter. „Da habe ich wohl einen tollkühnen Plan durchkreuzt, oder? Tut mir leid. Für wie blöd hältst du mich eigentlich? Hast du immer noch nicht begriffen, ich bin dir in allen Punkten überlegen. Aber nun Abmarsch!"

Sie begleitet ihn zum schon ziemlich maroden Plumpsklo und wartet davor. Durch das kleine, in die Tür geschnitzte Herz fällt etwas Tageslicht, auch auf den alten, teilweise schon blinden Spiegel an einer Wand. Aber es reicht, um Leo einen gehörigen Schrecken einzujagen. Was er darin erblickt, ist ein bleiches Gesicht mit tiefliegenden, stark geröteten Augen, ein Gesicht ohne Zuversicht. Er versucht sich Mut zu machen, den gebeugten Rücken zu strecken. Der Leo im Spiegel will nicht, zeigt keine Veränderung, nur absolute Trostlosigkeit.

Auf dem Rückweg aber keimt plötzlich neue Hoffnung auf. Seine Schwester wird ihn erneut fesseln wollen, wofür sie aber zwei Hände benötigt. Und wer hält dann die Pistole? Diese neue Chance muss er nutzen.

Mittlerweile ist wohl auch Viola klar geworden,

welchen Fehler sie gemacht hat, sie versucht dies aber durch aggressives Verhalten zu überspielen. „Los, fessle zuerst deine Füße an die Stange."
Mit erhobener Waffe sieht sie ihm zu. „Fester, noch fester! Und noch weitere Knoten! – Gut. Und nun schön deine Hände hinter der Stange falten. Komm ja nicht auf dumme Gedanken, während ich dich fessle. Ich schieße sofort."

Aber Leo kommt auf dumme Gedanken, sieht die Pistole am Boden abgelegt, weiß, dass sie nicht sofort schießen kann und handelt. Blitzschnell wirft er seinen Oberkörper herum und versucht mit seinem rechten Arm ihren Hals zu umschließen. Plötzlich hört er Leonie schreien und verspürt nur noch den Schlag, einen mächtigen Schlag auf seinen Hinterkopf. Wieder einmal sein Hinterkopf! Robert!, dies ahnt er, aber auch, dass er verloren hat. Dann verliert er das Bewusstsein, Dunkelheit umgibt ihn.

36

Kaum erwacht, vernimmt Leo eine hitzige Diskussion zwischen Viola und ihrem Stiefsohn. Irgendetwas muss schief gelaufen sein. Sein Kopf schmerzt entsetzlich. Er stöhnt, ein Geräusch, das ihm augenblicklich die volle Konzentration Roberts einbringt. Dieser baut sich vor ihm mit einem vor Wut verzerrten Gesichtsausdruck auf. In den Augen liest Leo Hass, in den unkontrollierten Bewegungen, mit denen der Mann mit seiner Waffe vor ihm herumfuchtelt, übergroße Nervosität und

Unbeherrschtheit, eben jene Charakterzüge, die er in seinem Widersacher so sehr fürchtet.

Und Robert beginnt sofort, ihn wüst zu beschimpfen. „Ihr Schweine, ihr glaubt wohl, ich bin blöd? Von euch aber lass' ich mich nicht reinlegen. Und deine ach so kluge Alte hat sich mit ihrem Plan ins eigene Fleisch geschnitten, hat vielleicht gedacht, wir lassen euch einfach laufen. Da hat sie aber falsch gedacht und die Konsequenzen müsst ihr beide jetzt tragen. Und du Scheißkerl zuerst!"

Mit diesen Worten richtet er seine Pistole auf Leos Kopf, bereit abzudrücken. Eine unbeschreibliche Angst würgt diesen, gepaart mit heftigen Schweißausbrüchen. 'Das war's!', da ist er sich sicher.

In diesem Moment vernimmt er Leonie hysterisch 'Nein!' schreien und gleichzeitig die beherrschte, aber wild entschlossene, keinen Widerspruch duldende Stimme seiner Schwester. „Stopp! Robert, warte einen Moment und lass' uns zuerst den Sachverhalt klären."

Wider Erwarten gehorcht dieser und senkt seine Waffe, woraufhin sich Viola ihrem Bruder zuwendet. „Deine Lisa scheint euch wohl doch nicht so heiß und innig zu lieben, denn sie hat alles vermasselt."

Auf Leos fragenden Blick hin fährt sie fort. „Ihr habt genau gewusst, dass keine Polizei auf uns angesetzt werden durfte, aber sie hat sich nicht daran gehalten. Als Robert nämlich heute Abend im Hauptbahnhof erschien, um das Schließfach zu leeren, wen musste er dort als allererstes sehen? Zwei uniformierte Bullen! Natürlich ist er sofort getürmt. Ihr wolltet uns also reinlegen."

Fieberhaft denkt Leo nach. „Viola, das ist ausgeschlossen. Überleg' doch mal. Falls Lisa wirklich die Polizei eingeschaltet hat, was aber hundertprozentig nicht der Fall ist, dann wären die Beamten dort in Zivil

189

erschienen und hätten sich unauffällig im Bahnhof verteilt. Ich kenne Einsätze dieser Art. Du musst mir glauben, die Polizisten waren garantiert zufällig vor Ort und, dass sie Uniform trugen, spricht eindeutig dafür, dass Lisa die Polizei nicht! benachrichtigt hat."

Sie denkt nach, nickt. „Die gleichen Gedanken hatte ich ehrlich gesagt auch schon."

Leo hakt sofort nach. „Dein Stiefsohn sollte noch einmal zum Bahnhof fahren. Die geforderten Dokumente liegen ganz bestimmt für euch bereit. Ich kenne doch meine Frau."

Robert hat den Überlegungen einigermaßen beherrscht zugehört, angesichts des letzten Vorschlags aber kann er keinerlei Ruhe mehr bewahren. „Das könnte dir so passen, du Mistkerl. Du versuchst erneut Viola zu überwältigen und ich tappe in der Zwischenzeit in eure Falle. Nein! Nicht mit mir!"

Er wendet sich wieder Viola zu. „Du darfst ihm kein Wort glauben. Es gibt bloß eine Lösung: Lass uns die zwei aus dem Weg schaffen und schleunigst untertauchen."

Sie aber widerspricht ihm. „Überleg' doch mal. Irgendwann werden die Leichen entdeckt und es wird für die Bullen ein Leichtes sein, uns als Täter zu überführen. Wir werden ein Leben lang als Mörder gejagt. Abgesehen davon, ich denke, Leo hat recht. Wenn die uns schnappen wollten, dann garantiert nicht mit Bullen in Uniform."

Zornig winkt er ab, kommt aber nicht zu Wort.

„Robert bitte, gib mir den Autoschlüssel und lass mich zum Bahnhof fahren. Mit meiner schwarzen Perücke wird mich dort niemand erkennen. Auf dem Weg werde ich Lisa mitteilen, dass ..."

Weiter kommt sie nicht.

Während des gesamten Gespräches hat Leo aus den Augenwinkeln heraus beobachtet, wie seine Tochter, in der Nähe des Scheunenausganges sitzend, heftig an ihren Fesseln zog, die ihre Tante zuvor wohl nicht sorgfältig genug angelegt hatte. Viola und Stiefsohn, ihr den Rücken zugewandt und voll konzentriert auf ihre eigenen Überlegungen und auf Leo, haben die ganze Zeit nichts davon bemerkt.

Mit aller Kraft bemüht sich Leo, Ruhe zu bewahren, sich nichts anmerken zu lassen, selbst dann nicht, als er sieht, wie sie, von den Handfesseln befreit, sich an ihren Füßen zu schaffen macht. Er schwankt zwischen Hoffen und Bangen. Schließlich siegt die Angst in ihm, wird übermächtig. Wird Robert schießen, wenn er sie entdeckt? Leo bezweifelt dies nicht! Und falls ihr die Flucht doch gelingen sollte, wie weit wird sie wohl kommen in dieser gottverlassenen Gegend, ohne Handy?

Leonie! Er möchte sie aufhalten, schreien, sie möge keine Dummheit begehen, aber jetzt ist es zu spät. Er kann nur hoffen, versuchen, alle Aufmerksamkeit auf sich zu ziehen. Mittlerweile ist sie aufgestanden, bewegt sich vorsichtig in Richtung Tür, bemüht kein Geräusch zu machen.

Was hat Viola gerade gesagt? Hat sie ihn etwas gefragt? Leo muss etwas antworten. Liegt es an diesem kurzen Zögern oder sind es Roberts Instinkte, er wird es nie erfahren. Auf jeden Fall dreht sich der Mann, kaum hat Leonie die Scheune verlassen, herum und schreit: „Stopp, du Miststück! Bleib sofort stehen!"

Sie aber hört nicht auf ihn. Leo sieht seine Tochter davonrennen und Robert augenblicklich ihre Verfolgung aufnehmen, Viola in ihrem Gefolge. Dann entschwinden sie seinem Blickfeld. Er möchte hinterher, ihr helfen.

Keine Chance. Seine Hände sind zwar frei, aber nicht seine Füße. Hastig beugt er sich nach unten, um seine Fesseln zu lösen, eine Haltung, die die stechenden Schmerzen in seinem Kopf noch verstärkt. Viel schlimmer aber quält ihn die Angst um seine Tochter.

In diesem Moment fällt ein Schuss. Leo hört Viola schreien: „Nicht, Robert nein!"

Ein weiterer Schuss, dann Stille, unterbrochen nur durch kaum vernehmbares Wimmern. Leonie! Um Gottes willen, was ist passiert? Er weiß genau, die Schüsse galten seiner Tochter. Ist sie schwer verletzt, tot?. Er fühlt sich elend, leer, jegliche Zuversicht, sein ganzer Lebensmut erloschen. Mühsam versucht er seine Gedanken zu ordnen, sucht Gewissheit, gleichzeitig fürchtet er sie. Von den Fesseln befreit taumelt er ins Freie.

Das Erste, was er erblickt, ist ein heulendes Häufchen Elend. Viola sitzt zusammengekauert am Boden, tränenüberströmt, in der Hand eine Waffe haltend, seine Waffe, die allerdings nicht auf ihn gerichtet ist. Vorsichtig nimmt er sie ihr ab, was sie sich widerstandslos gefallen lässt.

Sein Blick fällt auf Robert, der bäuchlings am Boden liegt, regungslos. An seinem Hinterkopf klafft eine große blutige Wunde. Noch nie in seinem Leben ist er so froh über den Anblick eines Toten gewesen. Allerdings, all dies erscheint Leo momentan bedeutungslos. Allein das Schicksal seiner Tochter treibt ihn um. Er schaut in die Umgebung. Keine Spur von ihr. Verzweifelt wendet er sich an seine Schwester: „Was ist geschehen? Und vor allem, wo ist Leonie?"

Da sie nicht reagiert, beginnt er sie kräftig zu schütteln. „Verdammt, sag schon wo ist meine Tochter?"

Viola zuckt kaum merklich mit den Schultern und

antwortet weinend, ohne auf seine Frage einzugehen: „Oh Leo, ich habe ihn getötet. Und dabei habe ich ihn geliebt, als einzigen Menschen auf dieser Welt geliebt!"

Verzweifelt blickt sie ihren Bruder an, aber die Bedeutung ihrer Worte dringt nicht bis zu ihm durch. 'Leonie! Wo ist sie, seine Leonie? Ist sie verletzt, überhaupt noch am Leben?' Allein diese Gedanken beherrschen ihn, martern ihn. So sehr, dass er sich noch nicht einmal um Roberts Pistole, die schlaff in dessen Hand liegt, kümmert. Ebenso wenig interessiert ihn, ob der Mann eventuell sogar noch lebt.

Leo rennt einfach los in Richtung des nahen Wäldchens, permanent den Namen seiner Tochter rufend. In der unmittelbaren Umgebung des Hauses kann er sie nicht finden, was, er atmet erleichtert auf, zumindest einmal ihren sofortigen Tod ausschließt. Und je weiter er läuft, desto mehr nimmt seine Hoffnung zu, dass sie nicht schlimm, ja vielleicht sogar unverletzt geblieben ist. Mit einer schwerwiegenden Schusswunde hätte sie sich mit Sicherheit nicht so weit entfernen können. Was aber – welch schrecklicher Gedanke – was aber, wenn sie bewusstlos irgendwo in einem Gebüsch liegt, ihn gar nicht hören kann?

Endlich vernimmt er die Worte, die er so inständig herbeigesehnt hat: „Papa, ich bin hier." Und da taucht sie hinter einem Strauch auf. Leonie! Sofort sieht Leo den Blutfleck in ihrem rechten Hosenbein, erschrickt, wird jedoch von ihr augenblicklich beruhigt. „Ich glaube, das ist keine böse Wunde. Sie blutet auch nicht so stark, brennt nur furchtbar. Keine Bange, ich kann ohne Probleme laufen."

Plötzlich aber beginnt sie zu weinen. „Papa, ich hab geglaubt, er erschießt mich. Ich hatte solche Angst, bin einfach nur gerannt und gerannt und hab auf weitere

Schüsse gewartet, die mich dann … töten.“

Sie zittert am ganzen Körper. Leo nimmt sie in seine Arme, versucht sie zu beruhigen. „Kind, es ist vorbei. Du brauchst dich nicht mehr fürchten. Robert ist tot.“

Leonie blickt ihn fassungslos an. „Aber wie hast du das denn geschafft? Du warst doch an den Füßen gefesselt und hattest auch keine Waffe mehr!“

Es sind diese Worte, die ihn, erst jetzt, wo er seine Tochter in Sicherheit weiß, das vorher Geschehene realisieren lassen. Unglaubliche Dinge sind passiert. 'Ich habe ihn getötet!', hat Viola gesagt. Viola, die Inkarnation des Bösen! Viola, die ihm sein Leben lang nur Ärger, Probleme bereitet hat! Ausgerechnet seine Schwester hat seine Tochter und ihn gerettet. Unvorstellbar!

'Gerettet? Sind wir wirklich schon gerettet?' Plötzlich sind sie da, die Zweifel. 'Wie wird sie sich verhalten, wenn der erste Schock überstanden ist?' Sein altes Misstrauen seiner Schwester gegenüber ist erwacht. In diesem Moment erinnert sich Leo an die Waffe in Roberts Hand. 'Was für ein Idiot bin ich gewesen, sie ihm nicht abzunehmen. Viola wird uns inzwischen längst entdeckt haben und die einzigen Zeugen wohl kaum so einfach ziehen lassen. Und was ist, wenn der Kerl noch lebt?'

Alles andere als beruhigende Vorstellungen, die ihn jedoch zu allergrößter Vorsicht mahnen. Er beordert Leonie, solange bis er die Sachlage geklärt hat, zurück in ihr Versteck, um sich anschließend unauffällig an den Tatort zurück zu schleichen.

Erleichtert stellt Leo fest: Robert liegt unverändert am Boden, die Pistole immer noch locker in der Hand. Und Viola? Sie kniet über ihn gebeugt an seiner Seite, hemmungslos weinend und in ihrer Trauer scheinbar außerstande, an so etwas wie die Beseitigung von

Zeugen überhaupt zu denken. Leise tritt er näher, hebt die Waffe auf.

'Sie muss ihn wirklich geliebt haben', geht ihm durch den Kopf, 'und trotzdem hat sie geschossen, um meine Tochter zu retten.' Leo wird von einer tiefen Welle der Dankbarkeit erfasst. „Viola, niemals in meinem Leben hätte ich gedacht, einmal über deine Existenz froh zu sein. Jetzt aber danke ich allen Göttern dieser Welt, dass es dich gibt."

Sie blickt zu ihm auf und ein schwaches Lächeln huscht über ihr Gesicht. „Jedenfalls habe ich stets dafür gesorgt, dass dein Leben nicht in Langeweile erstickt!"

Anhang

Falls Sie, lieber Leser, noch Interesse an weiteren Geschichten aus Leos Berufsleben haben, bitte schön:

1

Eine Person sollte Leo über einen längeren Zeitraum beschäftigen.

Das allererste Mal traf er auf diesen Mann, als Nachbarn sich über ihn beschwerten: „Nacht für Nacht hört der Kerl bis in die frühen Morgenstunden Beethoven und zwar in unerträglicher Lautstärke. Beethoven hätte es angesichts seiner Taubheit wahrscheinlich nicht gestört. Wir sind allerdings nicht schwerhörig und müssen außerdem tagsüber arbeiten, ganz im Gegensatz zu ihm, also, ich meine nicht Beethoven."

Leo suchte den 'Kerl', einen Herrn Wagner, auf, schilderte die Beschwerde der Nachbarn, bat eindringlich um Verständnis, stieß jedoch bei ihm, seinem Lieblingskomponisten ähnlich, auf taube Ohren.

„Diese Leute sind kulturelle Banausen, ich für meine Person aber benötige wenigstens ein Mindestmaß an

Kultur!", betonte der Mann energisch. „Aber Kultur ist doch auch tagsüber genießbar!", wandte Leo ein. Da jedoch auch dieser Einwand auf taube Ohren traf, sah er sich veranlasst, deutlicher zu werden. „Wenn Sie weiterhin um diese Zeit solch einen Krach machen, müssen Sie sich auf eine Strafe wegen nächtlicher Ruhestörung gefasst machen."

Dieser Satz sorgte für einen empörten Aufschrei: „Ich verbitte mir entschieden, den Komponisten Beethoven mit Begriffen wie Krach und Ruhestörung gleichzusetzen. Das ist wirklich eine Frechheit, die von allergrößter Dummheit zeugt!"

Allerdings zeigte die 'Frechheit' doch Wirkung, denn ab 22 Uhr wurde künftig auf Kulturgenuss, zumindest in dieser Lautstärke, verzichtet.

Durch das äußerst unfreundliche Benehmen des Mannes ihm gegenüber misstrauisch geworden, schaute Leo später nach, ob dieser früher schon einmal aktenkundig geworden war und tatsächlich wurde er fündig. Herr Wagner war nach dem frühzeitigen Abbruch seines Jurastudiums einige Jahre Taxi gefahren und hatte mehrfach wegen Trunkenheit am Steuer Probleme mit der Polizei bekommen, einmal sogar mit einer sowohl verbalen als auch körperlichen Attacke seinerseits gegen einen Beamten endend, weshalb ihm sein Taxi-Schein entzogen worden war.

Fortan hatte er für all seine beruflichen Misserfolge die Polizei verantwortlich gemacht, schließlich hätte sie ihn an der Ausübung des einzigen Berufes, der ihm jemals Freude bereitet hatte, gehindert. So jedenfalls hatte er es zu Protokoll gegeben, als er erneut wegen einer Prügelei vernommen worden war. Allerdings war mit Sicherheit ausschließlich sein bester Freund, der

Alkohol, für die zahlreichen Kündigungen durch seine Arbeitgeber verantwortlich gewesen, was letztendlich zu sozialem Abstieg und einem traurigen Dasein mit Hartz IV geführt hatte.

Die Situation in diesem Mietsblock eskalierte bald. Jedoch staunte Leo nicht wenig, als ausgerechnet Polizistenhasser Wagner sich auf der Wache meldete.„Ich stelle Anzeige gegen einige meiner Nachbarn, denn ich bin überzeugt, unser Mietshaus ist eine einzige terroristische Zelle."

„Und wie sieht dieser Terror aus? Wird Beethoven etwa durch profane Pop-Musik bedroht?"

„Sparen Sie sich Ihre Witzchen. Die Sache ist wirklich ernst. Neulich stand die Kellertür vom Türken offen. Ein Versehen. Aber ich konnte unter einer Decke deutlich die Silhouetten von Waffen ausmachen, dazu jede Menge Kabel, Batterien und eine große Kiste, die bestimmt Sprengstoff enthält. Als der Türke mich sah, ist er richtig wütend geworden. So verhält sich doch niemand, der eine reine Weste hat! Aber das ist noch nicht alles. Seither beobachten die mich, weil sie herausgefunden haben, dass ich über ihr Treiben informiert bin und jetzt fühle ich mich meines Lebens nicht mehr sicher."

„Und wie haben die das herausgefunden?"

„In letzter Zeit wurden fortwährend Teile meiner Post entwendet. Wichtige Dokumente, zahlreiche Arbeitsangebote und, davon bin ich überzeugt, auch höhere Geldbeträge fehlen. Eine Woche lang hab ich mich nach der Zustellung auf die Lauer gelegt und doch tatsächlich den Egon Richter mit meiner Post erwischt."

Leo versprach, sich um die Angelegenheit zu kümmern, jedoch hatte der Mann noch weitere Anschuldigungen vorzutragen. „Wenn Sie schon mal hier sind, dann knüpfen Sie sich doch gleich noch Herrn

Schmied vor, der in der Wohnung mir gegenüber auf der anderen Straßenseite wohnt."

„Und welche finsteren Pläne schmiedet der?"

„Verdammt! Sparen Sie sich Ihren Sarkasmus. Der Mann ist gefährlich. Seit Tagen hat er ein Fernrohr direkt auf meine Räume gerichtet und beobachtet mich Tag und Nacht."

Leo und Karl eskortierten Herrn Wagner sicher zu dessen Wohnung oder, besser gesagt, zu dessen Hochsicherheitstrakt. Der Zutritt blieb ihnen allerdings verwehrt.

„Da lasse ich niemanden hinein. Der einzige Ort, an dem ich mich sicher fühle. Schusssicheres Sicherheitsglas in allen Fenstern, einbruchssichere Stahltür mit drei Sicherheitsschlössern, Gegensprechanlage und mehrere Kameras zur Videoüberwachung!"

„Und", ergänzte Leo, „sicher haben Sie bereits alle Räume auf eventuelle Wanzen durchsucht."

„Mit Sicherheit!", betonte der Festungsbesitzer voller Stolz.

Die Polizisten gingen den Anschuldigungen nach und konnten schnell Entwarnung geben.

Herr Schmied von gegenüber entpuppte sich als ein alter, freundlicher Mann, ein Hobby-Astronom, der nachts pazifistisch den Sternenhimmel beobachtete. Egon Richter hatte sich des überquellenden, tagelang nicht geleerten Briefkastens seines Nachbarns erbarmt und war von diesem auf frischer Tat ertappt worden, als er die Reklamesendungen in den für diese Zwecke bereitgestellten Eimer werfen wollte. Die angeblich abhanden gekommenen zahlreichen Arbeitsangebote, die Geldbeträge entsprangen ausschließlich Herrn Wagners Wunschdenken.

Ja, und der türkische 'Terrorist' wurde allenfalls von seinen vier Kindern terrorisiert, weil er sich endlich um die defekten Fernbedienungen der Spielzeugautos im konspirativen Keller kümmern sollte. Mit dem Waffenarsenal unter der konspirativen Decke hätte man einen Gegner kaum töten, höchstens nassspritzen können. Alle Nachbarn betonten, Herr Wagner 'ticke' nicht richtig, litte unter Verfolgungswahn. Einige hatten durchaus Angst vor ihm.

Zwei Monate blieb Leo von weiteren Besuchen in diesem Haus verschont, bis sich ein städtischer Stromableser bei ihm meldete und um Hilfe bat. Er hatte seit Wochen vergeblich versucht, bei Herrn Wagner den Zählerstand zur Ermittlung des Jahresverbrauches abzulesen.

„Ich weiß, der Mann ist zu Hause, weil laute Musik aus der Wohnung tönt. Aber er öffnet nicht die Tür."

„Wahrscheinlich Beethoven", vermutete Karl.

„Nein Wagner heißt der Mieter."

Sie klopften, klingelten Sturm. Keine Reaktion. Jedoch, sie gaben nicht auf und sahen schließlich eine Farbveränderung am Türspion.

„Polizei hier. Bitte öffnen Sie. Ihr Stromverbrauch muss dringend abgelesen werden."

Und das Wunder geschah: Fort Knox öffnete seine Pforte. Aber, der Mann hatte vorgesorgt, wollte dem eventuellen Terror mithilfe eines Sturmgewehrs begegnen. In den Polizisten keimte augenblicklich die Erinnerung an den tragischen Festnahmeversuch des Metalldiebes auf und damit verbunden die Angst, die Panik.

Leo bellte den Kerl an: „Waffe weg! Sofort!"

Und das zweite Wunder geschah. Herr Wagner gehorchte, wenn auch widerwillig, übergab ohne lauten Protest das Gewehr und ließ den Stromableser seine Arbeit verrichten.

„Und *Sie* besitzen einen Waffenschein?", fragte Leo ungläubig. „Den möchten wir dann mal sehen."

Nun aber war es um die Ruhe und Eintracht geschehen! Gott sei Dank war Beethoven schwerhörig, denn Herr Wagner schrie und tobte künstlerisch wenig wertvoll: „Ihr verdammten Bullenschweine! Ihr habt mich reingelegt, wusstet genau, dass jetzt ohne Waffenschein meine Bewährung komplett im Arsch ist. Von wegen Strom ablesen. Alles Lüge! Das war eine hinterfotzige Falle! Aber das werdet ihr mir büßen!"

Und die Rache erfolgte umgehend. Kurze Zeit später erhielten Leo und Karl eine Ladung vor Gericht. Die Anklagepunkte: unbefugtes Betreten einer Wohnung und Diebstahl von 2 500 Euro, die angeblich exakt seit ihrem Eindringen aus einer Kaffeedose verschwunden waren.

Schon oft hatte Leo vor Gericht erscheinen müssen, allerdings als Zeuge und nicht als Angeklagter. Diesmal war ihm äußerst mulmig zumute, stand doch Aussage gegen Aussage.

Herr Wagner tauchte auf, einen riesigen Rucksack auf dem Rücken, welcher sofort das Misstrauen eines Polizisten weckte, der darauf bestand, den Inhalt zu kontrollieren. Im Nachhinein mussten alle dafür dankbar sein, dankbar aber auch, dass es sich bei dem Beamten um einen großen Mann mit wahren Bärenkräften handelte, der aus dem nun folgenden Kampf als Sieger hervorging. Zum Glück für die Anwesenden, denn der Rucksack enthielt eine Machete beträchtlichen Ausmaßes!

Während der Anhörung versuchte Herr Wagner mit

seinen vier Semestern Jura-Studium zu glänzen. Seine Anklagepunkte gegen Leo und Karl legte er nicht nur schriftlich vor, sondern auch in einem schier endlosen, pseudojuristischen Plädoyer, das mehr und mehr in eine wüste Beschimpfung von Gericht, Staat und Polizisten im Allgemeinen ausartete. Als die Richterin ihn mehrmals unterbrach, lehnte er sie wegen Befangenheit ab. All dies erleichterte bestimmt auch die Urteilsfindung. Außerdem, woher sollte der Mann, ein Hartz IV-Empfänger, eine 2 500 Euro teure Kaffeedose besitzen?! Leo und Karl wurden am Ende freigesprochen, Herr Wagner allerdings nicht nur wegen Verleumdung angeklagt.

2

An einem Wochenende erschien ein älterer Mann auf dem Präsidium, der das Verschwinden seiner Mutter meldete.

„Heute wollte sie ihren 92-igsten Geburtstag mit uns feiern. Alle Gäste waren pünktlich, nur nicht meine Mutter. Kein Tisch gedeckt, kein Kuchen gebacken, nichts! Lediglich ihre Medikamente, die sie pünktlich einnehmen muss, liegen, leider vollständig, auf der Kommode."

„Vielleicht hat sie ihren Geburtstag schlicht und ergreifend vergessen. Das soll ja in dem Alter vorkommen. Oder sie hasst ganz einfach Familienfeiern", meinte Pit wenig einfühlsam und erntete sogleich einen Sturm der Empörung. „Jetzt werden Sie nicht unverschämt. Meine Mutter ist trotz ihres hohen Alters geistig topfit. Ihr Verhalten ist überhaupt nicht typisch für sie. Darum müssen Sie etwas unternehmen. Sie ist schließlich schon seit gestern Nachmittag unauffindbar. Übrigens haben wir bereits alle Krankenhäuser durchtelefoniert. Vergebens! Dort befindet sie sich jedenfalls nicht."

Genau zu der Zeit als Leo die Personalien der alten Dame aufnahm, erschien ein junger Mann, kreidebleich und sichtlich aufgewühlt. „Stellen Sie sich vor", wandte er sich an Karl, „wie ich heute meinen Abfall wegbringen wollte, habe ich in der Mülltonne einen grausigen Fund gemacht: einen Menschenkopf. Weil er recht zierlich ist, schätze ich mal, es handelt sich um den alten Kopf einer Frau."

Ein Schrei ertönte von nebenan. „Um Himmels willen, nein. Meine Mutter!" Leo führte den weinenden, verzweifelten Sohn zu einem Stuhl und versuchte umgehend ihn zu trösten. „Beruhigen Sie sich. Es ist doch keineswegs erwiesen, um wen es sich handelt."

Dann begab er sich zu Karl und bat den jungen Mann: „Beschreiben Sie doch einmal den Kopf genauer. Alter, Haarfarbe. Gibt es irgendwelche markanten Züge?"

„Unmöglich. Ich hab vor Schreck sofort die Tonne wieder zugemacht, hab einen Kumpel als Wache dort gelassen und bin anschließend sofort hierher. Ich weiß nur, dass der Schädel sehr alt sein muss."

Diese Aussage allerdings besänftigte den Sohn nur wenig.

In diesem Moment klingelte sein Handy. Der Anrufer: seine Mutter. „Mach dir keine Sorgen. Mir geht es inzwischen wieder ganz gut."

„Verdammt, Mutti, wo warst du?"

Karl forderte ihn auf, auf Außenlautsprecher zu schalten, sodass sie alle die Stimme der alten Dame vernehmen konnten. „Ich wollte dir heute Papas Taschenuhr schenken. Die hast du doch immer so bewundert. Ja, und da bin ich gestern zur Bank, um sie aus dem Schließfach zu holen. Ich hab dafür wohl eine ganze Weile gebraucht, denn, als ich wieder aus dem Tresorraum raus wollte, war die Tür abgeschlossen. Ich hab gerufen und an die Tür gehämmert, aber niemand hat mir geholfen. Die Angestellten hatten inzwischen Feierabend gemacht und mich komplett vergessen. So musste ich dort übernachten und so lange bleiben, bis eine Zugehfrau endlich mein Klopfen gehört und den Filialleiter geholt hat."

„Aber das ist ja furchtbar!", entrüstete sich ihr Sohn fassungslos. Die Frau jedoch hatte weder Fassung noch Humor verloren. „Glaub mir, so sicher war ich in meinem ganzen Leben noch nie! Außerdem weiß ich jetzt endlich, was ich mir zum Geburtstag von euch wünsche: ein Handy. Hätte ich nämlich eins gehabt, wäre dieser Tag mit Sicherheit für uns alle sorgenfreier und angenehmer verlaufen."

Und der Menschenkopf? Lisa, die ihn am Fundort begutachtet hatte, konnte Leo beruhigen. „Der Schädel stammt zwar von einer Frau, die allerdings ihre beste Zeit vor 200 oder 300 Jahren erlebte. Genaueres wie auch die Todesursache muss ich allerdings erst im Labor feststellen."

„Und wie um alles in der Welt gelangte der Kopf in eine Mülltonne? Der hat ja wohl kaum noch Müll geredet."

„Ich vermute mal, den hat irgendein ehemaliger Medizinstudent oder dessen Nachkömmling beim Ausmisten entdeckt und wollte ihn loswerden. Früher war es durchaus erlaubt, sich zu Studienzwecken echte menschliche Schädel zu besorgen, was heute übrigens verboten ist."

3

Glück im Unglück hatten die Teilnehmer einer Abiturfahrt. Drei besorgte Lehrer beklagten sich bei Leo. Sie hatten bei dem Busunternehmen 'Glücksmomente' eine Fahrt nach Rom gebucht, bezweifelten allerdings mittlerweile entschieden, dass der Bus mit dem sie schließlich auf Reisen gingen, in der Lage wäre, ihnen diese Momente des Glücks zu schenken. Er selbst hatte wohl auch seine besten Glücksmomente schon weit hinter sich und es erschien ihnen rätselhaft, wie der überhaupt durch den TÜV gekommen war. Durchgerostete Teile, stotternde Bremsen und ein viel zu langer Bremsweg. Außerdem war der linke Scheinwerfer nicht in Ordnung. Kurz und gut, Lehrer samt Schüler weigerten sich entschieden mit diesem Fahrzeug ihre Fahrt fortzusetzen.

„Und was sagt der Unternehmer?", fragte Leo.

„Der erklärt kategorisch, der Bus sei in Ordnung und ein anderer stehe nicht zur Verfügung. Wissen Sie, wir sind fremd hier in der Stadt. Daher unsere Bitte: Könnten Sie eine Untersuchung des Fahrzeugs veranlassen? Außerdem wäre es wohl auch nicht schlecht, bei dem Busfahrer einen Alkoholtest zu machen. Der kommt uns alles andere als nüchtern vor."

Während des Gesprächs hatte eine der Lehrkräfte einen Anruf erhalten und gab Entwarnung. Darüber informiert, dass die Polizei eingeschaltet werden sollte, war der Unternehmer wohl aus gutem Grund nun doch bereit, einen anderen Bus zur Verfügung zu stellen.

Der alte sei im Übrigen samt Fahrer! schon auf dem Heimweg.

Die Schulklasse hatte jedoch auch weiterhin kein Glück mit dem Busunternehmen 'Glücksmomente'. Wie Leo am nächsten Morgen erfuhr, waren Lehrer wie Schüler voll Zuversicht einige Zeit später in einen anderen, dem ersten Anschein nach auch nicht ganz so altersschwachen Bus gestiegen. Am Abend hatte die Gruppe an einer Autobahn-Raststätte gehalten. Alle suchten das Restaurant beziehungsweise die Toiletten auf. Alle, bis auf den inzwischen ausgewechselten Busfahrer. Der zog die Toilette im Bus vor, hatte aber wohl vergessen, die Handbremse anzuziehen. Oder, was Leo bei diesem Reiseunternehmen als nicht völlig unwahrscheinlich erschien, sollte auch diese defekt gewesen sein? Auf jeden Fall setzte sich plötzlich das Fahrzeug in Bewegung, rollte auf dem abschüssigen Parkplatz in Richtung Autobahn. Nur eine Leitplanke verhinderte größeres Übel. Wie durch ein Wunder trugen weder Menschen noch andere geparkte Autos irgendeinen Schaden davon, was man allerdings nicht vom Bus oder dessen Fahrer behaupten konnte. Ersterer war stark demoliert und Zweiter stark demoralisiert, übrigens ebenso wie die Stadt Rom, die auf den Besuch der Schülergruppe vergeblich wartete.

Am selben Tag war Leo mit seinem Kollegen Pit auf der Stadtautobahn unterwegs. Zugelassene

206

Höchstgeschwindigkeit: 100 Stundenkilometer. Dies hinderte jedoch nicht einen Autofahrer daran, sie mit satten 230 km/h zu überholen. Die beiden Polizisten nahmen sofort die Verfolgung auf und konnten ihn einige Zeit später aus dem Verkehr holen, eine Aktion, die bei ihm auf keinerlei Verständnis stieß.

„Scheißbullen, was soll das?", wurde ihnen samt einer mächtigen Alkoholfahne entgegen geschleudert.

Der Mann war derart betrunken, dass ein Alkoholtest erst nach dem achten Versuch gelang, dann aber einen Wert von 2,9 Promille aufwies. Natürlich wollte Leo ihm sofort den Führerschein abnehmen, was sich allerdings als unmöglich erweisen sollte. Der Betrunkene verfügte überhaupt nicht über solch ein Dokument.

Dies waren jedoch nicht seine einzigen Vergehen. Als Pit später das Autokennzeichen überprüfte, stieß er auf eine Meldung, die vor zwei Tagen eingegangen war. Eine Frau war von einem PKW überholt worden, ein PKW absolut identisch mit ihrem eigenen. Ein BMW 530d, Farbe dunkelblau, aber, und da hatte sie nicht wenig gestaunt, auch das Kennzeichen war gleich gewesen. Sie hatte sich augenblicklich an die Polizei gewandt, deren Fahndung jedoch vergeblich geblieben war. Allerdings nur bis zu diesem Zeitpunkt. Der Doppelgänger war gefunden.

Als Pit den Mann aufforderte, den Kofferraum zu öffnen, rastete der Kerl aus, stürzte sich urplötzlich auf den Polizisten, suchte ihn mit Faustschlägen zu attackieren, deren Zielgenauigkeit jedoch – dem Alkohol sei Dank – zu wünschen übrig ließ.

Beim Anblick der Dinge, die sie im Kofferraum erblickten, war den Beamten sofort klar, warum der Mann dies zu verhindern gesucht hatte. Eine Vielzahl abmontierter KFZ-Nummernschilder sowie Handys, aber auch eine für den Eigenbedarf viel zu große Menge an Kreditkarten. Dieser Verkehrsteilnehmer wird wohl für längere Zeit diesem Namen nicht mehr gerecht werden, höchstens als Fußgänger.

4

Nachtdienst. 2:34 Uhr. Ein Anruf höchster Dringlichkeitsstufe. Aus dem nachbarlichen Garten hatte ein Mann Schreie größter Not vernommen. Als Leo am Ort des Schreckens eintraf, erlebte er diesen gleich selbst. Mitten auf der Straße stand eine wegen der Kälte dick vermummte Person, wild gestikulierend, jedoch nicht nur mit den Händen, sondern auch mit einem Gewehr, einem Gewehr direkt auf die Beamten gerichtet. Deckung hinter dem Polizeiwagen suchen, die eigene Pistole ziehen sowie das Aufkeimen einer tiefen Angst waren eins.

„Waffe weg oder ich schieße!"

Zu seiner großen Erleichterung folgte der Mann sofort, um sich sogleich als der Anrufer zu outen.

„Sind Sie wahnsinnig, mit Ihrem Gewehr vor uns herumzufuchteln!", fuhr Leo ihn an. „Die Geschichte hätte auch schief gehen können!"

„Wenn hier Mörder frei herumlaufen, muss ich mich doch irgendwie schützen. Außerdem besitze ich einen Waffenschein", suchte sich der Mann zu verteidigen.

„Und, wo ist Ihr Mörder?"

„Ich hoffe, es handelt sich nicht um meinen! Mörder.

Dafür lebe ich zu gerne. Wo der Kerl ist"? Keine Ahnung! Im Garten ist plötzlich alles still, vorher waren aber wirklich unheimliche Schreie zu vernehmen. Schauen Sie doch mal nach. Ich sichere die Straße."

Energisch mischte sich Pit ein. „Sie sichern gar nichts, höchstens versichern können Sie uns etwas, nämlich dass die Schreie nicht einem Albtraum von Ihnen entsprungen sind."

Der Mann begab sich beleidigt in sein Haus. Die Polizisten klingelten bei den Nachbarn, klingelten Sturm. Niemand öffnete. Über eine Mauer kletterten sie in den Garten. 'Schauen Sie doch mal nach!' Die Worte des Mannes gingen Leo durch den Sinn. 'Mörder-Fangen, nichts einfacher als das!'

Es war eine finstere Nacht und der Garten groß, zudem dicht bewachsen, alles Umstände, die Leos aufkeimende Angst noch potenzierten. Die Bäume und Büsche trugen in dieser kalten Jahreszeit zwar kein Laub mehr, aber es boten sich dennoch viele Möglichkeiten, sich zu verstecken. Jedes kleinste Geräusch, jedes Rascheln ließ ihn panisch zusammenzucken.

Sie durchkämmten die dicht bewachsenen Ränder des Gartens. Nichts. Kein Mörder, keine Leiche. In dem Moment jedoch als sie sich dem Haus näherten, erwachte die unheimliche Totenstille zu Leben und die Finsternis wich gleißendem Licht. Geblendet von starken Scheinwerfern konnten sie nicht viel sehen. Jedoch das Bisschen, was sie wahrnahmen, ließ sie wahrlich nicht frohlocken: Auf der Terrasse waren die Umrisse eines Mannes zu erkennen, der ein Gewehr auf sie richtete.

Dann fiel ein Schuss. Leo warf sich zu Boden, wurde aber sogleich durch eine Stimme aus dem Nachbargarten erlöst. „Paul, nicht schießen! Das sind Polizisten, die ich gerufen habe. Hörst du mich? Hör auf!"

Und Paul hatte gehört. Er ließ die Waffe sinken, ließ sich von Leo über den Verdacht seines Nachbarn unterrichten, ließ zu, dass sein Garten, nunmehr erhellt, von den Beamten durchkämmt wurde. Aber niemand konnte entdeckt werden, auch nicht in Garage, Geräteschuppen oder Gartenhaus. Zudem fanden sich keinerlei Spuren, die auf einen Kampf, ein Verbrechen hindeuteten. Erfolglos, jedoch auch erleichtert, mussten sie dieses wehrhafte Viertel wieder verlassen.

Zwei Tage später erschien der wehrhafte Paul bei Leo auf der Polizeiinspektion, diesmal ein wehrloses Häufchen Elend.

„Ich hoffe sehr, Sie können mir behilflich sein."

„Sofern wir nicht erneut als Zielscheibe herhalten müssen, gerne. Was ist passiert?"

„Unsere Haushälterin wollte heute eine Vase aus unserem Gartenhaus holen, hat dort jedoch einige merkwürdige Dinge gefunden, lauter Sachen, die vorher mit Sicherheit nicht da gewesen waren. Es muss jemand eingebrochen sein."

„Das wäre dann der erste Einbrecher", wandte Leo ein, „der den Opfern etwas schenkt statt sie zu berauben!"

„Nein, als Geschenke kann man die Sachen nun wirklich nicht bezeichnen. Eine zerrissene Strumpfhose, ein Damenslip, allerdings gebraucht sowie als Krönung ein gut gefülltes Kondom, also ebenfalls gebraucht. Und all diese Gegenstände zeigte unsere Frau Müller umgehend meiner Frau."

Pit grinste Paul an. „Ich vermute mal, jetzt ist die Hölle los bei Ihnen, oder? Aber hier können wir Ihnen wirklich nicht aus der Patsche helfen. Für die Folgen Ihres

Schäferstündchens sind Sie schon ganz allein verantwortlich. Tut mir leid."

„Das ist ja das Problem. Niemand glaubt mir, auch nicht meine Frau. Die denkt sogar an Scheidung. Dabei bin ich noch nie fremdgegangen, schon gar nicht in unserem ungeheizten Gartenhaus mitten im Winter."

„Mensch, jetzt dämmert's mir erst!" Pit wurde so Einiges klar. „Die lauten Geräusche nachts in Ihrem Garten waren also keine Todes- sondern Lustschreie!"

„Genau, aber ich war ganz bestimmt nicht cer Verantwortliche. Irgendwelchen Leuten fehlte wohl ein Ort für die Liebe und so haben sie unser Gartenhäuschen als Liebesnest erkoren."

„Vielleicht", spekulierte Leo, „war der Liebesrausch auch so groß, dass sie einfach nicht bis zu ihrem Zuhause warten konnten. Im Übrigen können Sie Ihre Unschuld zur Not mit einem DNA-Test beweisen, fa ls Ihre Haushälterin das Kondom noch nicht entsorgt hat."

Paul nickte, nun schon nicht mehr ganz so verzweifelt. „Egal, ich möchte Sie bitten, sich den Ort auf eventuelle Spuren hin noch einmal genauestens anzusehen."

Und tatsächlich, die Beamten wurden fündig. Pit entdeckte zwischen den Polstern eine Bahncard, d e zum Verursacher des ganzen Aufruhrs führte. Pauls Ehefrieden war wiederhergestellt.

Auf der Rückfahrt erinnerte sich Leo an eine andere Art von Liebesspiel, von dem er kürzlich in der Zeitung gelesen hatte, Urheberin, eine äußerst raffinierte österreichische Bäuerin. Die Frau besaß in der Nähe von St. Pölten einen Bauernhof. Viel Arbeit, aber leider auch kein Geld, um irgendwelche Hilfskräfte bezahlen zu können. Ein Ehemann war auch nicht vorhanden, dafür zwei kleine Kinder. In ihrer Not kam sie auf einen wirklich genialen Einfall. Sie inserierte, gab sich als Domina auf der Suche nach Arbeitssklaven aus. Und, für Leo vollkommen unerklärlich, es meldeten sich tatsächlich genug Kerle, bereit sich versklaven zu lassen. Beaufsichtigt von ihrer in schwarzem Latex gekleideten Herrin, verrichteten sie die Feldarbeit, hackten und stapelten nackt Holz, mähten die Rasenflächen, ja installierten sogar eine neue Heizung in das Haus und bauten den Dachstuhl aus. Alles in freudiger Erwartung kommender Peitschenhiebe. Und alles nicht nur freiwillig, nein, sie zahlten sogar noch für ihre Dienste! Die Geschichte ging eine ganze Weile gut, bis endlich einer der Sklaven sein Hirn einschaltete, Betrug witterte und die Polizei aufsuchte. Die Bäuerin wurde inzwischen wegen illegaler Prostitution angeklagt.

Pit lachte. „Es gibt schon merkwürdige Vorlieben. Karl erzählte neulich von einem Dieb im japanischen Yokohama. Der hat über einen längeren Zeitraum über 200 Ledersitze von Fahrrädern geklaut und mit nach Hause genommen. Und weißt du warum? Weil er die verschiedenen 'Düfte' vom Leder so liebte, das er dann immer wieder beschnupperte und sogar ableckte. Welch ein Genuss!"

„Ein echter Gourmet!" Leo schüttelte sich bei dem Gedanken.

5

„Mein Name lautet Petra Lichtblau und ich bin tot, jedenfalls offiziell."

Leo reagierte verblüfft, denn die Frau, die vor ihm stand, hielt sich für eine Tote doch sehr aufrecht, wirkte auch noch überaus agil, eine gepflegte Frau, schätzungsweise Anfang sechzig.

'In wenigen Tagen ist Ostersonntag,' dachte er im Stillen, 'aber die Auferstehung von den Toten war eigentlich bisher nur Jesus vergönnt.'

Pit war nicht so rücksichtsvoll, sich ebenfalls lediglich Gedanken zu machen. Nein, in seiner überaus 'empathischen' Art stellte er laut vernehmbar fest: „Na, Sie sind zwar nicht mehr die Jüngste, aber die Totenstarre hat bei Ihnen wohl doch noch nicht eingesetzt."

Frau Lichtblau versuchte diese Anspielung mit Humor zu nehmen. „Dies war äußerst taktlos, dennoch gut beobachtet, junger Mann. Ich fühle mich darüber hinaus auch noch sehr lebendig, habe auch nicht vor, diesen Zustand bald zu ändern."

„Und wie können wir Ihnen helfen?", fragte Pit, „Wir sind schließlich kein Bestattungsunternehmen."

„Ihren Zynismus können Sie sich sparen. Mir ist wirklich nicht nach Witzen zumute."

Wohl in der Hoffnung auf mehr Feinfühligkeit, wandte sie sich schließlich an Leo. Und Frau Lichtblau hatte wirklich ein echtes Problem. Am vorherigen Nachmittag war sie wegen einer Hepatitis-Impfung für eine Reise bei ihrem Doktor. Als sie ihre Versicherungskarte vorlegte, wurde die Arzthelferin urplötzlich käsebleich, stammelte 'Aber das gibt's ja nicht!' und verschwand, um kurze Zeit später mit dem Arzt zurückzukehren. Der bat die verunsicherte Frau wegen der nun folgenden Nachricht, besser sich zu setzen. In Panik rechnete sie mit der Nachricht über eine schlimme Krankheit, aber bestimmt nicht mit der Aussage, sie wäre offiziell tot. „Die Leute in der Praxis haben sich ganz rührend um mich gekümmert und sich bemüht, den Sachverhalt so schnell wie möglich zu klären. Wie sich dann später herausgestellt hat, hatte meine Krankenkasse mich bei dem Arzt als tot gemeldet hatte. Keine Ahnung warum!"

„Und wie haben die das begründet?"

„Die Sachbearbeiterin hatte eine entsprechende Meldung von meiner Rentenkasse erhalten und diese Nachricht weitergegeben. Jetzt wurde mir auch schlagartig klar, warum ich in diesem Monat noch keine Rente überwiesen bekommen hatte. Auf meine schriftliche Nachfrage war ebenfalls noch keine Antwort erfolgt. Ich hab heute den gesamten Vormittag versucht, bei der Rentenversicherung die Sache klarzustellen, hing gefühlte Ewigkeiten in irgendwelchen Warteschleifen, bis man mir sagte, die für mich zuständige Sachbearbeiterin sei im Urlaub. Natürlich hab ich mich mit dieser Auskunft nicht begnügt, sondern Krach geschlagen. Und wissen Sie, was mir jemand schließlich geraten hat? Ich soll meine Sterbeurkunde faxen! Und ich Esel hab vor lauter Wut sofort aufgelegt, hing also erneut in der Warteschleife, ohne eine kompetentere Person zu erreichen. Und dann war wohl Dienstschluss."

„Nicht zu fassen! Da muss irgendetwas schrecklich schiefgelaufen sein", meinte Leo. „Waren Sie eigentlich schon auf dem Standesamt?"

Frau Lichtblau schaute ihn verdutzt an. „Wieso Standesamt? Ich bin ledig und hab auch nicht die Absicht zu heiraten. Und," sie bewies selbst in ihrer Notlage noch Humor, „wer heiratet schon eine Tote?"

Leo klärte auf: „Normalerweise stellen in Deutschland die Standesämter den Totenschein aus und zwar nach Vorlage einer Geburtsurkunde, des Wohnsitz-Nachweises sowie einer ärztlichen Todesbescheinigung. Das Standesamt erstattet dann Meldung bei Krankenkasse, Rentenversicherung sowie allen Behörden."

„Nein, beim Standesamt habe ich noch nicht nachgefragt."

Pit schaute auf seine Uhr und erklärte: „Oh, das wird heute wohl auch nichts mehr. Die schließen gerade."

Die Frau erblasste und stammelte fassungslos: ‚Oh Gott, heute ist   Gründonnerstag. Alle Ämter haben die nächsten Tage zu. Ich muss doch meine Miete bezahlen. Und dann meine Reise nach Gran Canaria übermorgen! Für die drei Wochen brauche ich ebenfalls dringend Geld. Aber ohne Rente?" Sie überlegte, wurde noch bleicher. „Außerdem kommt mir soeben ein anderer böser Gedanke: akzeptieren die Fluggesellschaften und die Flughafen-Polizei überhaupt den Reisepass einer Toten? Was soll ich nur machen?"

Leo grübelte. Schließlich kam ihm die hilfreiche Idee. „Beziehen Sie zufällig Ihre Rente über die Deutsche Post?" Als die Frau nickte, fuhr er fort: „Dann könnte das Ihre Rettung bedeuten. Die schließen, soviel ich weiß, erst um 18 Uhr. Kennen Sie das Postident-Verfahren? Sie legen dort Ihren Ausweis und zur Sicherheit noch Ihre Geburtsurkunde und Rentennummer vor, womit hoffentlich bewiesen ist, dass Sie unter den Lebenden weilen. Die können ihr Problem dann sofort der Rentenversicherung melden und die ganze Sache richtigstellen."

Pit hatte wohl angesichts des nahen Osterfestes eine ähnliche Idee wie anfangs Leo und stellte bitterböse fest: „Auch in dieser Behörde wird wohl irgendein Schreibtischtäter spätestens am Ostersonntag zum Leben erweckt und Ihren Fall bearbeiten. Außerdem können auch wir noch einen Bericht sowie eine Kopie Ihres Ausweises an diese Stelle schicken. Na dann, viel Erfolg!"

Einige Zeit später erhielten sie von Frau Lichtblau eine Postkarte aus Gran Canaria:

Liebes Polizeiteam,

ich feiere heute meinen Geburtstag, was ich nunmehr zweimal pro Jahr tun kann. Endlich habe ich es schwarz auf weiß: Ich lebe noch! Hoch offiziell von der Rentenversicherung in einem Brief bestätigt, den meine Nachbarin für mich öffnete. Mein Leben als Tote ist somit beendet. Meine Rente fließt wieder.

Nochmals vielen Dank für Ihre Hilfe

Ihre untote Petra Lichtblau

P.S.: Ein Versehen, fehlerhafter Datenabgleich, so jedenfalls hat die Rentenversicherung ihren Irrtum begründet und sich sogar dafür entschuldigt. Immerhin!

216

Impressum

© 2015 Chat Noir, Böhm/Schoon/Böhm GbR, Berlin
1. Auflage 2015

Lektorat, Layout, Umschlaggestaltung: Nina Böhm
Umschlagfoto: Dave Wild, „NCN6 Tunnel",
CC-Lizenz (BY 2.0),
http://creativecommons.org/licenses/by/2.0/de/deed.de,
Quelle: www.piqs.de

Ein Titeldatensatz für diese Publikation ist bei der Deutschen Nationalbibliothek erhältlich.

ISBN: 978-3-943956-03-0